महाश्वेता देवी

महाश्वेता देवी का जन्म 14 जनवरी, 1926 को ढाका, बांग्लादेश में हुआ। उनकी प्रारम्भिक पढ़ाई शान्तिनिकेतन में हुई। कलकत्ता विश्वविद्यालय से अंग्रेजी साहित्य में एम.ए. किया। अरसे तक अंग्रेजी का अध्यापन।

हिन्दी में अनूदित उनकी प्रमुख कृतियाँ हैं—'चोट्टि मुण्डा और उसका तीर', 'जंगल के दावेदार', 'अग्निगर्भ', 'अक्लान्त कौरव', '1084वें की माँ', 'श्री श्रीगणेश महिमा', 'टेरोडैक्टिल', 'दौलति', 'अमृत संचय', 'ग्राम बांग्ला', 'शालगिरह की पुकार पर', 'भूख', 'झाँसी की रानी', 'आंधारमानिक', 'उन्तीसवीं धारा का आरोपी', 'मातृछवि', 'सच-झूठ', 'जली थी अग्निशिखा', 'नील छवि', 'कवि वन्द्यघटी गाईं का जीवन और मृत्यु', 'बनिया-बहू', 'नटी' (उपन्यास); 'कृष्णद्वादशी', 'घहराती घटाएँ', 'ईंट के ऊपर ईंट', 'मूर्ति', 'पचास कहानियाँ', (कहानी-संग्रह); 'भारत में बँधुआ मजदूर' (विमर्श)।

'जंगल के दावेदार' उपन्यास के लिए उन्हें 'साहित्य अकादेमी पुरस्कार' से पुरस्कृत किया गया। 'मैगसेसे अवार्ड' तथा 'ज्ञानपीठ पुरस्कार' से सम्मानित। 'पद्म श्री' और 'पद्म विभूषण' से अलंकृत।

28 जुलाई, 2016 को उनका निधन हुआ।

शालगिरह की पुकार पर

महाश्वेता देवी

अनुवाद
प्रमोद कुमार सिन्हा

राधाकृष्ण पेपरबैक्स

राधाकृष्ण पेपरबैक्स में
पहला संस्करण : 1998
तीसरा संस्करण : 2025

राधाकृष्ण पेपरबैक्स : उत्कृष्ट साहित्य के जनसुलभ संस्करण

राधाकृष्ण प्रकाशन प्रा. लि.
जी-17, जगतपुरी
दिल्ली-110 051
द्वारा प्रकाशित

शाखाएँ : अशोक राजपथ, साइंस कॉलेज के सामने, पटना-800 006
पहली मंजिल, दरबारी बिल्डिंग, महात्मा गांधी मार्ग, प्रयागराज-211 001
1, अनमोल सोराबजी सन्तुक लेन, धोबी तलाव, मरीन लाइंस, मुम्बई-400 002
वेबसाइट : www.rajkamalprakashan.com
ई-मेल : info@rajkamalprakashan.com

विकास कंप्यूटर एंड प्रिंटर्स
ट्रॉनिका सिटी-201 102
द्वारा मुद्रित

मूल्य : ₹250

SHAALGIRAH KEE PUKAR PAR
Novel by Mahashweta Devi
Translated by Pramod Kumar Sinha

ISBN : 978-81-19989-20-1

भारत के आदिवासी समाज को

सन 1750 में देश के हालात क्या थे—यह भागलपुर से राजमहल तक के आदिवामी जानते नहीं थे। वे सन्थाल थे, पहाड़िया थे या माल पहाड़िया। आन्दोलित प्रान्त घने जंगल और छोटे-छोटे पहाड़। बड़ी प्राचीन अरण्यभूमि है यह, भारत के इतिहास की बहुत-सी घटनओं की मूक साक्षी भागीरथी के पश्चिम में राजमहल से लेकर हजारीबाग तक के जंगल और फिर मुंगेर, उत्तर में भागलपुर, दक्षिण में बीरभूम, बर्द्धमान, बाँकुड़ा और मेदिनीपुर से मयूरभंज तक का विस्तार है।

तब सन्थाल परगना या दामन-ए-कोह जैसे नाम अनचीन्हे थे। फौज के बार-बार रौंदने के कारण त्रस्त बंगाल का सूबा था यह। पर अब इन सबका कौन पता करे?

सन्थाल नहीं रखते थे, पहाड़िया नहीं रखते, माल पहाड़िया भी नहीं रखते थे। जंगल हैं, शिकार हैं। पहाड़िया और माल पहाड़िया बस जंगल जलाकर झूम फसल तैयार करते थे। जंगल की जमीन में सन्थाल उगाते हैं धान, दाल और सरसों। महुआ तेल की बत्ती जलाओ। रीठे के बीज से कपड़े धोओ। अगर नमक चाहिए तो दूर गाँव की हाट में जाओ। नमक खरीदो, कपास खरीदो! फिर सूत कातो, ताँत से कपड़े बुन लो। नवाब अलीवर्दी कौन है, कौन रघुजी भोंसले है, कहाँ हैं ईस्ट इंडिया कम्पनी के ललमुँहे बन्दर—अब कौन ऐसी खबरें रखे?

कोई खबर नहीं रखता। 1750 की फरवरी में तब कड़ाके की सर्दी पड़ रही थी। सन्थालों के गाँव के प्रत्येक घर में दिन में भी अलाव जल रहा था।

एक घर के सामने कुछ औरतें इन्तजार कर रही थीं, मुर्मू के घर के सामने। अब मुर्मू, हँसदा, हेम्ब्रम—यही जातियाँ रहती हैं यहाँ। घर की बड़ी बहू के बच्चा होना है। सुन्द्रा मुर्मू के घर। सुन्द्रा वीर—शिकार-उत्सव के दिन ही नेतृत्व उसके हाथ में चला आया था। सुन्द्रा के ऊपर सभी का अगाध विश्वास है।

सुन्द्रा इस जंगल को, इस बीहड़ के आश्रय को छोड़कर साहस करके लखा सोरेन और आटवारी मुर्मू के साथ गिरिया चला गया था। वहाँ वह एक राजपूत सामन्त के यहाँ खेती-बारी करता था। चला गया था सिर्फ स्वभाव की अस्थिरता के कारण। रह-रहकर सुन्द्रा बोलता था, "धरती कितनी बड़ी है, जरा देख आऊँ।"

पहाड़िया पहाड़ पर ही रहते हैं। वहीं माल पहाड़िया भी रहते हैं। एक बार तो सुन्द्रा सर्दियों की अमावस के दिन चला गया था माल पहाड़िया लोगों के गाँव में। उस समय उनके गाँव-देवता का पूजन हो रहा था। सुन्द्रा के बाप ने गालियाँ दी थीं। "वे पूजा कर रहे हैं अपने मन से। गाँव के भले के लिए 'सात बहनों' की पूजा कर रहे हैं। हमारे आखन पर्व में, सार्जोम बाह में क्या वे शामिल होते हैं? वे पूजा कर रहे हैं और तुम तीर-धनुष लेकर हाजिर! अरे जो जिस गोत का, जिस पर्व को मनाता है, जिस गाँव में रहता है, उसी का दोप अपने सर पर लेता है। तब वहाँ जाने से क्या फायदा?'"

सुन्द्रा ने कुछ नहीं कहा, लकड़ी चीरता रहा। फिर बेहद शान्त स्वर में बोला, "सुना आपूँ, हाट में जाकर बैठे रहने से क्या खुरपी, कुदाल, टाँगी की मरम्मत सम्भव है?"

"खुरपी, कुदाल, टाँगी-बेलचे वगैरह हमेशा से वहीं बनवाए जाते हैं।"

बाप की समझ में कुछ नहीं आया, बेटा आखिर कहना क्या चाहता है?

"तब क्या खुरपी, कुदाल, टाँगी से कह दूँ—तुम खुद जाओ और मरम्मत करा के चले आओ?"

"नहीं आपूँग, तुम समाज को लेकर बैठे रहो। जरा कहकर तो देखो। समाज क्या कहता है!"

"तू क्या कहता है?"

"मैं कहता हूँ कि सार्जोम-हाट में सातों गाँवों के लोगों ने एक कुम्हार को बसाया है। हम क्यों कुम्हार-लुहार नहीं बसा सकते? इसी हाट में धान-चावल-सरसों बेचकर वहीं से सभी कुछ खरीदते हैं।"

"जमीन देकर बसाऊँ?"

"तुम हमारे समाज के प्रधान माँझी हो। जो उचित समझो, करो। मैं क्या कहूँ?"

"वे आएँगे?"

"उन्हें जमीन देकर बसाया गया है, वरना दिनमनि कुम्हार हाटतला में क्यों बैठता? कहकर तो देखो।"

"नहीं, जरा सोच लूँ। पाँच लोगों से बात तो कर लूँ।"

सुन्द्रा को भूख लगी थी। बैठ गया खाना खाने। बथुए का साग, भात, बैंगन, खरगोश का मांस, करमचा का आचार। खाते-खाते माँ ने पूछा, "कैसा रहा पर्व?"

"अब क्या बताऊँ, आयु? पहले कबूतर, फिर पाठे, फिर मुर्गे की बलि दी। उनके पुरोहित सब करते हैं। खून से सने चावल अपने-अपने घर ले गए सब लोग।"

"क्यों?"

"ऐसा ही रिवाज है। वे चावल घर में रहें तो विपत्तियाँ नहीं आतीं। उसके बाद सिन्दूर में लिपटा एक अंडा थान के सामने तोड़ा गया। यही देख-दाखकर मैं चला आया।"

सुन्द्रा की पत्नी सोमी बोली, "खाना-पीना कुछ नहीं?"

"है। पाटे के सिर के साथ खिचड़ी, मांस। सब खाएँगे। फिर क्या हुआ, जानती है?"

"नाच-गाना।"

"ठीक। थोड़ा नमक दे।"

सोमी ने नमक दे दिया। कहने लगी, "गोहालि का बेड़ा ठीक कर दो, वरना बाघ फिर से गाय को उठा ले जाएगा।"

"बाघ नहीं, लकड़बग्घा होगा।"

"नहीं, नहीं, गुल बाघ है। लकड़बग्घे क्या पेड़ पर चढ़कर कूदते हैं?"

"ठीक है, बाँध दूँगा।"

माँ बोली, "आम के पेड़ की डालें काटनी हैं।"

ये पेड़ सुन्द्रा के प्राण हैं। बोला, "माँ, अभी तो फल लगने शुरू हुए हैं। कुछ साल रहने दे।"

"तेरे पेड़ के लिए क्या अपनी गाएँ गवाँ दूँ?"

"लोहे का बेड़ा लगा दूँगा।"

लेकिन लोहे का बेड़ा नहीं बना। मजबूत शाल की डालों से मजबूत बेड़ा बना। घर के भीतर मिट्टी की दीवार। छत बनी डालियों से। तमाम ढक दिया गया। सुन्द्रा की गोहालि देखने सभी आए। तारीफ भी की। इन हृष्ट-पुष्ट गाय-बैलों को बाघ लेने आए, यह दीगर बात है। ज्यादा नुकसान तो चीते पहुँचाते हैं। जो भी हो, इस घर में से गाय-बैल हटाना सम्भव नहीं।

इस सारे ताम-झाम को छोड़ वह लखा सोरेन और आटोआरी मुर्मू के साथ पहाड़ पर चला गया। वहाँ चार दिन रह और सब कुछ देख-सुनकर वापस आया तो कहने लगा, "सबको बुलाओ।"

"क्यों?"

"हम सिर्फ खेसारी बोते हैं और वे धान पकते-पकते चना, अरहर, मूँग सभी दालें बोते हैं। हम भी और दालें बोएँगे। फसल बढ़ाना कोई खराब बात नहीं है। कुछ भी नहीं खरीदेंगे।"

"अभी नहीं। शिकार-पर्व पर सब मिलें, तब यह बात कहना। तुम क्या यही देखने गए थे?"

"हाँ, हाँ, दूसरे पहाड़ियों से भी कहूँगा।"

"वह तो कहना ही होगा। पर समाज जुटे बगैर कैसे कहोगे?"

"कहूँगा, हम देखकर आए हैं, समाज से यही कहूँगा।"

"तू कह सकता है। मोटे तौर पर हम यहाँ तीन जातियाँ हैं। हम पहाड़ियों और माल-पहाड़ियों से सलाह करेंगे। वे भी हमसे सलाह लेंगे। इसी तरह काम चलता है।"

"जमीन तो बहुत है। हम और जमीन दखल कर लेंगे?"

"ठीक है, कर लेंगे।"

"दिनमनि कुम्हार के बारे में भी बात होगी। उसने पता नहीं, क्या किया है? कहता है, जात चली गई है। मैंने कहा, हम जात-पात नहीं मानते। दोष-गुन का विचार पाँच लोग मिलकर करते हैं। पर कुछ जमीन दखल करनी ही होगी। उसके बाद जिसे जो करना हो करे। धान-चावल के दाम होते हैं। खाएँ, हाट में बेचें। कितना चाहिए?"

शिकार-पर्व के बाद पंचायत बैठी। सारी बातें हुईं। बूढ़े सना किसकू ने कहा, "बाहर से कुम्हार लाओगे तुम? हमारा समाज एक है, विचार एक जैसे हैं। बाहर से आनेवाले के न जाने कैसे हों?"

"अगर कोई गड़बड़ हुई तो हम सँभाल लेंगे।"

फिर देर नहीं लगी। दिनमनि कुम्हार आ गया। कुम्हारशाला खुल गई। शुरू में उसका मन नहीं लगा। गहन जंगल के बीच, नदी के किनारे-किनारे, झरनों के बीच शस्य-श्यामल ग्राम। ये लोग खेतों में काम करते हैं, शाम ढले गीत गाते हुए लौटते हैं। तीज-त्योहार पर नाच-गाकर मस्त हो जाते हैं।

दिनमनि ने अपने भाई रतनमनि से कहा, "इनमें जात-पाँत नहीं है, ये कैसे आदमी हैं?"

रतनमनि की उम्र कम है, पर उसमें अक्ल ज्यादा है। बोला, "जात-पाँत से क्या होता है? अनजाने में चमार का अन्न खाया, तो कौन सी विपत्ति आ गई थी! इस तरह काम नहीं चलता। धान मिलता है, चावल मिलते हैं, डाला-भर चिवड़ा-मूढ़ी खाते हो। जिन्दगी में इतना देखा था कभी?"

दिनमनि की पत्नी, रतनमनि की पत्नी—सब बड़े खुश थे। कुम्हार थे, अब लुहार का काम करते हैं। तीर के फलक, बरछे व भाले के फलक बनाते हैं। कुदाल, गैंती, खुरपी बनाते हैं। इतने काम के आदमी को भला कौन सम्मान न दे? दूध, मछली, दही, मांस जिसके पास जो है, उसे लाकर देता है। लौकी, कुम्हड़े, बैंगन, कच्चू, मिर्ची वगैरह सभी उन्हें दिये जाते हैं। गाय रखनी है, रखो। धान के लिए जमीन? वह भी गाँववाले देते हैं। गाय-भैंस का भी बन्दोबस्त करते हैं। इतना सुख किसे मिलता है?

लेकिन दिनमनि अपने साथ सभ्यता और उसके साथ पनपता लालच भी लाया था। वह बीच-बीच में कहल गाँव, संग्रामपुर के चक्कर लगा आता था।

अपना सामान लाने या मजूर ढूँढ़ने के लिए। उसके बच्चे बड़े हैं, लड़की गोद में। रतनमनि की लड़की सात बरस की हो गई है। वर तलाशते हुए लगता है कि आठ बरस की हो जाएगी। नाम के साथ पहले ही एक बार कलंक लग चुका है यहाँ आने का, सो वर तलाशने के लिए दूर जाना होगा।

सुन्द्रा बोला, "तू कहाँ-कहाँ जाता रहता है?"

"मैना के लिए वर ढूँढ़ने के लिए जाता हूँ।"

"मैना के लिए? इतनी छोटी बच्ची की शादी करेगा?"

"हमारे यहाँ ऐसा ही होता है।"

"वही, जो हमारे बच्चों के संग खेलती है?"

"तुम्हारे यहाँ के रीति-रिवाज अलग हैं।"

"ठीक है। लेकिन है कौन सा समाज अच्छा?"

"जो जिसे ठीक समझे वही अच्छा। अपनी-अपनी बात होती है।"

"तुम्हारे समाज में दो गन्दी बातें हैं।"

"कौन सी रे?"

"तू अच्छा कारीगर है। तेरा भाई भी जानकार आदमी है। तूने यह जात-पाँत की बात हमारे गाँव में फैलाई है—मुझे इसका मतलब नहीं समझ आता। यह बुरी बात है।"

"इसी का नाम जाति-विचार है।"

"यह जाति क्या होती है? हाँ, गोत्र हो सकता है। पर जाति क्या अलग होती है?"

"हाँ, रे!"

"और देखता रहा हूँ कि तू इतनी छोटी बच्ची की शादी कर रहा है। उसे दुनिया की क्या समझ है? यह भी बड़ी बुरी बात है।"

"हमारी जाति का यही नियम है।"

"तेरा समाज क्या ऐसा है?"

"तू समझेगा?"

"जरूरत नहीं समझने की। तू ही समझता रह।"

मैना के लिए वर ढूँढ़ते-ढूँढ़ते दिनमनि को एक अद्भुत खबर सुनने

को मिली। मराठे-मुर्शिदाबाद जाना चाहते हैं लूट-पाट करने के लिए। अगर राजमहल की पहाड़ियों में से उन्हें कोई सीधा रास्ता बता दे तो वे हाथों-हाथ एक सौ एक रुपये देंगे। चाँदी के खनखनाते रुपये।

सर घूम गया दिनमनि का। उसने रतनमनि को बताई यह बातें।

इन सालों में रतनमनि भी बदल गया है। बोला, "तुम्हें किस चीज की जरूरत है? धान की कोठारी में धान है, गोहालि में गाय हैं, दस गाँव में इज्जत है। अब और क्या चाहिए?"

"लड़की की शादी नहीं करनी क्या?"

"देखो, वह तो होगी ही।"

"रुपया मिलने पर हम यहाँ से जा भी सकते हैं।"

"मैं नहीं जाता यहाँ से।"

दिनमनि बोला, "सुन्द्रा का बाप जरूर ऐसे रास्ते जानता होगा। वह सब जानता है।"

"भैया, ऐसा कुछ मत करो। ये विदेशी अगर आ गए तो बाकी रास्ते भी बन्द हो जाएँगे। यह राजाओं की लड़ाई है। तुम क्यों पगलाते हो?"

दिनमनि ने कोई बात नहीं सुनी। वन हैं, जंगल हैं, भयानक पहाड़ियाँ हैं। नहीं तो वह खुद ही रास्ता ढूँढ़ लेता। बाघ, भालू, हाथी का भी डर है।

वह पहुँचा सुन्द्रा के बाप के पास। सुन्द्रा के बाप ने सब कुछ सुना। बोला, "तू एक सौ रुपया लेगा?"

"तुम्हें भी दूँगा।"

"अच्छा। अच्छी बात है।"

"क्या कहते हो? तुम जानते हो वह रास्ता?"

"ये विदेशी हैं कौन?"

"दूर देश के रहनेवाले हैं।"

"कहाँ जाना चाहते हैं?"

"मुर्शिदाबाद।"

"दिन के उजाले में नदी पार करके क्यों नहीं निकल जाते?"

"लूट करने आए हैं।"

"तभी तो दिन में नहीं निकलेंगे।'

"तुम तो सब कुछ समझते हो।"

"ये बातें भूल जाओ।"

"क्या कहा?"

सुन्द्रा के बाप ने धीरे-धीरे रुक-रुककर कहा, "तू इन बातों को भूल जा। तू जो कहता है, वह बेईमानी है। लूटने को डकैत आ रहे हैं। डकैतों को रास्ता दिखाएगा, रुपये लेगा, मुझे भी देगा। ऐसी बातें कहनेवाले का सिर सन्थाल काटकर फेंक देते हैं। तेरा सिर अभी तक नहीं काटा, पता है?"

"अरे, अरे! माँझी सुन तो।"

"सुन लिया। तेरा सिर क्यों नहीं काटा, पता है? इसलिए कि तुझे बुलाकर मैंने यहाँ बसाया है। तुझसे कहा था कि तू निर्भय होकर रह। तुम्हारे जान-माल की रक्षा की जिम्मेदारी हमारी है। तभी तुझे नहीं मारा। लेकिन तू बेईमान है। तू अब यहाँ नहीं रहेगा।"

"तब कहाँ जाऊँ?"

दिनमनि डर के मारे रोने लगा। सुन्द्रा कठोर आँखों से देखता हुआ धनुष का सहारे लेकर खड़ा था।

सुन्द्रा का बाप बोला, "रोता है?"

कुछ रुककर बोला, "जाओ, ये बातें भूल जाओ।"

"मेरे भूलने से क्या तुम भूल जाओगे? फिर कभी ऐसी बात नहीं कहूँगा।"

"जाओ, घर चले जाओ। सुन्द्रा का हाथ खुजला रहा है, मेरा भी हाथ खुजला रहा है। जा, भाग जा!"

दिनमनि भागता हुआ वहाँ से चला गया। दूसरे दिन सुन्द्रा दाव पर धार धरवाने आया। रतनमनि से बोला, "कल तेरा भाई खूब बचा। अब यदि उसने फिर कभी ऐसी शैतानी की तो बचेगा नहीं। तू क्या कहता है, क्या तूने भी सुना है?"

"मैंने तो उसे बहुत बार रोका है।"

रतनमनि ने दाव हाथ में लेते कहा, "जरा पानी पिलाना होगा इसे। तू बैठेगा?"

"रुकता हूँ। भाथी की आग और तुझे काम करते देखने में अच्छा लगता है।"

रतनमनि ने दाव को तपाकर लाल किया और उस पर पानी छिड़का। लोहा जितना पानी पीएगा, उतना बढ़िया बनेगा। उसे उसने फिर गर्म किया, नेहाई पर रखकर पीटा और उस पर पानी डाला। फिर छेनी से काटकर रेती से घिसता रहा।

काम करते-करते रतनमनि बोला, "मना किया था पहले भी। ठीक से रह रहे हैं, आटा गीला मत करो। वह मैना से बहुत प्यार करता है। इसीलिए शायद...।"

"यह अच्छी बात नहीं है।" काफी सोचकर सुन्द्रा बोला, "उसे गाँव में इधर-उधर ज्यादा मत घूमने दो। तेरी मैना की शादी अच्छी तरह से हो जाएगी। कितना काम सीख लिया है उसने! हमारी लड़कियों के साथ घूमती है।"

दिनमनि की पत्नी ने चाय और मूढ़ी के लड्डू लाकर रख दिये। बोली, "तुम खा लो। बहू ने खा लिया है, लड़कियों ने खा लिया, बाप ने नहीं खाया।"

"दो। तुम्हारी लाल गाय जंगल में दूर तक जाती है। गुल बाघ देख लेगा तो मार देगा। सँभालकर रखो।"

"बड़ी पाजी है। दूर-दूर तक चली जाती है" रतनमनि ने बाद में भाई-भाभी से कहा, "ये बेईमानी, झूठ-झाठ नहीं जानते। जो कुछ कह आए हो फिर कभी मत कहना। जंगल में काटकर फेंक देंगे तो कौन देखनेवाला है? फिर ये जंगल भी भले हैं। मेरा मन खूब लग गया है यहाँ।"

"मेरी बेटी की शादी?"

"हाट में नाई से कह दूँगा। सुन्द्रा के बाप से भी कहूँगा। नाई, कुम्हार सब तो जरूरी ही हैं यहाँ।"

रतनमनि ने सुन्द्रा से बात की। बात सुनकर सुन्द्रा बोला, "देखूँगा।"

"जरूरत नहीं है क्या?"

"है। पर बाहर के लोगों को बुलाकर बसाने से पहले समाज की बातें सुनना जरूरी हैं। मुझमें अब हिम्मत नहीं है।"

यह सब गड़बड़ दिनमनि के कारण हुई है। यह बात रतनमनि को अच्छी तरह से समझ आ गई।

कहने लगा, "डोम, नाई, धोबी, कुम्हार—इन सबों के गाँव में बसने से हमें गाँव के बाहर जाने की जरूरत नहीं पड़ेगी।"

"मैं इस बारे में कुछ नहीं कह सकता।"

लेकिन एक अद्‌भुत तरीके से समस्याओं का समाधान हुआ।

दिनमनि ने अपनी समस्या का समाधान खुद ही किया। वह यह नहीं जानता था कि इतिहास हमेशा कितने स्तरों पर काम करता है। राजे-रजवाड़ों के इतिहास में घटनाएँ तेजी से घटित होती हैं, जबकि साधारण मनुष्य के इतिहास में हरेक घटना के गम्भीर परिणाम होते हैं। विदेशी बंगाल लूटने आए थे, यही रजवाड़ों का इतिहास था।

उन्हें रास्ता बताने के लिए निकला दिनमनि। पहाड़ पर, जंगलों में कहीं-न-कहीं रास्ता है, पर है कहाँ? रास्ता है, पर वे बताते नहीं। रुपये भी नहीं लेते। वह आदमी इस पहाड़ी अंचल में ठेकेदार के यहाँ काम करता है। उसी ने दिनमनि को यह बात बताई थी। रास्ता है, पर यह लोग बताते नहीं हैं। वह अगर रास्ता ढूँढ़ सके तो एक सौ एक रुपया मिल सकता है। बहुत सारे रुपये। मैना की शादी की बात भी दिनमनि भूल गया है। अच्छी जगह पर धान के खेत और सालाना मालगुजारी छह आना फी बीघा। एक सौ एक रुपये की क्रय-क्षमता बहुत है। अच्छा घर होगा। जमीन होगी। हल-बैल, गाय-गोरू, आम-केले और नारियल के बागान होंगे। फिर भी बच ही जाएगा। मजे रहेंगे गाँव में।

रतनमनि का मन जंगल में लग गया है। दिनमनि अभी भी पुराने दिनों की पुरानी दुनिया को नहीं भुला पाया है। एक सौ एक रुपये! दिनमनि जानता है कि इतने रुपयों से ईंटों का दालान बनवाया जा सकता है। रास्ते का पता लगाना होगा। रास्ता ढूँढ़ेगा वह एक पोटली सरसों के सहारे। सरसों से बने रास्ते को देखकर वह विदेशियों को रास्ता बताएगा।

टट्टू पर बैठकर वह गया था रास्ता ढूँढ़ने। फिर निकल गया पहाड़िया-बसतिया पहाड़ों की तरफ। पहाड़िये उसे भयानक सन्देह की निगाह से देखेंगे, यह दिनमनि नहीं जानता था।

इसके बाद उसकी कोई खबर नहीं मिली। दिनमनि की पत्नी के रोने-पीटने पर कुछ दिन बाद सुन्द्रा और रतनमनि दिनमनि को ढूँढ़ने निकले।

खोजते-खोजते उन्हें तीन पहाड़िया युवक मिले। सुन्द्रा को देखते ही वे दूर से चिल्लाए, "साथ में कौन है?"

"कुम्हार का भाई।"

"कुम्हार? कौन कुम्हार?"

"गाँव का नया बाशिन्दा।"

"कुम्हार कहाँ है?"

"उसे ही ढूँढ़ रहे हैं।"

"कितने दिन से नहीं मिला?"

"पाँच दिन हुए।"

"घोड़े पर बैठकर आया था?"

"हाँ।"

युवक आगे आए। धनुष सँभालते हुए बोले, "कुम्हार था, यह नहीं जानते। कुम्हार का आदर हम भी करते हैं। पर आदमी अच्छा नहीं था। रास्ता ढूँढ़ने आया था, चोर रास्ता। रास्ता ढूँढ़ने पर उसे कोई रुपया दे रहा था। उसमें से वह हमें भी रुपया दे रहा था।"

रतनमनि का हलक सूख गया। वह बोला, "फिर?"

युवक सुन्द्रा से बात करते रहे, "तेरे बाप ने जो उससे कहा था, उसने वह बात भी बताई। फिर कहने लगा कि वह तो बेबकूफ है। रुपयों का मोल नहीं समझता। सुन्द्रा, ऐसी बातें सुनकर सिर पर खून चढ़ गया।"

सुन्द्रा धीरे से बोला, "तीर मार दिया?"

"हाँ, तीर मार दिया।"

"कहाँ?"

"वहाँ। यह आदमी उसका भाई है?"

सुन्द्रा ने रतनमनि के कन्धे पर रखा अपना हाथ नीचे गिरा दिया। फिर कहने लगा, "यह आदमी मेरी जिम्मेदारी पर आया है। समझते हो?"

"समझते हैं।"

"इसके भाई को...घोड़ा?"

"ले जाओ।"

पहाड़िये उन्हें रास्ता दिखाते हुए ले चले। ऊँची घासों के बीच दिनमनि औंधा पड़ा था। घोड़ा बगल में चर रहा था। एक युवक बोला, "सरसों की पोटली ले आया था। सरसों डालकर निशान बनाता और फिर रास्ता दिखाता।"

सुन्द्रा बोला, "भाई का क्या करेगा?"

"क्या करूँ? रतनमनि असहाय था।"

"हमारे समाज में अपघात से मरने पर कोई संस्कार नहीं करते। जंगल में फेंक देते हैं। नहीं तो अमंगल होता है।"

आत्मघाती के लिए कोई शास्त्रीय विधान नहीं होता, यह रतनमनि भी जानता था। बिना अनुष्ठान के जलाया भी नहीं जा सकता। सुन्द्रा सहायता करने से रहा। भाई को कैसे ले जाएगा अकेले?

"क्या करेगा?"

"ढक दूँ, बस।"

पेड़ की टहनियों और पत्तों से रतनमनि ने भाई को ढाँप दिया। भविष्य में अगर कभी पता चला तो वह कुछ पूजा-पाठ करा लेगा।

घोड़े को लेकर वह और सुन्द्रा लौट गए। सुन्द्रा बोला, "तेरा भाई हमेशा अपने समाज के लोगों की तरह काम करता था। तुम्हारे समाज में सब कुछ गन्दा है। मेरे बाप ने बचाया सो वह बेवकूफ कहलाया। अच्छा कारीगर था। इतना सम्मान दिया। धान से कोठरी भर दी। कुछ भी याद नहीं रखा उसने।" रतनमनि ने आँखें पोंछीं।

"करम के पेड़ के नीचे तेरे बदन पर हाथ रखा है मैंने, तेरी जिम्मेदारी भी ली है। यदि तू धर्म पर चलता रहा तो तुझ पर वार होने से पहले मैं अपनी छाती आगे कर दूँगा।"

"अच्छा।"

"याद रखना।"

सुन्द्रा चला गया।

फिर विदेशी आए और आते गए। धान नहीं पैदा हुआ। घर जल गए। औरतों की इज्जत लुटी। रजवाड़ों के इतिहास के साथ जन-इतिहास का मिलन

हुआ। लोग भागते रहे। भागने पर भी निष्ठुर विदेशी पीछा तो करेंगे ही। सो चलो नदी के पार। विदेशी घोड़ों की पीठ से नहीं उतरते। नदी पार करके वे नहीं आएँगे। चलो पद्मा पार कर, भागीरथी पार करके। ब्राह्मण-पंडित भागे पोथी-पत्रा लेकर। सुनार भागे तराजू-पल्ला लेकर।

भागे दूकान उठाकर बनिए कितने।
भागे पीतल उठाकर ठठेरे कितने॥
चाक-मिट्टी ले भागे कुम्हार व कमेरे।
मछली व जाल ले भागे मछेरे॥
जितने भी लोग थे गाँव में भाग गए।
विदेशियों के भय से डर भाग गए॥
लोग भागे चारों दिशाओं में जहाँ-तहाँ।
छत्तीस जाति के लोग भागे यहाँ-वहाँ॥

सभी ज्यादा दूर नहीं भाग पाए। जो जंगल के इस पार आ गए, उन्हें सन्थालों के गाँव में शरण मिली। विदेशी चले गए, पर डर बना रहा। इसीलिए धीरे-धीरे कुम्हार-कमेरे, डोम-तेली—सब यहीं रह गए। विदेशियों के हंगामे के बीच ही गाँवों में एक अन्य समाज ने प्रवेश किया। "आओ, रहो, कुछ जमीन दखलिया लो। लेकिन गाँव में हमारे मुखिया का शासन मानना पड़ेगा। बेईमानी नहीं, झगड़ा नहीं, झूठ नहीं।"

"राजा कौन है? शासक कौन?"

मुखिया लोग हँसे। "कौन राजा? कौन शासक? हम किसी को कर नहीं देते। सूबेदार? कोई सूबेदार आज तक हमारी तरफ आँख नहीं उठा सका। धान के बदले सूत और नमक लाते हैं। बस, बाहर की दुनिया से सम्पर्क खत्म। झुंड में चलते हैं। तीर-धनुष हमेशा के साथी हैं। तुम्हारे राजा-जमींदार दुर्गापूजा में हमें, पहाड़ियों को, फल-मिठाई-कपड़े और पगड़ी भेज सम्मान देते हैं। सम्बन्ध अच्छे रखते हैं।"

"तुम किसके अधीन हो?"

"धर्म के। अपने देवता के।"

"ठीक है, मान लिया। अरे, प्रेम से तो लकड़ी की पुतलियाँ वशीभूत हो जाती हैं, फिर ये तो दुखी कष्ट के मारे लोग हैं।" गाँव-गाँव में बसे डोम-चमार-कुम्हार समझ गए कि इससे शान्तिमय जीवन उन्हें कहीं नहीं मिलेगा। गाँव में रोजगार करनेवालों को इतना सम्मान कभी नहीं मिलता। कोठे धान से भर गए। गोहाल में गाएँ। नये साल के पूस-पर्व में मनसा की पूजा सन्थाल देख गए। बोले, "यह अच्छी बात हुई।"

कड़ाके की सर्दी। फरवरी का महीना। दीये में महुआ के तेल की बत्ती जलाओ, शाम ढलने पर। दूर पहाड़ पर हाथी उतरे। उनकी तीखी तेज आवाज सुनाई पड़ी। बाघ का गम्भीर गर्जन भी। नवजात शिशु पैदा होने पर थाली बजने की आवाज सुनाई दी। लड़का हुआ है, लड़का।

गाँव में सभी खुश हो गए। सुन्द्रा मुर्मू के बेटा हुआ है।

2

1750 में सुन्द्रा मुर्मू के घर तिलका पैदा हुआ। उसके साल-भर का होते-न-होते पहाड़ से हाथी फिर उतरे। हाथी तो हर साल उतरते हैं। लेकिन इस बार वे पगडंडी पकड़कर पहाड़िया गाँव में चले गए। बस, धान के सारे खेत तहस-नहस हो गए।

पहाड़िया गाँव का प्रधान आया सुन्द्रा के गाँव। गाँव के मुखिया माँझी, सुन्द्रा के बाप के पास। सुन्द्रा के बाप ने उसे बिठाया और गुड़ तथा पानी दिया। पहाड़िया दो मुर्गियाँ लाए थे। वे उसने सोमी को दे दीं। फिर बोला, "अब कहो।"

"तुम ठीक से हो। कुछ पता है?"

"क्यों, क्या हुआ?"

"हाथियों के उपद्रव से रात-भर जगते हैं। दिन को पहरा देते हैं। बड़ा जंजाल है यह, नहीं? झुंड-के-झुंड हाथी उतरते हैं तो बस उतरते चले आते हैं। ऐसे समय जब पहाड़ बाँस से लदे हैं, धान के खेत में क्यों उतरते हैं?"

"पूजा पर्व में कोई भूल तो नहीं हुई?"

"नहीं।"

"तब?"

"तुम्हारी जरूरत है। एक साथ हाथी भगाएँगे।"

"ठीक है। जरूर चलेंगे।"

"यही कहने आया था।"

"यह तो करना ही पड़ेगा। आग बुझाने में, हाथी भगाने में हम तुम्हारे और तुम हमारे साथ हो हमेशा से।"

हाथी भगाने गए थे वे। जाना ही पड़ता है। जंगल के समाज का पुराना नियम है। जो विपत्ति सभी की है, उसका मुकाबला सबको मिलकर करना होगा। वैसे जो जिसका मन है, करे। हाथी धान के खेतों में उतरे थे। अँधेरे में मशालें चमक रही थीं। मशालें देखकर दॉतुल हाथी बिगड़ जाते थे। सवेरे होते-होते पता चला कि तीन मृतकों में एक सुन्द्रा का बाप था। लाश खटिया पर उठाई गई और उसे एक गहरे गड्ढे में फेंक दिया गया। किसी भी अपघात से हुई या अस्वाभाविक मृत्यु से सम्बन्धित कोई नियम-आचार नहीं है।

इस घटना ने सुन्द्रा के गाँव के सभी लोगों को रुला दिया। गाँव का मुखिया माँझी था, सुन्द्रा का बाप। उसका अपना खेत था, गोहाल में गाएँ थीं। मृत्यु वाले दिन वह अपने पोते को लेकर बैठने के लिए मचान बाँध रहा था। "भाई, यह हमारे समाज का नियम है। यह करना ही होता है," कहते हुए वह सुन्द्रा-सरीखे मस्त युवकों को शिक्षित करता था। बाल सफेद थे, पर बदन ऐसा जैसे पके शाल को काटकर बनाया गया हो। ऐसा नामी-गिरामी था वह। अगर वह अपने घर में मरता तो रीति के अनुसार अपने गोत्रवाले श्मशान में उसकी समाधि बनती। लेकिन वह मरा हाथी के पैर के नीचे आकर—अपघात से।

सुन्द्रा की माँ रोते-रोते चुप होकर बोली, "गाँव में पाप घुस आया है।"

सोमी की माँ एक दिन आई और उसके पास बैठकर बोली, "वे शूरवीर थे और वैसी ही उनकी मौत हुई। वे क्या घर में रोग से खटिया पर मरते? कितना कुछ छोड़ गए हैं वे। तुम्हारी दुनिया है, तुम सँभालो। खुद को सँभालो! यह जो उनका पोता है, इसे सँभालो। बालों में जरा तेल डालो, कुछ खुद भी खा लो।"

"मन नहीं करता।"

"तब हम कहाँ जाएँगे?"

"क्यों?"

"तुम माँझी की पत्नी थीं। अब माँझी की माँ हो। जिसका बेटा गाँव का मुखिया है, उसकी माँ अगर इतनी कमजोर रहे तो कैसे चलेगा?"

"नहीं चलेगा तो?"

सबने कहा, "बड़ी दुख की बात है, वे मर गए। अब जरूरी है, उनके छोड़े हुए काम पूरे किए जाएँ। आदमी पैदा हुआ है तो मरेगा भी। जो अपने हैं, वे दुखी होंगे। ये सब जीवन के नियम हैं। सर्दी-गरमी-बरसात नियम से आते हैं, नियम से जाते हैं। ऐसा ही नियम है सबका। अब संसार के नियमों के अनुसार ही सब कुछ देखो।"

परभू हेमब्रम की बूढ़ी माँ ने कहा, "काम पर जाओ। यही दवा है। इसके जैसी कोई और दवा नहीं। अरे सोमी! तू भी क्या है, इतना छोटा काम भी नहीं कर सकती?"

सोमी के दालान में उड़द सूख रही थी। बूढ़ी आई और उसने बकरी की रस्सी खोल दी बोली, "खा, खा, उड़द खा ले।"

सुन्द्रा की माँ दरवाजे से टिककर बैठी थी। यह देखकर वह लाठी लेकर दौड़ी। बकरी भगाकर लगी चिल्लाने, "क्या रे, घर में कोई नहीं? तुम सब कहाँ मर गए? परभू की माँ पागल हो गई है। सूखती हुई उड़द पर बकरी खोल दी।"

परभू की माँ ने बकरी बाँध दी। झाड़ू से बिखरी दाल को बटोरा। फिर तिलका को उसकी गोद में देकर बोली, "हाँ, अपना उड़द, अपना मामला। अब बच्चे को देख। सब छोड़कर अगर गुप-चुप आसमान देखती रहेगी तो देखना, मैं क्या करती हूँ?"

"नहीं, समझ गई।"

फिर सब सहज हो गया। सुन्द्रा भागकर बचा। फिर माँ और सोमी ने धान कूटा। माँ ने फिर कहा, "तुष रखने के लिए और एक डोल बना ले।"

"एक अच्छा डोल ला दूँगा।"

"कहाँ से?"

"विदेशियों के डर से जो लोग भागे थे, वे डोम हैं। उस गढ़े के पार रहते हैं। बाँस चीर-चीरकर डोल-डलिए, छाज और चटाइयाँ बनाते हैं। बहुत अच्छा समाज है उनका! हम लोगों की तरह उनके लड़के-लड़की सब काम करते हैं। हमारी तरह ही मुर्गी पालते हैं मर्द हमारी तरह शिकार करते हैं, लड़ना जानते हैं।"

"तीर से?"

"नहीं, वे नेजे और लाठी से लड़ते हैं।"

"हाँ, तरह-तरह के लोग होते हैं।"

"खतरनाक धानुक आ रहे हैं। वे ब्याध हैं। शिकार करते हैं। भेड़-बकरी पालते हैं। अरे, सीखने की कितनी ही बातें हैं। यह आयु सीखने की है। भेड़ के बाल निकालकर बाजार में बेचते हैं। कम्बल बनानेवाले खरीदते हैं! कम्बल बुनते हैं। जब रुपये मिलते हैं, चावल खरीदा और खूब खाया...बस।"

"फिर?"

"ये धानुक हैं न, यह शिकार करते हैं।"

"तू जरा सोच ले। इस तरह के लोगों के साथ हमारा रहना हो सकेगा?"

"खूब होगा। यहाँ रहें, कर-खजाना क्या होता है, उसका जंजाल ही नहीं। विदेशी लूटेंगे नहीं। मेहनत करो, खाओ। हाट में जाकर अपना सौदा बेचो। हम देखने भी नहीं जाएँगे।"

"सब बाहर के लोग हैं!"

"इनके यहाँ रहने से कोई डरने की बात नहीं। दिनमनि वाली बात सभी जानते हैं।"

"कैसे जानते हैं, सुन्द्रा?"

"ये सारी बातें हवा में उड़ती हैं।"

"हाँ, बातों के पर होते हैं।"

तिलका को सीने से लगाकर धीरे-धीरे सुन्द्रा की माँ स्वाभाविक होती गई।

लड़का बड़ा होता गया दिनोंदिन। बाप सन्थाल-समाज का मुखिया है। और तिलका जिस गाँव में बड़ा हुआ वहाँ अब कुम्हारों, कमेरों, डोमों, तेलियों और धानुकों के भी दो-एक घर हो गए।

सुन्द्रा के लोग सरसों उगाते थे। कभी सरसों पिसाते थे। नहीं तो बेच देते थे। तेल का काम महुए के तेल से चलता था। महुआ ही उनकी लक्ष्मी है। फल की पंखुड़ियाँ भूनकर खा लो। पूरे फूल को पका लो। किशमिश-सरीखा मीठा होता है। महुए के बीज सुखा लो। कोल्हू में पीसकर तेल निकाल लो।

कुम्हारों की बूढ़ी ने सुन्द्रा की माँ से पूछा, "कितने प्रेम से महुआ का तेल खाती हो। महकता नहीं है?"

सुन्द्रा की माँ हँसी। बोली, "खाकर देखो।"

खाने-पीने से पहले मन में कितनी शंकाएँ थीं, सब खाते ही दूर हो गईं। घर में बनाओ, खाओ या बत्ती जलाओ। कुछ दिनों बाद घर-घर में पिराई शुरू हो गई।

रतनमनि कहने लगा, "पहले नहीं जानता था। तुमसे सीखने को बहुत कुछ है, अब दिखाई दे रहा है मुझे।"

सुन्द्रा बोला, "हम जो कुछ करते हैं, खुद के लिए करते हैं।"

"चिवड़े-मूढ़ी क्यों नहीं बनाते?"

"सवेरे पानी-भात खाकर काम पर जाते हैं। दोपहर को गरम भात। रात को फिर गरम भात। अब चिवड़ा कौन कूटे और मूढ़ी कौन भूने? औरतें भी तो काम करती हैं।"

"बेच सकते हो।"

"क्या होगा? मुझे जब मिट्टी में गाड़ देंगे और तुझे जब जलाएँगे तो क्या हम पैसे साथ में ले जाएँगे? वह सब छोड़कर सिर्फ एक कटोरा चाहिए लोहे का।"

"कटोरा...अचानक क्यों?"

सुन्द्रा हँसा और बोला, "आयु की बात ही कुछ और है। नये कटोरे में तेल गरम करके बच्चे को लगाएगी। नये लोहे के गुण से बच्चे का भला होगा। आयु क्या तुमसे कुछ लेकर यह सब सीखती है? लड़के का इतना आदर? तुम तो लड़कियों से ज्यादा लड़कों का सम्मान करते हो।"

रतनमनि की पत्नी बोली, "माँझी देवर कुछ नहीं समझते। तुम्हारा बाप मरा, देवर, तब इतनी दुखी थी वह। बच्चे को लेकर सब भूल गई है। तभी तो ज्यादा प्यार करती है।"

दादी के आदर-प्रेम से तिलका बड़ा हुआ। दादा मरा था 1750 में। वह एक बरस का रहा होगा। गड़म बाबा, उसके दादा के पास एक धनुष था। एक बड़ा-सा बाँस का गिलास भी था, जिसमें गड़म बाबा आमानी-शराब पीता था। वह गिलासनुमा खोल उसका आपूँग है, जिसे सुन्द्रा हाट से ले आया था।

जब बड़ा हो जाएगा तो उस धनुष को एक दिन तिलका लेगा। उसी खोल में आमानी पीएगा।

अभी तो बस सारे दिन नाचते रहो, कठबिलार और पंछी पकड़ो। अभी तुम बड़े छोटे हो। तुम्हारा आपूँग शिकार करके लाता है, हिरण और पक्षी। तुम अवाक देखते रहो। तुम्हारा बाप, माँ, दीदी—सब खेतों में चले जाते हैं। गड़म आयु, तुम्हारी दादी सम्हालती है। गाय-भैंस भी देखती है। तुम्हारी मँझली दीदी गाय चराने जाती है। तुम्हारी गड़म आयु गरम मड़गीला भात बनाती है और सींक में गूँथकर खरगोश भूनती है। तुम उसे नमक-मिर्च से खाते हो।

ये सारे पेड़, पहाड़, पंछी, टिड्डे, साँप, जीव-जन्तु कहाँ से आए हैं? तुम मुँह बाए देखते हो। रात को बाघ आता है। बाप बाघ को भगाता है। बाघ बछड़े और पाड़े ले जाना चाहता है। बाप उसे भगाता है। पहाड़ से हाथी उतरते हैं। झुंड-के-झुंड हाथी। चीख-चीखकर, बाँस पीटकर आग जलाकर कौन लोग हाथी भगाते हैं? वे पहाड़िया हैं। पहाड़िया किसी के सामने नहीं आते। वे जंगलों में आग जलाते हैं। लपटें आसमान छू लेती हैं। कितना सुन्दर! तुम भौंचक्के हो जाते हो।

"गड़म आयु! लपटें आकाश में कैसे चढ़ती हैं? आग में क्या जीवन है?"

"अरे, वे आग लगाकर जमीन साफ करते हैं। हम भी पहले करते थे। अब नहीं।"

"वे अच्छे लोग हैं?"

"सब अच्छे हैं।"

इसी तरह भौंचक्के, मुँह बाए तुम बड़े होते हो। आठ बरस के होने पर धर्म-कर्म के प्रधान नायक आकर तुम्हारे हाथों में देते हैं धनुष और तीर। तुम

तिलका मुर्मू हो, तिलका माँझी बनोगे किसी दिन। दादी कहती है, "आँखें बन्द करके देखती हूँ, तिलका माँझी को सब कितना सम्मान दे रहे हैं।" दादी की बातें सुनकर सब हँसते हैं। हाथ में तीर-कमान लेकर तुम उछलते-कूदते हो। "बाघ मारूँगा, हाथी मारूँगा, स—ब मारूँगा।"

तुम्हारी दुनिया तुम्हारा गाँव है। तुम नहीं जानते, तुम्हारे गाँव जैसे अनेकों गाँवों में कोई नहीं जानता कि जब तुम सात साल के थे तब 1757 में तुम्हारे गाँव के पूरब, भागीरथी के पार क्या कांड हुआ था। प्लासी नाम की एक जगह पर राजा-राजा की लड़ाई वाले खेल में बंगाल के नवाब हार गए थे, मारे गए थे। साहबों द्वारा दिया ताज सिर पर रखकर मीर जाफर नवाब हो गया था।

तुम कुछ नहीं जानते। साहब कब से सेंध लगाकर भीतर घुसे आ रहे हैं। नवाब के खजाने में इतने हीरे-मोती, इतना सोना-चाँदी कहाँ से आता है? वे सारे इलाके पर कब्जा करना चाहते हैं। लाखों-करोड़ों लोग खेती करते हैं, ताँत बुनते हैं और मजूरी करते हैं। उनके करोड़ों हाथों की मेहनत से, पसीने से यह हीरे तैयार होते हैं। साहब इस असल इलाके पर कब्जा करना चाहते हैं। तुम कुछ नहीं जानते।

तुम और पहाड़िया खेती करना जानते हो। इस विस्तृत जंगल की तरफ किसी लालची के हाथ बढ़ाने पर तुम जान हथेली पर रख, तीर-कमान हाथों में ले उतर आते हो लड़ने के लिए। तुम जानते हो कि तुम स्वाधीन हो। किसी शासक की अधीनता तुमने कभी कबूल नहीं की। मुगल-अमले, नवाब-सूबेदार—किसी ने तुमसे कर-लगान नहीं माँगा। इसके एवज में परगनादार, चकलेदार दुर्गापूजा में तुम्हें सम्मान देते रहे हैं।

बाहरी दुनिया से जो लोग आए हैं, वे भी तो गरीब-गुरबे, खटकर खाने वाले लोग हैं। कोई विरोध नहीं उनसे। कोई शासक नहीं, पर यह समाज अपना शासन बनाए हुए है। लालच नहीं, चोरी नहीं। जात-पाँत का दुशासन नहीं। ऐसी जिन्दगी पाकर वे तुम्हारे कृतज्ञ हैं।

अभी भी तुम्हारी दुनिया कितनी निश्चिन्त है!

तिलका के लिए यह जंगलनुमा जगत अत्यन्त मायावी है। उड़कर वह

जंगलों की सीमाएँ देखना चाहता है। साँप-नेवला बनकर वह मिट्टी को अन्दर से देख आना चाहता है। दाँतुल हाथियों की तरह जमीन कँपाकर चलना चाहता है। पेड़ बनकर आसमान छू लेना चाहता है। बीहड़ वन बनकर वह पथरीली जमीन ढक लेना चाहता है।

"गड़म आयु, यह सब कहाँ से आया?"

दादी उसे पास बिठाती है। रूखे हाथों से घास की रस्सी बनाते-बनाते कहती है, "सब कुछ बताऊँगी।"

दादी के पास रहकर ही वह सब कुछ सीखता है, जिसे न जानकर सन्थाल के रूप में पैदा होना बेकार है। यह सब खून में है, खून में रखना होता है। नहीं तो तिलका अपने बेटे-बेटियों को इतनी सारी सच्चाइयाँ कैसे बताएगा? यह सब तो जानना ही पड़ता है।

बातें करते-करते जंगलों और धान के खेतों से ढकी जमीन में अपनी जगह भी बता देती है, तिलका को। सर्दियों की शामों को बर्फीली हवाओं से काँपता तिलका कहानियाँ सुनता है।

"गिन नहीं सकते रे! आकाश में कितने तारे हैं? यह क्या गिने जा सकते हैं? उसी तरह अनगिनत चाँद पहले की बात है। तब इस दुनिया में कहीं कुछ नहीं था। कहीं कुछ नहीं, कोई नहीं। पता नहीं कहाँ से एक सफेद हंसिनी आई। इतनी बड़ी, दूध के फेन जैसी सफेद, आसमान के इन्दा चाँद की तरह सफेद। उस हंसिनी ने दो अंडे दिये सफेद, गोल-गोल। उनमें से फूटकर निकले एक लड़का और एक लड़की। वे ही हमारे पहले माँ और बाप थे। पिलचू बूढ़ी, पिलचू हाड़ाम। इन्हीं के सन्तान से पैदा हुए पहले सात गोत्र। कोई कहता है वे हिहिड़ी में थे, कोई कहता है आहिड़ि-पिड़ि में थे। तब की बातें हैं यह, तिलका! बहुत कुछ जानती हूँ, बहुत कुछ नहीं जानती। वहाँ से घूमते-घामते वे आए खोजकामान। अब जरा बता, हमारे यहाँ कौन-कौन से पर्व होते हैं?"

"आखन, माघ-सीम, सार्जोम बाह, आरो-सीम, माह्मारे, रोहिन, आसाढ़िया, मोर आति, नवाई, जन्ताल, रोंगा राकार, शाक-रात—कितने बताऊँ? इतने... इतने पर्व।"

"हाँ-हाँ। पर्व तो करते ही हैं, करने ही होते हैं। पर खोजकामान में उनसे पता नहीं क्या भूल हो गई, बस!"

"क्यों, क्या हुआ!"

"आकाश से सावन की बारिश जैसी आग बरसी। आग बरसी खोज-कामान में। एक औरत, एक मर्द हारत पहाड़ की चोटी पर आए। वहाँ आग नहीं बरसी। सब जलकर मर गए। वे औरत-मर्द गए शाशांगबेड़ा। फिर गए जारपि। जारपि में था माराँगबुरू। पहाड़ पार करके दूसरे देश जाने का रास्ता कहाँ था? माराँगबुरू में बाग की पूजा की उन्होंने। पहाड़ के देवता ने खुश होकर उन्हें रास्ता दिखा दिया। वे उसी रास्ते से आहिरि आए। आहिरि में वे खेती करने लगे, शिकार करने लगे और फिर घर बनाकर रहने लगे। धीरे-धीरे वे बढ़ने लगे। बाल-बच्चे होने लगे। तब वे केन्द्रि आए, फिर छाय देश। फिर आए चम्पा। चम्पा में बहुत दिन तक रहे सन्थाल लोग। लेकिन उनके सजे-सजाए देश पर दूसरों ने दखल कर लिया। तब वे सावन्त देश में आ गए।"

"फिर क्या हुआ, गड़म आयु?"

"फिर आदमी बढ़ गए और वे देश छोड़ आए। हम घूम-घूमकर यहाँ आ पहुँचे।"

"बस, हो गया?"

"और क्या, यही हमारी कहानी है।"

"फिर क्या हुआ?"

तभी सोमी अन्दर आई। बोली, "आयु, तू कितना बक सकती है! बोल-बोलकर तेरा गला नहीं सूखता?"

फिर माँ ने भात पकाया। तिलका को बुलाया, "चल, खा ले। कल धान कूटना है, बहुत काम हैं।" वह खर-फूस के कमरे में सो गया। नींद में उसने उसी हंसिनी का सपना देखा। सन्थालों के पहले बाप और पहली माँ को पेट में लेकर उड़ रही है हंसिनी। उसके डैनों से चकमक बिजली निकल रही है। तिलका ने जैसे उसे आवाज दी, "ओ हंसिनी! तुम्हें देखा है मैंने। दादी को बताऊँगा, समझी?" लेकिन दूसरे दिन नींद से जागने पर वह सब कुछ भूल गया।

3

बड़े होते-होते तिलका ने अपनी उम्र के लड़कों से, नये बाशिन्दों से नये खेल सीखे, जैसे—गुल्ली-डंडा। यह खेल सुन्द्रा लोगों ने पहले कभी नहीं खेला।

उसके बड़े होते-होते उसकी दो दीदियों की शादी हो गई। शादी के बाद उनके सगे-सम्बन्धियों की संख्या भी बढ़ी। फसल के समय सब लोग एक-दूसरे के खेतों में जाकर सहायता करते थे। तिलका के काम भी बढ़े। खेती-बाड़ी में हाथ बँटाओ। गाय-भैंस चराना भी तुम्हारा ही काम है। तिलका के तमाम हमजोली भी यही करते थे। गुलेल थी उनकी परम सहचरी। गोली से पक्षी मारो, फिर लताओं से बाँधकर कन्धे से लटकाकर घर आओ। तिलका चौड़े सीने का लड़का था। डोमों से उसने नेजा-बरछा चलाना सीखा।

मस्त लड़का है। शाल पेड़ की तरह सख्त बदन। चौदह बरस की उम्र में उसने शिकार-पर्व वाले दिन दाँतोंवाले सूअर को तीरों से मारा तो सभी ने उसकी तारीफ की।

यह शिकार-उत्सव केवल उनका ही नहीं, पहाड़ियों का भी है। तीन दिन तक चलता है यह उत्सव, सर्दियों के खत्म होने पर। सबसे प्रिय उत्सव है यह। तीन दिनों तक वे घर नहीं लौटते थे। सारे गाँवों के मुखिया एक हो जाते हैं। दस-बीस-पचास गाँवों का एक परगना होता है। उसका प्रधान परगनायेत होता है। सारे परगनायेत भी एक हो जाते हैं। सब एकमत से शिकार का दिन ठीक करते हैं। पुरुषों के इस उत्सव में दिन-भर शिकार, फिर शाम को एक जगह मेला लगता है। वहाँ आग जलाओ, शिकार पकाओ-खाओ। बारी-बारी से कोई सोए, कोई पहरा दे। तीन दिन बाद सारे मुखिया एक होकर जंगल जलाकर साफ की गई जमीन पर जुटते हैं। लो-बिर सेन्द्रा या सेन्द्रा दुरुपू-ए—यह एक बड़ी विचार-पंचायत सभा जुड़ती है। यहाँ गाँवों के अभियोग सुने जाते हैं। माँझी और परगनायेत उन पर विचार करते हैं।

इस विशाल जंगली इलाके में सौ मील के घेरे में छिटके अनेक गाँव हैं—कुछ छोटे, कुछ बड़े।

तिलका जानता है, उसका समाज है, अपना ग्राम-समाज, जिसका प्रधान है उसका बाप सुन्द्रा मुर्मू, माँझी। शिकार-उत्सव में वह तेरह वर्ष की उम्र तक नहीं गया। लेकिन जब वह चौदह वर्ष का हुआ तो गोपी, चाँदो, तिभुवन, हारा, सना—सभी लड़कों के साथ उसे भी शिकार-उत्सव में जाने की आज्ञा मिली। वैसे इतनी उम्र तक वे शिकार करते रहे हैं। दस से तेरह बरस तक वे लड़के दल बाँधकर गाँव के आसपास शिकार करते रहे हैं। बेशक उन्होंने तीन दिन और तीन रातें जंगल में नहीं काटीं और शिकार का मांस खुद नहीं पकाया-खाया। गाँव में लौटकर भोज किया है। औरतों ने सहयोग दिया है। नाच-गान हुए हैं।

इस बार तो वे बड़े हो गए हैं। इस बार ग्राम-समाज ने उन्हें वयस्क स्वीकार किया है। तिलका ने बाप से पूछा, "आपूँग, सारे गाँवों के लोग आएँगे?"

"हाँ रे।"

"कितने गाँव हैं?"

"अनेक।"

"कितने?"

"तीन सौ के करीब।"

"कहाँ?"

"दूर-दूर।"

"देख नहीं सकते?"

"आँखों की रोशनी इतनी नहीं।"

"कैसे पता चलेगा?"

"तुझे ही अब सब कुछ जानना होगा—समाज के बन्धन, समाज के नियम-कानून, रीति-रिवाज। चाहे करीब रहें या दूर, सब सन्थाल एक होते हैं। सारे आदमियों का एक ही समाज है। तू सन्थाल का खून है। तेरा खून, तेरा वंश इतना बड़ा है—याद रखना।"

"हाँ आपूँग, याद रखूँगा।"

"शिकार-पर्व में दूर-दूर से माँझी आएँगे और परगनायेत भी आएँगे। अनेक गाँवों का एक परगना और हर परगने का एक परगनायेत। कभी-कभी बड़े गाँव का माँझी परगनायेत भी होता है। खबर तो करनी ही होगी।"

"कैसे करोगे खबर?"

सुन्द्रा थोड़ा मुसकराया, फिर बोला, "अहिरि, केन्द्री, छाय, चम्पा, साउन्त में जैसे सन्थालों ने खबर दी थी! शाल की छाल में गिरह बाँधकर खबर दूँगा। पहाड़ियों को जब कोई खबर भेजनी होती है तो वे चोटी पर आग जलाते हैं। उसे देखकर दूसरे पहाड़ों पर भी आग जलती है। आग से खबर भेजी जाती है वहाँ। हम गिरह से खबर भेजते हैं। सब जान जाते हैं।"

"ये सारे नियम बहुत पुराने हैं क्या?"

"बहुत पुराने। इन्हीं से हमारा समाज बँधा है। बाहरी आदमी ये सारी बातें नहीं समझते।"

तिलका ने जाना कि वह कितने बड़े समाज का सदस्य है। छिटके-बिखरे गाँवों में कौन कहाँ-कहाँ बिखरा है, पर सभी गिरह के बन्धन में बँधे हैं। सब एक पर्व एक साथ मनाते हैं। मुर्मू, टूडू, किसकू-सोरेन, हाँसदा, बास्के—सभी एक तरह से नाचते हैं। एक नियम मानते हैं। एक-दूसरे की खेती-बाड़ी में सहायता करते हैं। ऐसा भरोसा है एक-दूसरे पर, तभी तो सन्थाल आत्मसम्मानी हैं।

सन्थाल समाज में जीवन एक आनन्दोत्सव है। और मृत्यु?

सौआ धारतिरे हासा हड़मरे
लान्दाय लेकागे जिउई मेना:।
नौआ जिउई द शिशिर दा: लेका
अका दिशम चंग् अटाँग् चाला:।

(इस पृथ्वी पर इस मिट्टी के शरीर में,
प्राण की वायु, प्राण की हँसी,
यह जीवन सुबह का शिशिर है,
कोई नहीं जानता, कब चला जाए।)

समाज का बन्धन ही सब कुछ है। बच्चा पैदा होने पर जन्म-छातियार और नामकरण पर केको-छातियार का अनुष्ठान होता है। तब वह समाज का हिस्सा बनता है। एक परिवार में बच्चा पैदा होने पर पूरे गाँव-भर में सूतक चलता है।

जातकर्म हुआ, नामकरण हुआ। गाँव-समाज को भोज खिलाया, हँड़िया पिलाई तो सूतक दूर हुआ। सुन्द्रा बच्चे का चेहरा देखकर हँसा और बोला, "बाहर से लोग आकर हमारे समाज में शामिल होना चाहते हैं। तुमने वह गीत नहीं सुना। शिकार-पर्व पर सुनोगे। शिकार-पर्व की प्रथम रात्रि को अलाव के पास बैठकर पचास गाँवों के सैकड़ों लोगों के मुँह से एक साथ सुनोगे—

बाहारेद सहराय बेद
ईइयँहँ दादा लाई आइएँपे
ईइयँहँ दादा आपे जाति गे।
आपे रेयाः देवा सेवा
ईइयँहँ दादा बाताय गेया
ईइयँहँ दादा आपे जाति गे।
सेनद्रारे द कारकारे द
बलनरे से नेवता इयँ पे
ईइयँहँ दादा आपे जाति गे।

(मुझे बुलाओ अपने बाहा व सोहराई पर्व में,
सच कहता हूँ,
मैं तुममें से एक हो गया हूँ।
तुम्हारे तीज-त्योहार सब मेरे जाने हुए हैं,
सच कहता हूँ,
मैं तुममें से एक हो गया हूँ।
जब शिकार पर जाना हो तो बुला लेना मुझे,
सच कहता हूँ,
मैं तुममें से एक हो गया हूँ।)

गीतों के साथ-साथ अतीत की याद—

चम्पा से साउन्त,
कितना दूर कितना दूर!

नगाड़ा, माँदल, बाँसुरी के सुरों का रास्ता,
पीठ पर बच्चा, सर पे बोझा ले चलने का रास्ता,
कितना दूर कितना दूर!
फिर शाल के वन और मैदान,
नीचे बहती नदी,
सबने मुझे बुला लिया।
चकमक पीतल की थाली-सा सूरज डूबते-न डूबते
चकमक पीतल की थाली-सा चाँद उग आया।"

ऐसी ही अद्‌भुत एक रात को तिलका ने फिर वही स्वप्न देखा। वह एक मैदान में सोया है। चकाचक सफेद हंसिनी चक्कर काटते-काटते आखिरकार उसकी छाती पर बैठ गई। तिलका चिल्ला उठा, "आपूँग, आपूँग, सफेद हंसिनी मेरी छाती पर...जगह ढूँढ़ रही थी...फिर चक्कर काट-काटकर यहीं बैठ गई।"

तिलका चीखता हुआ उठ बैठा।

सब जग गए। क्या हुआ? क्या हुआ? कौन जानवर आया? रात का चौकीदार कौन है?

सपने का डर अभी दूर नहीं हुआ था तिलका के मन में से। किसी ने आग में लकड़ी फेंकी। तेजी से आग जल उठी।

सुन्द्रा ने धमकाया, "क्यों, क्या हुआ?"

"सफेद हंसिनी!"

"कहाँ?"

"आकाश में चाँद के नीचे चक्कर लगा रही थी, बस। सफेद डैने, बहुत बड़े, बादलों से भी बड़े। उतरना चाहती थी, पर जैसे उसे जगह नहीं मिल रही थी। फिर वह उतरती गई, उतरती गई और मेरी छाती पर बैठ गई।"

"तेरी छाती पर बैठी? सफेद हंसिनी?"

"हाँ, बाबा!"

"सपना देखा?"

"हाँ। पहले भी ऐसा ही देखा था। अब याद आ! रहा है।"

सब एक-दूसरे का मुँह ताकने लगे। यह सफेद हंसिनी उनके रक्त में अपने डैने धोना चाहती है शायद। सबने ऊपर देखा—तारों-भरी रात। चारों तरफ देखा—पहाड़, जंगल, सभी कुछ काला। अपार रहस्यमय पहाड़ी वन्य-प्रान्तर। आज भी, अब भी। तिलका के सपने ने जैसे किसी अलौकिक गम्भीर रहस्य की सूचना दी हो।

आड़ाबुरू गाँव के माँझी महर हेमब्रम ने पूछा, "सुन्द्रा! तेरे बेटे ने किसे सपने में देखा?"

"क्या समझते हो तुम इससे?"

"तुम क्या समझते हो?"

सब एक-दूसरे से पूछते रहे। तिलका आग की लपटों को देखता हुआ स्थिर बैठा रहा।

अन्त में महर हेमब्रम ने कहा, "किसे सपने में देखा है, तुम समझे या नहीं। अब बात यह है कि ऐसा सपना देखा क्यों उसने? कोई बता सकता है?"

"तू ही बोल। माँझी तू है, परगनायेत भी तू। ज्ञानी है। तेरा बाप भी ज्ञानी था। तू ही बोल।"

"ज्यादा बड़ी बात नहीं है। सपने में दो बातें बता दी गई हैं। पहली बात यह कि पिलचू हाड़ाम और पिलचू बूढ़ी की सन्तान को फिर से बसेरा ढूँढ़ने जगह-जगह घूमना होगा। ऐसा कब होता है? जब कोई विपदा आती है। यही बात है कि कोई विपत्ति आ रही है। तब ही पाहिक आयु और पिलचू बूढ़ी, पाहिक आपूँग और पिलचू हाड़ाम दोनों की आयु हंसिनी ने सपना दिया है। यह बता दिया है कि उनके बच्चे सन्थालों को नया देश तलाशना होगा। और ऐसी विपत्ति में...आह! मेरा बदन सिहर उठा है। ऐसी विपत्ति में तिलका हमारी रक्षा करेगा।"

"तिलका? तिलका मुर्मू?"

"सपने का और क्या मतलब हो सकता है, मुझे नहीं मालूम।"

तिलका मुँह बाए महर हेमब्रम को देखता रहा।

महर हेमब्रम फिर बोला, "इस समय हम सभी यहाँ हैं। बात हो ही जाए। पूजा-पर्व में कोई भूल-चूक न हो। फिर सेंद्रा-पुरुष-ए पर बैठने से पहले सभी

सोच लें। समाज का कोई पाप या दोष छुपा न रहे। किसी ग्राम में जाहेर थान को धोने, लीपने और पोंछने में कोई चूक न रहे। ऐसा सपना तिलका ने देखा है तो हमारा भी कर्तव्य बनता है कि अपनी तरफ से कोई चूक न हो।

सबेरे तक बातें चलती रहीं, बहुत सारी बातें।

4

तिलका ने चौदह बरस की उम्र में, 1764 में वह प्राचीन राजहंसिनी देखी थी। उस राजहंसिनी के पैदा किए सन्थालों द्वारा घर छोड़ने से पहले दूसरी तरफ घनघोर बादल घिर आए। रजवाड़ों के इतिहास में चोरी-सीनाजोरी, जायदाद पर मार-धाड़ के मामले होते हैं। सुन्दर शब्दों से सत्य ढका होता है। रजवाड़ों का इतिहास तो जनसाधारण के इतिहास की नींव पर ही तैयार होता है। मृत सिराजुद्दौला के तोशेखाने के हीरे-मोती और सोने-चाँदी का स्रोत था खेतिहरों का लगान, ताँती का ताँत, दो कटे-फटे हाथों की मजूरी। तिलका के सात बरस का होते-होते मुर्शिदाबाद और कलकत्ता के बीच, नवाब और ईस्ट इंडिया कम्पनी के बीच बन्दरबाँट का खेल शुरू हो गया था।

1751 में तिलका सात बरस का था।

1757 में मीर जाफर को गद्दी पर बिठाया गया, जिसके लिए क्लाइव को पुरस्कार मिला पैंतीस लाख दस हजार रुपये। 1740-50 में राजा कृष्णचन्द्र ने भारतचन्द्र कवि को एक सौ रुपये दिये थे घर बनाने के लिए। भारतचन्द्र ने सौ रुपये में ही घर बनवाया। एक सौ रुपये में एक अच्छी-खासी गृहस्थी के लिए घर बन सकता था तब। उस समय पैंतीस लाख दस हजार रुपयों का मोल कितना होगा? उससे पैंतीस हजार एक सौ घर बनाए जा सकते थे। कम्पनी के बड़े साहबों को साढ़े सात लाख से लेकर बारह लाख रुपये मिले। कम्पनी को मिली साल में बाईस लाख आयवाली चौबीस परगने की जमींदारी। क्लाइव साहब लेंगे, मुर्शिदाबाद से साढ़े बारह लाख वर्द्धमान, किशनगढ़ और हुगली से साढ़े दस लाख रुपये। अगले साल उन्नीस लाख रुपये बचेंगे तो तीन

जिले गिरवी रहेंगे। बिहार के तमाम कारोबार का एकछत्र अधिकार क्लाइव को मिल गया।

इन सब चीजों की जरूरत क्यों पड़ी?

इंग्लैंड में औद्योगिक क्रान्ति जो सफल करनी थी।

जब तिलका दस बरस का था तब 1760 में कम्पनी को लगा कि मीर जाफ़र से अब ज्यादा निभेगी नहीं। गाय बूढ़ी होने पर भी क्या दूध देगी? मीर जाफर को हटाकर उन्होंने नवाब के जमाई मीर कासिम को नवाब बनाया। मीर कासिम भी कम्पनी का देनदार हो गया। वर्द्धमान, चट्टग्राम, मेदिनीपुर कम्पनी के हाथों में चले गए।

बोंसिटार्ट को मिले साढ़े सात लाख, हौलोवेल को मिले चार लाख पाँच हजार। कम्पनी के दूसरे अमलों को मिले डेढ़ लाख से तीन लाख पचहत्तर हजार तक।

चौदह बरस के तिलका ने जब राजहंसिनी को देखा था सपने में तो वह यह नहीं जान सकता था कि बक्सर में मीर कासिम कम्पनी से हार चुके हैं। 1764 में मीर कासिम हारकर खत्म हुआ। 1765 में बंगाल-बिहार और उड़ीसा की दीवानी कम्पनी के हाथों में चली गई।

तिलका इत्यादि कुछ नहीं जानते थे। तब वर्षा हो रही थी। धान की बुवाई चल रही थी। झमाझम बरसात में काले शरीर भीग रहे थे! औरतें गीत गाते हुए धान बो रही थीं—

नदी के किनारे, जंगल के किनारे
फूल खिले हैं, फूल खिले हैं।
भादों के फूल।
बाघ नहीं उतरता पहाड़ों से नीचे,
बाघ चिल्लाता है पहाड़ों की चोटी से
भादों के दिनों में।
फूल बटोरे हैं,
बालों में गूँथे हैं,

फूल बटोरे हैं,
कानों में पहने हैं,
भादों के फूल।

तिलका कुछ नहीं जानता था। लेकिन वीरगंज के हाट में उनका दाल-धान-सरसों खरीदता था हाट का आढ़तदार। उससे खरीदता था कम्पनी का गोलादार।

ये कौन हैं...काले-काले लोग?

बहँगी पर लादकर फसल लाते हैं।

रीठा देखते ही आढ़तदार बोला था—"और ला सकता है?"

"नहीं।"

आँवले देखते ही बोला—"और ला सकता है?"

"कितने! कितने चाहिए?"

एक पहाड़-भर आँवले सुन्द्रा और उसके साथी अगली बार हाट में ले आए थे। आढ़तदार ने दाम देना चाहा। सुन्द्रा इत्यादि ने सिर हिला दिया। बोले, "दाम नहीं लेंगे! पर अब लाएँगे नहीं। यह सब लाने पर हम सौदा नहीं ला सकते। अब ला नहीं सकेंगे।"

"पैसे नहीं लेगा? यह क्या बात हुई?"

औरतों के लिए लकड़ी के कंघे, कंघियाँ और कौड़ियों की मालाएँ खरीदते-खरीदते सुन्द्रा बोला, "पैसे क्यों लें? जंगल का फल है। लाने में बस हमारी मेहनत लगी है। फल में क्या हुआ?"

"धान-चावल तुम्हारे खेतों में होते हैं?"

"हाँ रे!"

"जमीन अच्छी है।"

"हाँ, साथ की साथी है।"

"अरे बाप रे!"

"अरे बाप, ठीक ही कहा। तीर से बाघ मारते हैं, हाथी मारते हैं। लड़ाकू कौम है। इनके साथ कारोबार चलता है, पहाड़ियों से नहीं! वे दो महीने में एक बार पहाड़ से उतरते हैं। धान उतारेंगे, हिरण की छाल, हिरण का मांस।

नमक लेंगे, गुड़ लेंगे, जो उन्हें चाहिए, खरीदेंगे और फिर चले जाएँगे। कुछ बातें करने पर तीर मार देंगे। भयानक क्रोधी जात है।"

"धन्धा क्या करते हैं?"

"धन्धा क्या है उनका! बहुत दिनों तक निष्कंटक रहे हैं। स्वाधीन। कोई लगान नहीं लेता। लेने की चेष्टा भी नहीं की। इतने जंगल-पहाड़ हैं, कौन जाए भीतर? जमींदार जब भी शिकार करने अन्दर गए तो पहाड़ियों ने तीर मार दिया। वे किसी को कर नहीं देते। चकलेदार उन्हें ही खिलवतें भेजते हैं।"

"सुना है, कम्पनी डाक-व्यवस्था के लिए उधर से रास्ता बनाएगी।"

"तो मरेगी।"

"तुम उनसे डरते नहीं?"

"अन्याय नहीं करता। उन्हें सम्मान देता हूँ तो डर कैसा?"

कम्पनी की डाक को लेकर सर्वप्रथम पहाड़ियों ने हंगामा खड़ा किया। तिलका तब उन्नीस बरस का हो चुका था। उसके बाप ने कहा था कि उड़द के बीज देगा आड़ाबुरू के महर हेमब्रम को। जब वह बीज लेकर पहुँचा तो रूपा से मुलाकात हुई। रूपा दालान के बाहर पैर फैलाकर धान सुखा रही थी। यह काम घर की औरतें ही करती हैं। पर तिलका को देखते ही वह चौंकी। बाप रे! दीवार के जैसा सीना, घुँघराले बालों से ढकी छाती, शरीर सार्जोमि—शाल वृक्ष जैसा पुष्ट, सतेज। ऐसा मर्द तो रूपा ने देखा ही नहीं सोलह बरस से।

वह सहज हुई और उसने उससे बैठने को कहा। कहने लगी, "आपूँग खेत पर गए हैं। आयु मछली पकड़ने गई है। आती ही होगी।"

तिलका ने पोटली उतारी और बैठ गया। रूपा ने उसे पानी और गुड़ दिया। इसी बीच महर वापस आ गया। महर हेमब्रम बड़ा खुश हुआ।

"दो बड़े-बड़े मुर्गे अलग से रखे हैं मैंने कि जब तू आएगा तभी काटूँगा। लाल चावल भी रखा है कि तू आएगा तो पकाऊँगा। रूपा, जरा पानी दे। हाथ-पैर धो लूँ। घर की खबर सुना, तिलका!"

खा-पीकर शाम को तिलका लौटने लगा। रूपा मुसकराई और बोली, "चैत में आना, सूखे कूल खिलाऊँगी।"

तिलका हँसा। सूखे कूल क्या ऐसी चीज है, जिसे खाने के लिए आड़ा-

बुरू आना होगा? उनके गाँव के जंगल में अनेक कूल के पेड़ हैं। पर तिलका ने कुछ कहा नहीं।

उसके बाद एक बार हाट में सुन्द्रा को महर ने काम खत्म हो जाने पर सारी बातें बताईं। तिलका और रूपा की शादी प्रस्ताव रखा। शिकार-उत्सव के दिन से ही महर की आँखों में तिलका चढ़ गया था। घर भी अच्छा, वर भी अच्छा। सुन्द्रा का घर सज उठेगा। लड़की भी बड़े काम की है। महर के छह बच्चे हैं। जिन लड़कियों की शादी हो गई है, उनके भी चार-पाँच बच्चे हैं। रूपा के भी होंगे। सुन्द्रा से अभी कोई वचन नहीं चाहता महर। सुन्द्रा घर जाए। माँ, बीवी—सबको बताए। महर ने सिर्फ प्रस्ताव-भर रखा।

फिर महर बोला, "चक्कर क्या है?"

"क्या?"

"साहबों के गोलादार ने यहाँ बैलगाड़ियाँ लगाई हैं। इस जंगल में ऐसा क्यों भला? सारे धान-चावल खरीद रहे हैं वे, क्यों? घर-घर घूम रहे हैं...क्यों?"

"आढ़तदार कहता है कि सारे धान और चावल का चालान कलकत्ते जाएगा। इस कम्पनी का कोई गोदाम कलकत्ते में नहीं है। कलकत्ता कहाँ है, यह मैं नहीं जानता। भागलपुर को जानता हूँ। भागलपुर करीब है। कलकत्ता दूर।"

"यह सब सर्वनाशी खरीद है, रे सुन्द्रा! बाप रे! चार आने मन चावल। रुपये में चार मन, पाँच मन भी मिलते हैं। तब इतनी खरीद? कम्पनी के पास क्या इतने रुपये हैं?"

"कौन जाने?"

"तुम बेचते हो क्या?"

"नहीं-नहीं, बेचेंगे क्यों? रुपये का क्या करेंगे?"

"मैंने तो गाँव में कह दिया है कि हाट देखो। काँच की चूड़ियाँ, गले में कौड़ियों की माला, बाल बाँधने के फीते, चाँदी के पायल—सब हैं। सब खरीद कर पत्नी को सजाओ। चावल बेचो।"

सुन्द्रा चौंका। महर ठीक कहता है। हाट से लौटने पर तिलका बोला, "आपूँग, यह क्या हो रहा है? सब पहाड़िये नया धान-चावल बेच रहे हैं। घर खाली करके डोल-के-डोल चावल बेच रहे हैं।"

"बेचकर क्या कर रहे हैं?"

"खरीद रहे हैं।"

"क्या?"

"चूड़ी, माला, रंगीन फीते, गमछे, कपड़े...क्या बताऊँ, क्या मैं सब जानता हूँ? हाट में इतनी आमदनी कैसे है?"

"नहीं रे! यह कोई अच्छी बात नहीं है।"

"और एक बात।"

"क्या?"

"हाट में मैं बहुत घूमता हूँ। सो बहुत बातें पता चली हैं। पहाड़ के उस तरफ से कम्पनी रास्ता बनाएगी। उस रास्ते से डाक जाएगी। पहाड़िया बस्ती के करीब से।"

"सच?"

"सच। आढ़तदार ने हँसते हुए बताया है। रास्ता बनाकर वे जंगल में घुसेंगे।"

सुन्द्रा बोला, "कुछ समझ में नहीं आता। इतने धान-चावल खरीदने का धन्धा भी मेरी समझ में नहीं आ रहा।"

सुन्द्रा ने गोरेत—दूत भेजकर गाँव से खबर मँगाई। हाँ, तमाम सन्थाल एक बात सोचते हैं, एक काम करते हैं। गाँवों के माँझी, परगनायेत—सब चिन्तित हैं। चावल की खरीद क्यों चल रही है? क्यों चावल इस अजीब नाम वाले कलकत्ता शहर में जा रहा है? हाट में इतनी बाहरी चीजें क्यों आ रही हैं?

सब इस नये धन्धे से चिन्तित हैं। फिर कई माझियों और परगनायेतों ने गिरह भेजी और सलाह की। इस तरह के कारणों से पहले कभी गिरह नहीं भेजी गई। कोशानी नदी के किनारे के गाँवों के सन्थाल इस आपात-स्थिति में एक हो गए हैं। वहाँ कई एक सिद्धान्त अपनाए गए हैं।

"हम भूलें नहीं। बाह्य जगत से, हमारे समाज का लेन-देन चलता रहा है। जंगलों से घिरे इस जगह में हम नि:शंक हैं। हमारी जरूरतें भी कम हैं। महीने में एक-दो बार हम हाट जाते हैं। धान-चावल के बदले नमक और अन्य सौदा लेते हैं—बस। मोची, कुम्हार, ठठेरे वगैरह जब से गाँव में रहने लगे हैं, सारे काम गाँव में ही हो जाते हैं। पहले की हाटों में हम कभी पैसा, सिक्का ले लेते

थे फसल के बदले। उनसे खरीदते या बनवाते थे तीरों के फलक, दरवाजे या मिट्टी के बरतन। यह समस्या भी अब नहीं रही।

"जब ये समस्याएँ नहीं हैं तो घर का खाना नहीं बेचेंगे हम। हाटों में हम चमकती विदेशी वस्तुएँ नहीं खरीदेंगे। यह अच्छी बात नहीं है। वे खरीदते हैं, चालान देते हैं। बाप रे! सोच के देखो। अब बँगला सन 75 चल रहा है, आढ़तदार कहता है। 75 के पूस में सारी फसल बेच दोगे तो अगले साल खाओगे क्या?"

"जरूरत के अलावा धान-चावल हम नहीं बेचेंगे।"

'नहीं बेचेंगे' को लेकर हाटों में भयानक बलवा मचा। धान-चावल बेचो, पैसे लो। सब चीजें खरीद लो।

"बाहरी चीजें नहीं खरीदेंगे।"

"जरूरत के अलावा हाट नहीं जाएँगे।"

ये बातें न मानने पर भयानक दंड। समाज से बाहर। जातिच्युत—बिटलाहा। बिटलाहा के नाम से सब काँप उठते हैं। तुम्हारा परिवार-वंश—सब समाज से बाहर। कोई तुम्हारे साथ नहीं खाएगा। उठ-बैठ बन्द। समाज से माफी माँगकर जनजाति का अनुष्ठान करके ही समाज में लौट सकोगे। यह भयानक बात भी आज करनी पड़ी। पर यह पता चला कि कहाँ है यह कलकत्ता, कहाँ है यह कम्पनी! सिक्के-सिक्के और मन-भर चावल। कम्पनी के पास हैं तारों जितने सिक्के। सारे गाँव तो जंगलों में नहीं हैं। सीमा पर भी अनेकों गाँव हैं। उन गाँवों में बाहर से खबर आती है। कम्पनी के लोग घर-घर घूमकर जबरदस्ती चावल खरीद रहे हैं। खाने को भी नहीं छोड़ते।

हाँ, हाँ, सदन परगनायेत है। उसके पास नीची जमीन के खेतिहर फरियाद लेकर आए। सारी दुख-भरी गाथाएँ भी। कुछ समय पहले उन्होंने जमींदार से जरूरत के लिए कुछ धान लिया था। लौटा दिया, सूद समेत। जितना लिया, उससे थोड़ा ज्यादा। उनके समाज का यही नियम है। बढ़त के धान-चावल वाले पैसे का नाम सूद है। कम्पनी इन सारे गाँवों में नये लोग घुसा रही है। ये खेती नहीं करते, कोई काम नहीं करते। उधार देते हैं, सूद लेते हैं। यह सारा गोलमाल का धन्धा है। हम नहीं समझते, यह धन्धा है। तुम्हें जरूरत है

एक पल्ला चावल की। मैंने दे दिया। अब क्या लौटाने पर दो पल्ले लूँगा... अधर्म नहीं होगा?

जो भी हो, एक चीज तय है कि यह कम्पनीवाला धन्धा ठीक नहीं है। सब गड़बड़-घोटाला है। कम्पनी अच्छी नहीं है। कलकत्ता अच्छा नहीं है। सब कुछ कलकत्ते ले जाएँगे।

यह सब कुछ क्यों हो रहा है, हम नहीं बता सकते।

इस जमात के चलते यह जंगली इलाका क्यों बच रहता है? इस 'क्यों' का उत्तर सन्थाल नहीं जानते।

1769 में कम्पनी-सरकार ने सारे धान-चावल खरीदकर गोदामों में बन्द कर दिया। 1775 साल का मन्वन्तर। 1775 के अप्रैल में नये बँगला बरस की शुरुआत होगी—1776। इस महा मन्वन्तर का नाम हो जाएगा छियत्तरवाँ मन्वन्तर। भविष्य में लोग इस मन्वन्तर की चर्चा करते रहेंगे। लेकिन लोग यह भूल जाएँगे कि कम्पनी सरकार ने तब चावल खरीदा था एक रुपये में मन और फिर बेचना शुरू किया एक रुपये में चार सेर। वे कभी नहीं लिखेंगे कि कम्पनी के तहसीलदार, गोलादार, कर्मचारियों ने—सभी ने चावल खरीदा था। वे मुर्शिदाबाद के नवाब के दरबार में उन साहब कर्मचारियों की बात भी नहीं लिखेंगे, जिनके पास इस मन्वन्तर से पहले एक पैसा नहीं था। वे हुंडियाँ लिखकर हजार रुपये उधार लेते थे। लूटकर रुपये में छह मन चावल खरीदते थे। मुनाफे में लोटते थे और फिर इंग्लैंड भेजते थे साठ हजार पाउंड। छियत्तर मन्वन्तर का इतिहास चिरकाल तक दबा रहेगा।

इसकी कराल छाया बीहड़ों में सन्थालों ने नहीं पड़ने दी। 1769 के अन्त में तिलका और रूपा की शादी हुई। शादी से पहले ही तिलका अपने साथियों यानी गोपी, चाँदो, तिभुवन, हारा, सना को लेकर हाट गया। हाँ, सभी गए थे।

सन्थाल लड़कों को देखकर कम्पनी के गोलदार ने कहा, "क्यों रे, तुमने चावल बेचना छोड़ दिया, क्यों?"

तिलका बोला, "चावल खरीदेगा?"

"कितना है?"

"यही दो-अढ़ाई सौ मन होगा।"

लालच से गोलादार की आँखें चमक उठीं। बोला, "कहाँ, कहाँ है? वही तो कहूँ। इतने गाँव हैं तुम्हारे। धान गोले में आ गए हैं। अभी तो बहुत चावल हैं तुम्हार पास। लाते क्यों नहीं? यही सोचता था। तभी तो पैसे मिलेंगे रे! देखता हूँ कि थोड़ा चावल लाते हो, सौदा-सुलफ लेकर चले जाते हो।"

"चल, चावल दिखाता हूँ।"

"कहाँ?"

"करीब ही है। एक कोस नहीं चल सकेगा क्या?"

"क्या कहता है? चावल की खबर पर तो मैं दस-बीस कोस चलकर जा सकता हूँ। चल, देख लूँ। दर-भाव ठीक कर लूँ। तब बैलगाड़ी लाऊँगा, चावल ले जाऊँगा। चल, चल!"

चलते-चलते गोलदार बोला, "हाट में रंग-बिरंगी चीजें हैं आजकल। चूड़ियाँ, मालाएँ, रिबन। वे हाट में आते हैं बेचने तुम्हारे भरोसे। उनसे भी सौदा कर सकते हो, पैसा पास होने पर। धान के बदले नमक, धान के बदले गुड़, हिरण-खाल के बदले तमाखू। तुम लोगों को अब पैसे का धन्धा शुरू करना चाहिए।"

"वह भी सीख लेंगे।"

"अच्छा...बहुत अच्छा। लेकिन कितनी दूर है रे?"

"यहीं पास में तो है, बस थोड़ी दूर पर।"

"यह तो रास्ता नहीं, बस जंगल-ही-जंगल है।"

"जंगल में ही तो जा रहे हैं। अबे! रुक जा!"

"क्यों, क्या हुआ?"

गोलदार रुक गया, बुड़बक की तरह देखता रहा। गोपी इत्यादि उसे घेर कर खड़े हो गए।

"तुम...तुम क्या मुझे मारागे?"

"तेरे पैसे की थैली कहाँ है?" तिलका बोला।

गोलदार के हाथों से तीर के फलक की तरह झटक ली तिलका ने रुपयों की थैली। युवा तिलका क्रोध से जलता हुआ चीख-चीखकर कहने लगा, "पैसे की थैली झनझनाकर यदि कभी किसी को लुभाया या किसी पहाड़िया-

जंगलिया को पटाकर उससे चावल खरीदा तो आज तो नहीं मारा, लेकिन उस दिन जरूर मार दूँगा।"

"कम्पनी का नौकर हूँ, मेरे बाप!"

"कौन है तेरी कम्पनी? हम कम्पनी को नहीं जानते, कलकत्ता नहीं जानते। सारे चावल तुम खरीद लेते हो तो लोग क्या खाएँगे? सबके घर में झनझनाते रुपयों की थैलियाँ हैं, क्यों?"

"मान लिया, मान लिया।"

"और सुन...अपने समाज को सिखाना यह अधरम। झमर-झमर पैसा ले, साग से मिरची, धान से नमक मत बदलो। पैसा ले, चावल बेच। क्यों? वे दो भी आदमी तेरे ही हैं। वही जो चूड़ी-माला बेचते हैं। वही तू भी खरीद।"

"नहीं, नहीं, वे मेरे आदमी नहीं हैं।"

"हैं...जरूर हैं। मेरे बाप ने तेरा समाज देखा है। वह जब कहता है तो वे जरूर तेरे ही हैं। अगली हाट में यदि मैंने उन्हें देखा या किसी और दिन देखा तो तेरे तीर घुसा होगा और उनके भी। लालच देता है! लालच दिखाकर तू हमें पैसे देकर चावल खरीदेगा। और घर का भात बेचकर हम तुम्हारी रंगीन माला पहनकर नाचेंगे...क्यों?"

"उन्हें भगा दूँगा। वचन देता हूँ।"

"यह ले अपना खन-खन झमर-झमर पैसा।"

तिलका ने रुपयों की थैली फेंक दी। उसे लेकर गोलदार सर पर पाँव रखकर भागा।

अपने असाधारण सामाजिक बन्धन और असामान्य एकता के बल पर सन्थालों ने अपने एक छोटे-से सूबे में अंग्रेजों की घड़ियाल-बुद्धि को परास्त कर दिया। पहाड़िया नहीं कर पाए। उनके मुखिया ने समाज को दोष दिया। सभी ने यह भूल क्यों की? एक तो पहाड़ों की ढाल पर फसल वैसे ही कम होती है। फिर अपना चावल उन्होंने बेचा ही क्यों? अब जो यह हाहाकार मचा है तो क्या हो सकता है? चावल भी खरीदकर खाना होगा क्या? जब वे चावल खरीदने गए तो उनकी समझ में 'कम्पनी सरकार' का मतलब आया। हरेक गाँव से बहँगी लेकर कुछ लोग गए चावल खरीदने गोलदार

के दिये सिक्के, चवन्नियाँ लेकर। मुखिया की डाँट उनके कानों में गूँज रही थी। वे सोच रहे हैं कि यह जरूर कोई चाल है कम्पनी जरूर की। जितना चावल है सब खरीद लेंगे। सारे सिक्के हम खर्च कर देंगे। तब भी चावल नहीं खरीद पाएँगे। भूखे मर जाएँगे। जाओ, सब जाओ। जितना चावल बेचा है सब खरीद लाओ। नहीं तो वे सारा चावल कलकत्ता ले जाएँगे। कलकत्ता है कहाँ, पता नहीं। भागलपुर को जानते हैं, कहल गाँव जानते हैं—कलकत्ता को नहीं जानते।

शाम को सब लौटे। खाली बहँगियाँ लेकर। चेहरा क्लान्त, लटका हुआ।

"चावल नहीं खरीदा?"

सब चुप।

"चावल कहाँ है? इतना सारा चावल कहाँ गया?"

इस बार दुख से भरे स्वर में उन्होंने कहा, "खरीदा है! एक-एक सिक्के से खरीदा है। तब भी हरेक बहँगी में आठ सेर-दस सेर चावल ही आ पाया है।"

"यह क्या बात हुई?"

"यह हुआ कैसे, सरदार? हमने दो महीने पहले बेचा था एक सिक्के पर एक मन चावल। जब खरीदने गए तो वही चावल एक चवन्नी का सेर-भर मिला। समझे? कम्पनी का वही गोलदार बेच रहा था!"

"क्या कहता है?"

"सिक्का-सेर। हम झूठ नहीं बोलते, सरदार! अगर यह झूठ है तो सूरज-चाँद झूठे हैं। हाट तला नहीं, बहुत दूर है। पैदल पहुँचे गोलदार की आढ़त पर। चावल का पहाड़ था। हम समझे, यही कलकत्ता है! कम्पनी ने चावल खरीदा था। कलकत्ता ले जाने के लिए। इतना चावल। यही कलकत्ता होगा। कहा, देखो, देखो, सब देख लो यही कलकत्ता है। आह! कितना बड़ा घर, पक्का दालान, भारी दरवाजा, बड़े-बड़े कुंडे। कलकत्ते को कुंडे से बन्द रखते हैं शायद! बाद में पता चला कि वह आढ़त है। लेकिन चावल की बाबत तो हम कुछ नहीं जानते, हम बेवकूफ हैं। कहा, कलकत्ता के सामने इतने नंगे-कंगाल खड़े हैं दया करो! हम मर रहे हैं! कहा, रोते क्यों हो!"

"क्यों रोएँ, क्यों?"

"सब हमारे जैसे बेवकूफ हैं रे। सारा चावल बेच दिया है। अब चवन्नी में सेर, रुपये में चार सेर चावल लेते हैं। यह बात सुनकर रो रहे हैं।"

"वही चावल खरीदा?"

"हाँ, खरीदा। और भूखे-नंगे चले आ रहे हैं। जो गिर जाते हैं, फिर उठते नहीं।"

कम्पनी बेचती है।

कम्पनी बेचती है।

मुखिया चुप रहे। फिर बोले, "कम्पनी कौन है...पत्थर...पाषाण? घाटी के खेतिहरों का दुख वे नहीं जानते। धान को कोठारी में भरने का सुख नहीं जानते। यह कम्पनी क्या कोई डकैत है? खरीदते हैं एक रुपये में चार मन, बेचते हैं एक रुपये में चार सेर। सुनो तुम सब, कम्पनी चाहती है हम मर जाएँ। हम मरेंगे नहीं।"

"तब क्या करें?"

"सर्दियों में कुर्थी उगाएँगे। कुर्थी के दाने गहाकर पहाड़ से उतरेंगे। जो जिसके पास है, लूट लेंगे। कम्पनी की डाक लेकर जब सड़क से लोग जाएँगे तो उन्हें मार देंगे। कम्पनी ने डकैती सिखाई। इसी चावल से माँड़-भात, नमक मँगाएँ औरतें। आपस में बाँटकर खा लो।"

"किसे लूटेंगे? आदमी मर रहे हैं।"

"जिसके पास कुछ नहीं है, उसे क्या लूटेंगे? जिसके पास है, उसे लूटेंगे। लूट के बचेंगे। कीड़े-मकोड़ों की तरह मरना हमें नहीं मंजूर।"

"तो?"

"पहाड़ की चोटी पर आग जला दो!"

"ठीक है। पर लूटेंगे क्या सन्थालों से? उनके घर में है क्या?"

"ऐसी बात जो सोचे वह समाज से बाहर! हम और वे, हमारे बीच कोई दुश्मनी नहीं। हम यदि उनकी तरह काम करते तो क्या यह विपदा आती?"

"उनके ऊपर क्यों नहीं आई?"

"उनका समाज बँधा हुआ है। औरतों को चूड़ी-माला पहनाने के लिए उन्होंने चावल नहीं बेचा। जितनी चकमक चीजें खरीदी थीं, सब फेंक दो!

झमर-झमर पैसा भी! चावल बेच, पैसा ले! पैसा दे! चूड़ी-माला-रंगीन फीते खरीदे! अब पहाड़ की ढलान से उतरेंगे और कम्पनी की डाक लूटेंगे।"

"फिर?"

"चावल भी लूटेंगे। जमींदार चकलादार नहीं हैं क्या? वे नहीं बेचते चावल। कम्पनी को उनके सिक्के-पैसों की जरूरत क्यों है? उनका चावल लूटेंगे। चावल नहीं हुआ तो कन्द-मूल खाएँगे। जंगल तो कहीं नहीं गया!"

पहाड़ की चोटी पर आग जली।

सुन्द्रा बोला, "हमने गिरह भेजी थी। उन्होंने आग जलाई...ऐसा क्यों... क्यों?" यह 'क्यों' सन्थालों के दिमाग में घूम रहा था। उदास-उदास। सर्दियों में सूखे पत्ते हवा जैसे उदास थे। भालू आए कूल के खेत में। जंगल का राजा जब चलता है तो सूखे पत्ते तक नहीं चरचराते। हाथी चलते हैं झुंड में और बीच-बीच में पहाड़ के नीचे उतरकर स्थिर खड़े रहते हैं—चित्रवत।

ऐसी सर्दियों में हमारे खेत खाली रहते थे। सुन्द्रा गया और देख आया। उसके बाद आमन के पकते-पकते हम रबी छींट देते थे। उनकी फसल आमन के साथ-साथ तैयार होती थी। वह अच्छी बात थी। पेड़ बढ़िया होंगे।

ऐसी सर्दी में हम जाहेर-थान में मँड़ेका की पूजा करते थे। तीन प्रधान देवताओं का एक देवता है मँड़ेका। मन की इच्छापूर्ति के लिए हम उसकी साधना करते थे। अच्छी फसल के लिए, रोग-व्याधि दूर करने के लिए। मँड़ेका के बड़े भाई थे मारांग-बुरू। औघड़ दानी। सफेद मुर्ग, एक सफेद पाठी बस। मँड़ेका को चाहिए लाल मुर्ग, लाल पाठा। इनकी बहन जाहेर-एरा को देते हैं लाल मुर्गी और लाल पाठी। मँड़ेका की पूजा बड़े पुण्य की पूजा है। बड़े अनुष्ठान से कड़े नियम का पालन करना होता है।

ऐसी सर्दियों में पहाड़ियों के घर-घर में होती है सूर्य पूजा। यह पूजा रविवार को होती है! इसके भी बड़े नियम, बड़े आचार-विचार हैं। पूजा-पर्व का उत्सव पहाड़ियों के जीवन से बँधा है। शीत की हवा हमारी अपनी है... बड़ी अच्छी है।

ऐसी सर्दी में हमने गिरह भेजी, उन्होंने जलाई आग।

5

पहाड़ियों का जो गाँव करीब है, वहाँ के मुखिया के पास गया सुन्द्रा। साथ में तिलका था। सबने रोका था, "मत जाओ। क्या करना चाहते हैं, कौन जाने? बात जाने बगैर मत जाओ।"

सुन्द्रा बोला, "बात जानूँगा कैसे? दोनों समाज इतने दिनों तक एक-दूसरे के साथ रहे हैं। अब पता भी न करूँ?"

पहाड़िया गाँव की हालत देख सुन्द्रा की छाती फट गई। मुखिया बोला, "क्या बात है, माँझी?"

"पता करने आया हूँ।"

"क्या?"

"सरदार! सारे सुख-दुख हमारे साथ भी हैं और तुम्हारे भी।"

सरदार ने दुख-भरी मुसकान से कहा, "कहो?"

"आग देखी मैंने।"

"आग...देखी? तिलका, तेरा बाप कुछ नहीं समझता। अरे, आग जलाई सो देख ली। इसमें क्या बात है?"

"क्यों, क्या हुआ?"

"सुख-दुख में हम एक हैं, माँझी! जब गिरह भेजी थी तो हमें खबर क्यों नहीं दी गई कि कम्पनी के लोभ के फन्दे में मत फँसो?"

"गलती हुई, मानता हूँ। पर तुम्हें पता था फिर भी नहीं आए, क्यों? अब तो मैं आया हूँ। मुझे खबर तो नहीं की थी तुमने।"

"वह भी ठीक है। सच्ची बात है।"

तिलका धीरे से बोला, "मनसा को, तुम्हारे बेटे को मैंने सारी बातें बताई थीं।"

"जब तूने उसे बात बताई थी तिलका, तो उससे पहले सर्वनाश हो चुका था।" सरदार खुला। बोला, "तुम बाहर नहीं निकलते, सो कुछ नहीं जानते। गरीब अब इस देश में नहीं हैं। पूजा-पर्व वगैरह सब कुछ भूल जाओ। आदमी रास्तों में मरे पड़े हैं। सिक्के-सिक्के पर अपनी सन्तान बेच रहे हैं। वे धनियों के दरवाजों पर बच्चे फेंक जाते हैं।"

"फेंक जाते हैं?"

"नहीं तो क्या करें? यदि खाकर बच सकें तो बचें। यह सब कुछ इस कम्पनी ने किया। रुपये में चार मन चावल खरीदा। चार सेर-तीन सेर करके बेच रहे हैं।"

"पर तुम डकैती डालोगे?"

पहाड़ियों का सरदार शुष्क हँसी हँसा, "कम्पनी क्या अकेली डकैत है? लड़ें नहीं...बैठकर मार खाएँ?"

"तो लड़ाई की बात कहो!"

"माँझी! सुन्द्रा माँझी! तुम कुछ नहीं समझोगे! जमींदारों ने हम पहाड़ियों को बेगारी में कुछ जमीन दी थी। हमें बँधुआ बनाया था। तब मैं तिलका के बराबर था। वही देखने गया था कुछ दिन के लिए। तभी देखा था बाहरी समाज के रीति-रिवाजों को। उनको मारने में पाप नहीं लगता। हम अगर अपने पर पड़ती मार रोकें तो डकैत हुए...क्या समझे? तिलका समझ गया है। हम जानते हैं लड़ाई लड़ना। वे हमें कहेंगे, डकैत हैं। इसी वजह से तो यह सारी बातें बताई हैं तुम्हें।"

"सब समझ गया हूँ। दुख नहीं घटता। अगर बुरा न मानो तो कहूँ कि ज्यादा देने की क्षमता तो नहीं है पर अपने गाँव से दो मन चावल दे सकूँगा। कुछ लोग भेज दो हमारे साथ।"

"दोगे?"

"क्यों नहीं देंगे? आज मैं दे रहा हूँ। हमारे कष्ट में तुम देना। दिन हमेशा एक-से थोड़े ही रहते हैं!"

"ठीक है। ऐसी ही करो। देखो, अब मेरे मन का मैल धुल गया है। मेरे मन में उठ रहा था कि सुन्द्रा माँझी हमारी बेवकूफी पर हँस रहा होगा।"

"नहीं! नहीं! पहाड़िया-जंगलिया लोगों को विपत्ति में देखकर जब लोग हँसते हैं तो सर्वनाश होता है।"

पहाड़िया युवकों ने चार बहँगियों का जुगाड़ किया। चावल ले आए। दिन बीतते गए। तिलका को घने जंगल में जाना पड़ा। बड़ी दुष्ट गाय है। वहाँ घुस कर बच्चा जन रही है। सँभालकर लाना होगा। आदमकद घास हैं यहाँ। बड़ी

कड़ी है। जब सूख जाती है तो इस घास से छत बना लो, पानी नहीं टपकेगा। ऐसी घास में धारीवाला बाघ स्वच्छन्द विचरता है। उसे देख तक नहीं सकते।

तुम बाघ नहीं देखते, लेकिन बाघ तुम्हें देखता है—कथा ऐसी है। ऐसे जगह में अगर गाय-बछड़ा जने तो क्या वे दोनों घर लौटेंगे? गाय चराते हैं इस गाँव के चार-पाँच किशोर। दूसरे किशोर पहरा देते थे। इस गाय में बहुत गुण हैं। पहला गुण यह कि जहाँ तक दृष्टि जाए, वहाँ तक चरना। दूसरा गुण यह कि बच्चा होने के सात-आठ दिनों तक तिलका के सिवाय दूसरे किसी को भी करीब नहीं आने देती। यह दुष्ट गाय सोमा को बड़ी प्रिय है।

तिलका बकता आ रहा था, "जाओगी दूर देश! बाघ के पेट में। तुम्हें बचाएगा कौन? अब चलो घर। लम्बी रस्सी से बाँधकर रखूँगा। जो दूँगा, वही खाना।"

अचानक लम्बी घास हिली। बाघ है क्या?

बाघ नहीं, मनसा पहाड़िया है। उसके सर पर एक डोल है। बड़ा डोल। मनसा डोल लेकर बाहर आया।

"मनसा!"

"बाघ लगा था?"

"इस घास के जंगल में से चलकर कोई आता है भला?"

"बाघ का डर कहाँ रे! अच्छा ले।"

"क्या है?"

"नमक। सरदार ने भेजा है। चावल के बदले।"

"नमक?"

"हाँ। कम्पनी का धन्धा देखकर तू तो भड़क उठता है। वे रुपये के दो सेर चावल बेचते हैं अब। रुपयों का पहाड़ बना रखा है। आढ़तदार ने भी कम पैसे नहीं बनाए। रुपयों से नमक, गुड़—सब खरीद लाया है। आदमी पेड़ की छाल-लता-पत्ते पर जिन्दा हैं। उसने एक नया आढ़तघर बना लिया है। जितना भीतर जा सका कोठे के उतने भीतर तक घुस गया। सात-दस कदम फलाँगे। कची का लड़का मरकर लकड़ी हो गया था। उसी की बात सोचकर सिर पर खून चढ़ आया। सब उठा ले आया।"

“पहरा नहीं था क्या?”

“हमें देखकर सब भाग गए। आढ़तदार कैसा-कैसा नाच रहा था! कूदता हुआ नाचता हुआ चीखता रहा, ‘बाप मेरे! सब मत ले जाओ।’ एक लात मार कर उसे भगा दिया। फिर चावल-दाल सब आपस में बाँट दिया। रास्ते में ही। पर और किसे दूँ? गाँव में आदमी नहीं हैं। पहाड़िया समाज में बाँटना होगा। गाँव की हालत को अगर तू देखता...।”

तिलका धीरे से बोला, “आढ़त को जला क्यों नहीं दिया? आढ़तदार तो छुप जाता, गोलादार को आगे कर देता।”

“कह रहा था, तुम डकैत हो गए हो? मैंने कहा, अभी तो हम ही हैं, और भी आ रहे हैं। कम्पनी का नाम लेकर कुछ कह रहा था। मैंने कहा, वह नाम अब गायब हो गया है। बहुत हुआ।”

तिलका दुखी मन से बोला, “कम्पनी ने जो कुछ खेतिहरों के साथ किया, क्या अब खेतिहर खेती कर पाएँगे? उन्हें लगेगा कि कितना भी कष्ट करके फसल उगाओ, कम्पनी उनकी फसल जबरदस्ती खरीद लेगी।”

“अपनी आँखों से नहीं देखा तुमने, तभी तुम अच्छे हो।”

अपनी आँखों से यह सब न देखो तो भी अब रहा नहीं जाता। तिलका का मन हठात विचलित हो उठा था। मनसा चला गया था। तिलका को लगा, जैसे कोई विपत्ति आ रही है, भयानक विपत्ति। सब कुछ तो वही है, कुछ क्षण पहले जैसा था। वही वन, वही जंगल, वही घास। भैंसों के गले की घंटियाँ बज रही हैं। हवा में वन शिउली की गन्ध है। मनसा के लिए यह विपत्ति की सूचना है। मनसा पहाड़िया बदल गया है, सारे पहाड़िया बदल गए हैं। धोखे से, गड़बड़ी से, वे क्रुद्ध हो उठे हैं। मनसा ने ऐसी बातें कीं। वे तो कभी पहाड़ से हथियार लेकर उतरे ही नहीं। आज मनसा और उसके लोगों का जो रूपान्तर हुआ है, यदि ऐसा ही उनका ही हो गया तो?

रास्तों में शव बिखरे हैं। गाँव निर्जन। कितने लोग मरे हैं? तिलका गाय-बछड़े को लेकर, डोल सिर पर उठाकर घर की तरफ चलता रहा। चरवाहे लड़कों से उसने कहा, “तुम सब घर लौट जाओ। घास के जंगल में आजकल बाघ ज्यादा घूम रहे हैं।”

गाँव में घुसते ही उसने देखा रूपा को। तिलका बोला, "ले पकड़, इस नमक के डोल को। तो तेरी लाज-शरम खतम हो गई है। मर्द के बगैर रह ही नहीं सकती?"

"क्यूँ रहूँ भला?"

दोनों हँसे।

और विपदा आई।

एक दिन पहाड़ियों ने दिनमनि कुम्हार को मार डाला था। उन्हें यह डर था कि दिनमनि उनके आदिवासी जीवन में विदेशी घुसाएगा। पर यह युग खत्म होते-न-होते कम्पनी की नजर पहाड़ियों पर पड़ गई। नहीं, विद्रोह नहीं। उन्हें लगान चाहिए। दुगुना। बंगाल के सूबे के तीन भागों में एक भाग भूखा मर रहा है, बाकी दोनों उसे धान दें।

अब फकीर और संन्यासी भी विद्रोह कर रहे हैं। बीरभूम-बाँकुड़ा में लोगों ने हथियार उठा लिये हैं, लगान नहीं देंगे। मेदिनीपुर में चप्पे-चप्पे में विद्रोह भड़क उठा है। पहाड़ियों को रोकना जरूरी है। कम्पनी का नाम सुनते ही वे क्रोधित हो उठते हैं।

फिर सुन्द्रा के घर बच्चा पैदा हुआ। तिलका और रूपा का बच्चा। और जब वह बच्चा एक साल का हुआ तो पहाड़ की चोटी पर आग जलती दिखाई दी। 1772 में। कैप्टेन ब्रुक भागलपुर की छावनी में बैठकर कहता है, "पहाड़िये! उन्हें ठंडा करना होगा! यह क्या बात हुई?"

अफसर ने कहा, "पहाड़ियों का दमन जरूरी है। हमें फौज की एक छोटी टुकड़ी दीजिए।"

एक सौ सिपाही और असीम आत्म-विश्वास के साथ कैप्टेन ब्रुक ने जंगल की राह पकड़ी। घाटी में भैंस खरीदने गया था तिलका, वहीं उसे मालूम हुआ। उसने मनसा को खबर कर दी। फलत: पहाड़ की चोटी पर आग जली।

आग जली, आग जली।
साहेब आया घोड़े पर,
खटखट खटखट खटखट।

आग जली आग जली,
साहेब आया घोड़े पर
खटखट, खटखट खटखट।
पट्टी है पैरों में सिपाहियों के,
पेटी है कमर में सिपाहियों के,
खटखट खटखट खटखट।
हो! तिलका मुर्मू हो!
तीरों पर सान दो
हो! मनसा हो!
हम तुम्हारे औरत-बच्चों को
लेकर जाते हैं।
काट दो, खटखट, काट दो।

पहाड़िया मर्द तीरों पर फलक चढ़ाने लगे। तिलका, गोपी, चाँदो वगैरह सब मिलकर पहाड़ियों के बच्चे, बूढ़े और औरतों को ले आए।

तिलका ने पूछा, "हम भी आ जाएँ क्या, मनमा? क्या कहते हो?"

"अगर हम नहीं सँभाल पाए तो बुला लेंगे। आग जला देंगे।"

तितापानी नाला के पास आकर ब्रुक और उसके सिपाहियों ने नाला पार किया। बालू और पत्थर। जंगल शुरू। अचानक पचासों नगाड़े बज उठे। फिर लगातार तीर छूटने शुरू। सिपाही एक सौ, दस बन्दूकें। बाकी तलवार। ब्रुक गोली चलाता था और चिल्लाता था, "गोली चलाओ। गोली चलाओ!" गोलियाँ हवा में चलती रहीं। तीर हवा चीरकर आते थे। सिपाही मरते रहे। तीर सीने में। तीर पसलियों में। तीर का फलक और पिछला हिस्सा वजन में बराबर होते हैं। अचूक और स्थिर निशाने पर आते तीर को रोकना कठिन होता है। कई सिपाही गिर गए, कई भागने लगे। ब्रुक चिल्लाया, "जो भागेगा उसे गोली मार दूँगा!" लेकिन तभी ब्रुक के घोड़ों की पसली में भी तीर आ घुसा। दर्द से तड़पता घोड़ा उछलता रहा। फिर ब्रुक भी खत्म। गरदन-कटे सिपाही भागते रहे। जंगल से प्रबल जयोल्लास की ध्वनि! पहाड़िया धनुष

उठाए बाहर निकले! एक भी सिपाही नहीं है। घृणित 'कम्पनी' का नाम खत्म। कोई दया नहीं। काट दो, खटाखट। कई सिपाही भागे। तितापानी नाले का पानी लाल हो गया।

तितापानी का पानी लाले लाल—ल
तितापानी के पत्थर लाले ला—ल
तितापानी का बालू लाले ला—ल!

नगाड़े बजते रहे।

पहाड़ियों ने एक अन्तराल के बाद स्वस्थ महसूस किया। खोया दर्प लौट आया। आनन्द और उत्सव। सन्थाल आए। जंगल-इलाके में आनन्द। मनसा के बाप ने सुन्द्रा से कहा, "दुख के दिन कट गए।"

सुन्द्रा बोला, "मैं एक बात कहता हूँ। इस बार जरा मन लगाकर खेती-बाड़ी करो। खेती-बाड़ी से समाज बँधा रहता है। हमें भी शक्ति मिलती है।"

आज आनन्दोत्सव है। सब हँस-बोल रहे हैं।

तिलका ने मनसा से कहा, "अब सावधान रहने का समय है। वे मार खा कर गए हैं, फिर मारने आएँगे।"

"हम फिर मारेंगे।"

"हमें लोगों को तीर चलाना, गुलेल चलाना सिखाना होगा, खूब अच्छी तरह से। तीर-खेल पर्व होता था कभी। उसे फिर से मनाना होगा।"

"वे क्या फिर मारेंगे?"

"तो क्या छोड़ देंगे? जो ऐसे अकाल ला सकते हैं, भूखे-नंगों से लगान वसूल सकते हैं, वे सहज ही मार नहीं भूलते।"

अंग्रेज भूले नहीं, कुछ भी नहीं भूले। 1772 के साल में ब्रुक आया था। तब से ही कम्पनी के राज-कर के नाम पर जमीन का जुआ शुरू हुआ। और विद्रोह भी। बगड़ी में जदूसिंह, घाटशिला-धनाभूमगढ़ में जगन्नाथ धल का विद्रोह, बराभूम में पाइक सरदार का विद्रोह। मयूरभंज-पातकूम में विद्रोह। विद्रोह हर जगह, जंगल के हर कोने में। जमींदार जदूसिंह जैसे विद्रोही, वैसे ही पाइक भी है, उनके सरदार भी।

राजमहल के जंगलों में तिलका लोगों को इतनी जानकारी नहीं थी। 1774 में हाहाकार मचा। खूब बारिश, झंझावात। पेड़ टूटे—पत्थर लुढ़के। तितापानी की धारा फूलकर दोनों किनारे तोड़ गई। ऐसे तूफान में रतनमनि कुम्हार की छत टूट गई। वे आए तिलका के घर। तूफान की गर्जन और हाथियों की तीव्र चीखें भी समवेत स्वर में सुनाई देती थीं।

तिलका की माँ बोली, "देवता सब मंगल करें, पूजा करूँगी, पूजा करूँगी।" फिर बहू से कहा, "रूपा! इस बीच बच्चे न पैदा करना, बेटी! थोड़ा धैर्य रखना।" रूपा मचान के नीचे जा सो रही। तूफान में छोटी-छोटी चीजें उठाने-रखने लगी। तभी उसके पेट में दर्द शुरू हो गया था।

रतनमनि की पत्नी गई, उसके पेट की मालिश करने। तेल गरम किया। तिलका के पास रहने के लिए दो घर हैं। लेकिन आज दुर्योग से सब एक ही घर में बैठे थे। थोड़ी देर के बाद सभी को चुपचाप देखकर सोमी ने धीरे-धीरे कहना शुरू किया, "जब तिलका इतना-सा था, तब क्या गजब का तूफान आया था, क्या बताऊँ! क्या बारिश! कुर्थी, दाल कुछ भी बटोर नहीं पाई। सबेरे देखा, दाल भीगकर भात बन गई है। गोहान की छत खेतों में पड़ी है।"

सुन्द्रा बोला, "जरा रुक! देखूँ, कौन रो रहा है?"

रोएगा कौन? हवा रो रही थी। तब बच्चे को पीठ से बाँधा। बाहर आकर देखा। कौन रो रहा है?

रतनमनि की बहू बोली, "देवर, जरा बाहर जाओ। तिलका, तुम भी। सारे मर्द बाहर चले जाओ। मझली दीदी, तुम इधर आ जाओ। लगता है, रूपा को दर्द शुरू हो गए हैं।"

"हें! दर्द शुरू?"

सारे मर्द कानों पर हाथ रखकर गिरते-पड़ते बाहर दीवार से लगकर खड़े हो गए। बन्द घर में आग जलाने का शब्द, चकमक पत्थर की आवाज। तभी बिजली चमकी। एक सियार भागा उठान की तरफ। गोहाल में गाएँ डर से चिल्लाईं।

सुन्द्रा तेज आवाज में बोला, "गाय, भैंस दूसरे घर में बन्द करनी होंगी, रे तिलका!" रतनमनि, तिलका और सुन्द्रा भागे। जिस घर में खर है, धान

के डोल हैं और जो सुन्द्रा और सोमी का घर है, उसी में भीगे पशुओं को ले जाया गया। फिर सभी ने कान बन्द कर लिये। बिजली गिरी है कहीं पास।

रतनमनि कहने लगा, "यह कैसी विपत्ति है, रे बाप! यह सब उस कुम्हार बूढ़ी के कारण हुआ। पानी नहीं तो फसल नहीं। पानी नहीं, फिर भी फसल सुखाती थी इन्द्र राजा को बुला-बुलाकर। तभी इन्द्र खुश होकर पानी डाल रहा है।"

कैसा दुर्योग!

सुन्द्रा बोला, "तितापानी की धारा यहाँ तक तो फैलेगी नहीं। नीचे सबको डुबा देगी।"

तिलका बोला, "लगता है, पहाड़िया गाँव गया।"

बातें करते-करते समय बीतता रहा। तूफान का वेग कम हुआ। जब सबेरा हुआ तो बारिश चल रही थी। सोमी ने दरवाजा खोला। बोली, "लड़की हुई है रे...खू...ब सुन्दर। माँ जैसी।"

बड़ी देर के बाद धूप निकली। तिलका की कमर जैसे टूट गई थी, घर में से पेड़-पत्ते साफ करने और गाय बाहर निकालने में। सोमी रतनमनि की पत्नी के निर्देश पर काला जीरा और मिर्च पीस रही थी। गरम भात के साथ उसे मिलाकर खाया रूपा ने। फिर वह सो गई। सुन्द्रा ने पुरोहित को खबर दी और नायक को भी कि सारे गाँव को सूतक लगा है। नायक के स्नान करने पर ही सब शुद्ध होंगे।

शाम तक तेज धूप हो गई। कौन कह सकता था कि दो दिन तक यहाँ प्रलय चल रहा था? तिलका को समय ही नहीं मिला रूपा की खबर लेने का। सोमी का काम तो जैसे खत्म ही नहीं होता था। आज गप्पबाजी का समय भी नहीं मिला। चारों तरफ टूट-फूट मची है।

शाम को तिलका बोला, "आयु, धान-दाल कल धूप में डालना। मैं मदद कर दूँगा।"

"नहीं। ले, तू बच्चा पकड़।"

तिलका बच्चे को लेकर दरवाजे पर खड़ा हो गया। रूपा लड़की को गोद से चिपटाए सो रही है। सोए। तिलका सारे दिन व्यस्त था, रूपा जानती थी।

रूपा अगर ठीक होती तो सोमी के साथ भाग-दौड़ करती। लड़की! तिलका का मन खुश हो गया।

लड़की के जन्म के तुरन्त बाद रूपा फिर से माँ बनी। कैसे?

इस तूफान में चाँगी धानुक के घर से रोने की आवाज उठी थी। धानुकों के छह-सात घर थे। रास्ता-बाजार जैसी सुविधाओं के लिए वे सब आड़ाबुरु चले गए थे। सिर्फ मंगल और राधी नहीं गए। राधी चार दिन के बच्चे को लेकर सो रही थी। तीन बरस की लड़की और मंगल बगल के कमरे में थे। कभी सुना है ऐसा! पेड़ की डाल गिरी, मरे सिर्फ मंगल और राधी। बचे सिर्फ लड़का और लड़की। मंगल की माँ खोहाँड़ में थी। सूअर-बकरी लेकर गई थी। उनका रोना आकाश को चीरने लगा। रोना बन्द हुआ तो प्रश्न उठा कि यह बच्चा अब बचेगा कैसे? गाँव में किसके यहाँ बच्चा है? किसकी छाती में दूध है? सोमी ले आई बच्चों को। रास्ते-भर गालियाँ देती आई।

"छोटे-छोटे बच्चे। कुम्हार नहीं लेते, कमेरे नहीं लेते, उनकी जात का नहीं है। क्यों? यह क्या बात हुई? कैसा समाज है? मैं रख लेती हूँ। हाँ, मेरी बहू की छाती में बहुत दूध है। एक और बच्चा सही। ले रूपा! दूध पिला दे इसे भी! वरना मर जाएगा रे!"

रूपा ने तुरन्त दूध पिलाया। राधी का बच्चा कुछ देर माँ-माँ करके रोता रहा और फिर दूध पीकर सो रहा।

तिलका और रूपा हँस-हँसकर निहाल हो गए। दो लड़का लड़की थे, अब चार हुए। मंगल की माँ तीन-चार दिन दरवाजे पर बैठी रही। फिर बोली, "आड़ाबुरू जा रही हूँ, दीदी!"

"क्यों, क्या हुआ?"

"बेटे-बहू का श्राद्ध करना है।"

"यहाँ नहीं, हो सकता?"

"यहाँ? नहीं दीदी। वहाँ जाति के लोग हैं। वे ही जो करेंगे, करें।"

"जा। लौटेगी कब?"

"बस, लौट आऊँगी।"

जाते वक्त बूढ़ी, सूअर और बकरी साथ हाँककर ले गई। उन्हें बेचकर श्राद्ध करेगी। वह जो गई तो फिर नहीं लौटी। जैसे गायब हो गई हो।

तिलका बाद में समाचार लाया, "हाँ, गई थी गाँव में। उसके समाज ने सूअर और बकरी के बदले श्राद्ध-शान्ति कर दी। फिर कहा कि बच्चों को ले आओ, हम पाल-पोस लेंगे। उन्होंने विपत्ति झेली है, आदमियों की-सी बात की है। तुम दादी का काम करो।"

"ले आती हूँ," कहकर बुढ़िया चली। नहीं, उसे बाघ ने नहीं खाया। वह गाँव में आई घाटी की तरफ से। बच्चों के बारे में उसने कतई नहीं सोचा। सोचा यह है कि अब भीख माँगेगी और घूमेगी।

तिलका को विशेष परेशानी नहीं हुई। धानुकों ने कहा है, "वे इन बच्चों को ले जाएँगे।"

"क्यों?"

"बहुत दिन रखा तूने।"

"मेरी चिन्ता तुम्हें करने कोई जरूरत नहीं।"

"नहीं...वह...।"

"वे बच्चे अपने माँ-बाप को नहीं जानते, हमें जानते हैं।"

"ठीक है, उसके बच्चे मेरे बच्चों की तरह तीर-धनुष पकड़ेंगे।"

"लड़की?"

"अपनी लड़की की तरह ही उसकी शादी होगी।"

"तू तो बट-वृक्ष है। तेरा आश्रय...।"

तिलका ने अपने खून के बच्चे का नाम रखा, सोमा। दत्तक का नाम बुधा रखा। अपनी लड़की का नाम गिरि और दत्तक बेटी का नाम मति रखा। चारों बच्चों को सुविधाएँ भी खूब मिली हैं। दिन-भर खेलते हैं। सुन्द्रा और सोमी का भरा-पूरा संसार है।

तिलका और रूपा दस हाथों से मेहनत करते हैं। खेत में दोनों मिलकर काम करते हैं। तिलका शिकार करता है और रूपा तितापानी से मछलियाँ पकड़ती है। दोनों मिलकर धान काटते हैं। तिलका के जीवन में ऐसी पूर्णता कभी नहीं थी।

तमाम समाज को बाँधकर रखने की व्याकुलता भी तिलका में है। सुन्द्रा

से कहा, "शिकार-पर्व की बात उठाओ। तुम गाँव के माँझी हो। हाट में चावल का दाम खरीदने पर ज्यादा देना पड़ता है। फन्दे में पैर मत दो।"

"कहूँगा।"

"हाट का नया गोलदार कहता है कि रुपये से चीजें खरीदो। हम पैसे से नहीं खरीदेंगे। हम तो धान-चावल ही देंगे। वही इतने दिनों से देते आए हैं। कहता है—यह नियम अब उठ गया है।"

"यह कहता है?"

"हाँ आपूँग, यही कहता है। उसे मैंने बताया कि मेरा नाम तिलका मुर्मू है। मैं क्या हूँ, यह लोगों से पूछ लेना।"

"कुछ गड़बड़ी जरूर होगी।"

"कहता है कि जमीन पर लगान लगाया था कम्पनी ने। उसी को लेकर जंगल-इलाके में लड़ाई चल रही है।"

"कहाँ-कहाँ?"

"अनेकों जगह। कहता है कि तुम्हारे जैसे लोग यदि कम्पनी के सिपाही बन जाएँ तो बहुत रुपये मिलेंगे...बहुत। हम नहीं मानते यह बात। देखेंगे कि कैसे जुल्म करते हैं?"

"तू माँझी बन जा। मैं अब ज्यादा दिन नहीं जीऊँगा। इतनी बातें मैंने कभी नहीं सोचीं। जंगल में रहते हैं, यहीं खेती करते हैं। पूजा-पर्व सँभालूँगा—समाज का भला-बुरा देखूँगा। मेरी आँखें गाँव से ही बँधी रहती हैं। तेरी आँखें...तेरा मन समाज की बातें सोचता है।"

"नहीं, आपूँग! तेरे रहते नहीं बनूँगा।"

"तिलका! मेरे तिलका! तूने देखा था सपने में राजहंसिनी को। मैंने नहीं। वह जगह न पाकर तेरी छाती पर बैठी, मेरी छाती पर नहीं। वह बात मैं अभी तक नहीं भूला।" तिलका हैरान रह गया।

"तिलका! हाट में मैं भी जाता हूँ। मुझे भी कहते हैं कि तुम सिपाही बन जाओ। तुम्हें भी कहते हैं। सन्थाल सिपाही नहीं बन सकते। सिपाही बने और बनकर सन्थाल, पहाड़िया, धानुकों को मारें क्या?"

"यही तो मैं भी कहता हूँ, आपूँग!"

सन्थाल कभी सिपाही नहीं बने। पहाड़िया बन गए। बड़ी दुख-भरी घटना हुई यह। यह याद करके तो तितापानी की धार रो देती है। शाल-पेड़ से दुख भरते हैं। इलाके के कोने-कोने से रुदन सुनाई देता है।

तिलका की छाती फटने लगती है।

6

1772 में आया था कैप्टन ब्रुक।

1773 में राजमहल का सुपरिटेंडेंट बना ऑगस्टस क्लीवलैंड।

1773 से ही क्लीवलैंड पहाड़ियों पर नजर रखे था।

1775 में उसने भागलपुर के कलेक्टर से कहा, "मेदिनीपुर और दूसरी जगहों पर जमींदार पाईक और चुहाड़ों को कैसे वश में करते हैं, यह सीखने की बात है।"

"कैसे?"

"सिपाही बनकर, बंजर जमीन देकर।"

"सिपाही किसे बनाएँ? सिर्फ पहाड़ियों को? अरे, सन्थाल भी तो हैं। वे अनगिनत हैं। वे अधिक संघबद्ध हैं। हमने सबसे धान-चावल खरीदा है। पहाड़ियों से भी। सन्थालों ने नहीं बेचा धान-चावल। पहले कुछ बेचा था, लेकिन फिर बन्द कर दिया।"

"पहाड़िया व सन्थाल क्या मित्र हैं?"

"समझौता है उनके बीच।"

"तोड़ना होगा उसे।"

"कौन तोड़ेगा?"

"हम।"

"हम तो उनके दुश्मन हैं।"

"वही कहते हैं न दुश्मन। सो क्या हुआ? उनका दोस्त बनना होगा। वे सीधे लोग हैं। स्वभाव से ही सब पर विश्वास कर लेते हैं। इसी का सुयोग खोजना होगा।"

"फिर क्या करोगे?"

"पहाड़िया संख्या में कम हैं। उन्हें समझाना सरल है।"

"मानेंगे?"

"देखा जाएगा!"

1779 में क्लीवलैंड भागलपुर का कलेक्टर हुआ। मुनादी पिटवा दी गई। पहाड़िया सरदार के पास साहेब-सरदार का नजराना गया—बड़ी बकरी, चावल और घी। पहाड़िया चौंके। पर दूत को मारा नहीं जाता। हथियार नहीं लाए हैं, भेंट लाए हैं—साहेब-सरदार की भेंट।

फिर आया खुद क्लीवलैंड। बोला, "हथियार नहीं लाया हूँ। बातें करने आया हूँ। पहले कम्पनी ने बड़ी धाँधली की है। कम दाम में चावल खरीदा, तुम्हें लूटा। यह सब कुछ दुष्ट करते रहे, कम्पनी के नाम पर। कलकत्ता में बैठी कम्पनी सब कुछ जान गई है। इसीलिए मैं आया हूँ। साल में दो बार सरदार के साथ भेंट करूँगा। सब आरोप सुनूँगा। मैं तुम्हारा दोस्त हूँ।"

ठीक है। क्लीवलैंड मित्र है। पहाड़ियों ने नाम दिया चिलीमिली साहब। चिलीमिली साहब ने बैठकें कीं। चिलीमिली साहब आता था पूजा-पर्व पर।

तिलका बोला, "यह सब अच्छा नहीं हो रहा, मनसा!"

"नहीं, कतई नहीं। यह अच्छा आदमी है।"

साहब पहाड़ियों को दोस्त बनाकर जंगली इलाके में घुस आया। सन्थालों के बारे में भीतरी खबरें भी उसने बातों-बातों में ही जान लीं।

फिर बोला, "तुम जैसा वीर कौन है? हाँ, अगर तुम सिपाही बन जाओ तो तुम्हारी प्रतिष्ठा और बढ़ जाएगी।"

धीरे-धीरे बात चलती रही। कम्पनी की तरफ से पहाड़िया सरदारों को मिला 10 रुपये का भत्ता। पहाड़िया माझियों को मिला दो रुपया। नीला कपड़ा, लाल पगड़ी। चार सौ पहाड़िया कम्पनी की फौज में भरती हो गए। उस दिन सभी पहाड़िया गाँवों में उत्सव हुआ।

सुन्द्रा ने कहा, "मौत के नगाड़े बज रहे हैं, तिलका!"

सुन्द्रा बिस्तर पकड़ चुका था। उसे बुखार था। बुखार तो हलका ही था, पर पहाड़िया कम्पनी के दोस्त हो गए हैं, इसी का गहरा धक्का लगा था। सुन्द्रा भविष्य को साफ-साफ देख रहा था।

"सब देख रहा हूँ मैं," वह रुँधे स्वर में बोला।

"क्या देख रहे हो, आपूँग?"

"सब तरफ अँधेरा, धुआँ-धुआँ, आँधी-भरा आकाश।"

"और क्या?"

"तू इस जंगल के कन्धे पर घूम रहा है। तेरे सिर पर जंगल और अनेक लोग हैं।"

"और, क्या?"

"हमारी प्रथम आयु राजहंसिनी तेरे सिर पर है।"

सोमी ने आँखें पोछीं। तिलका से बोली, "नायक को खबर कर दे। पूजा की व्यवस्था कर। मैं जाहेरथान जाऊँगी।"

जाहेरथान में पूजा हुई। कार्तिक में धान-खेत लहलहा रहे थे। तिलका के बच्चे पंछी भगा रहे थे।

गाँव के पाँच लोगों को बुलाकर तिलका को माँझी मनोनीत किया गया। गाँव-समाज और तिलका के सिर पर हाथ फेरकर सुन्द्रा ने आँखें बन्द कर लीं। कह गया, "नीला कपड़ा, लाल पगड़ी तुम सब लोग कभी मत पहनना। कम्पनी वार करेगी। तिलका की बात मानना तुम सब।"

सुन्द्रा की मौत पर तमाम गाँव जैसे टूट गया। कुम्हार-ठठेरे सभी जाति और वृत्ति के लोग रोए। सुन्द्रा की मौत का अर्थ था एक प्राचीन युग का अन्त। तिलका उस समय भी कुछ नहीं जानता था।

कई दिन बाद मनसा और उसका बाप आए। सरदार की आवाज में शिकायत और दर्द था—"सुन्द्रा चला गया, मुझे पता तक नहीं चला।"

कितने दिनों से कितने ही लोग आ रहे हैं। तिलका शान्त है, क्षुब्ध, विमूढ़।

"बताया नहीं, बतानेवाली बात ही क्या थी?"

"मेरे समय का आदमी था। हम सम्मान देते थे। वह आज चला गया। समाज के हर दुख-दर्द का साथी था। उम्र कुछ कम थी, पर बुद्धि और मन से वह राजा था। अपनी बुद्धि से उसने कितने ही तूफानों से बचाया था। उस दिन भी कह रहा था—खेती-बाड़ी में फिर से मन लगाओ। समाज को खेती से बाँधकर रखो। हमारे समाज के अच्छे दिन आ गए हैं। चिलीमिली साहेब

ने हमारे लिए बहुत किया। यह सारी बातें अब किससे कहूँ? करीब बैठने का सुयोग हमें सुन्द्रा मुर्मू ने नहीं दिया।"

उठान में बैठे सन्थालों ने, माँझी और दसमाँझी तथा परगनायेत—सभी ने एक साथ सरदार की तरफ देखा, फिर तिलका की ओर। तिलका खड़ा है कुछ दूर पर, आम के पेड़ के सहारे। उदास आँसुओं-भरी लाल आँखें लिये बैठा है रतनमनि। सब एक ही बात सोच रहे हैं। लेकिन उलझे बालवाला गम्भीर और शान्त तिलका सबकी तरफ देख रहा है। फिर बोला, "हम अभी सूतक में हैं। तेल-नहान नहीं हुआ है। कौन किसे खबर दे? हमारे सिर से आकाश उठ गया है, पैरों तले से जमीन।"

"हाँ, वह तो है," पहाड़िया सरदार ने दुख प्रकट करते हुए कहा। यह दुख छल नहीं था। वह समझ नहीं पा रहा था, यहाँ बैठे सन्थाल उसे और उसके लड़के को नीला-लाल कपड़ा पहनने पर मन-ही-मन धिक्कार रहे हैं। मनसा समझ गया। वह कनखियों से तिलका को देखता रहा। वह समझ रहा है। यह शान्त धिक्कार उसे कुरेद रही है। आज फैसले का दिन नहीं है। बोला, "बाबा, अब चलो। यह इनके काम-काज का समय है। तिलका, कुछ जरूरत हो तो बताना। हम और तुम साथ हैं। यही तुमसे सुना है, माँझी से सुना है।"

"बताऊँगा।" तिलका के होंठों पर शुष्क हँसी है। मनसा चला गया।

यदू परगनायेत बोला, "कम्पनी की पोशाक बड़ी अच्छी लगती है। अब तो कपड़े मिलते ही नहीं।"

तिलका बोला, "हाँ, नीले कपड़े और लाल पगड़ी।"

दिन बीते। महीने वीते। बाप के न होने के कारण तिलका उदास है। पर उसने काम-काज में मन लगा लिया। उत्तरदायित्व का भारी बोझ है सिर पर।

बाबा ने कहा था—गहन अन्धकार धुआँ, आँधी-भरा आकाश। तिलका अपने दोनों हाथों में जंगल को पकड़े चल रहा है—जंगल, खेत, आदमी। उसके ऊपर उड़ रही है आदि-माता राजहंसिनी। क्यों कहा था उसने ऐसा? जंगल की गोद छोड़कर सन्थाल क्या फिर से यायावर हो जाएँगे?

कहाँ जाएँगे सन्थाल? कौन सी आँधी आ रही है जिसकी प्रचंडता से यह अरण्य-आश्रय छिन जाएगा, धान-खेत और शिकार छिन जाएँगे?

आहिड़ि पिड़ि से शशाँग बेडा,
शशाँग बेडा से जापि,
जापि से आहिरि,
फिर केन्थी छाई,
फिर चम्पा,
फिर साउन्त।

"आदि-माता के डैनों से कौन सी आँधी आएगी? सन्थालों को अपने साथ लेकर तिलका कहाँ जाएगा?"

"आपूँग! आपूँग! तुम्हें हर जगह, धान की गन्ध में, शिकार के सुख में, खर की आग में, भुट्टे सेंकने में, माँ की दुखी काली आँखों में, रूपा की छाती में—हर जगह पाता हूँ।"

"तुम अपनी आँखों से क्या-क्या न देख गए! पहाड़ियों को कम्पनी ने धोखे से जीत लिया। तुमने उनका भविष्य देख लिया था।"

जंगल से जमींकंद लेकर आते समय तिलका यही सोच रहा था।

"रे तिलका हो!"

मनसा पहाड़िया! खाली धोती, नंगा बदन, तीर से बिंधा साँप। साँप को फेंक दिया उसने पूँछ पकड़कर। वह मर गया था। मनसा सामने आया।

"क्या है, मनसा?"

"तिलका, बहुत जरूरी बात कहनी है।"

"मुझसे? तेरी जरूरत तो कम्पनी देख रही है। मुझसे क्या जरूरत आन पड़ी है?"

"हजार बात कह डाल। पर मुझे भी तो बोलने दे।"

"क्या कहूँ? पहाड़िया स्वाधीन, पहाड़िया लड़ाकू, पहाड़िया हमारे गौरव थे। वह गौरव क्यों छीन लिया तूने? नीला कपड़ा, लाल पगड़ी, कम्पनी का सिपाही। एक दिन सिपाही आए थे तुझे मारने, लेकिन तुमने सिपाही ही मार डाले। आज जब तुम सब सिपाही हो गए हो तो हमारे जैसों को मारोगे। चाँङि धानुक मारोगे।"

"बोल, और बोलता जा।"

"कम्पनी जिसे कहेगी उसे तुम मारोगे।"

मनसा सूखी हँसी हँसता हुआ बोला, "मैं इतनी बातें नहीं जानता। कम्पनी ने भयानक खेल खेला था। पहले चिलीमिली साहेब ने दोस्ती गाँठी। फिर रुपये, कपड़े-पगड़ी दी। फिर सिपाही बनाकर हमें तुमसे अलग कर दिया। जो सिपाही बने, वे कहाँ गए, पता नहीं।

"कहीं दूर गए हैं। पहले लगता था कि धरती का मतलब जंगल होता है। तब नहीं जानता था, लेकिन अब जानता हूँ कि धरती बहुत बड़ी है। इतनी बड़ी धरती पर वे किसे मार रहे होंगे, पता नहीं। वे कम्पनी के सिपाही जो ठहरे।

"और भी बातें हैं। तेरी बस्ती के नीचेवाले इलाके की। चिलीमिली साहेब कहता है कि इस इलाके का नाम रखेगा दामिन-ए कोह। जो-जो उसने कहा है, सभी कुछ बताऊँगा, जरा ठहर तो। भागलपुर, मुर्शिदाबाद, बीरभूम—कितनी ही जगहें दखल कर ली हैं। हमें वहाँ जाने को कह रहा है। राजमहल के पच्छिम में आबादी बसाएगा। हमने कह दिया है कि सन्थाल बस्ती से हमारा कोई झगड़ा नहीं। हम घाटी से नीचे नहीं उतरेंगे। दामिन-ए-कोह में भी नहीं जाएँगे।"

"और क्या कहा है?"

"उसने अपना असली रंग दिखाया है। दामिन-ए-कोह में जाने पर पहाड़ियों को कर देने की जरूरत नहीं। पर सन्थालों से वह लगान जरूर लेगा बिलकुल नहीं छोड़ेगा।"

"और भी कुछ कहा होगा?"

"सारी बातें देख-समझकर वह और पहाड़ियों को भी सिपाही बनाएगा। उसने कितना लालच दिया है, क्या बताऊँ! सन्थाल बदमाश हैं, वे झगड़ा करते हैं। सन्थालों की बात पर हम कम्पनी से क्यों लड़ाई मोल लेते हैं?"

"तुम—तुम लोगों ने क्या कहा?"

"मेरा बाप और दूसरे सरदार अब सब कुछ समझ गए हैं। जो सिपाही हो गए, उन्हें छोड़ो। लेकिन अब रुपये नहीं लेंगे। कपड़े-पगड़ी लौटा देंगे।"

"लौटा दिये क्या?"

"हाँ।"

"सब किया मनसा, लेकिन अब? जंगल के इलाके में तुम लोगों ने कम्पनी को घुसा दिया। तब कहीं जाकर उलटी बुद्धि सीधी हुई है। अब क्या होगा?"

"वे फौज ले आएँगे। जबरदस्ती लगान लेंगे।"

"तुम क्या करोगे?"

"दूसरों की बात नहीं जानता। पर मैं तीर के फलक पर धार दूँगा। मधु भी साथ देगा और मदन भी।"

लेकिन उस समय भी मनसा या तिलका नहीं जानते थे कि यह सब कितना मुश्किल हो जाएगा। उनकी जिन्दगी सीधी-सहज लीक पर चलती थी। लेकिन कम्पनी अब उसे चलने नहीं देगी। ग्रामीण जीवन, आदिवासी जीवन—सभी प्रकार के जीवन का आधार तोड़ देगी वह। इंग्लैंड में नये-नये धन्धे शुरू हो रहे हैं। भारत के ग्रामीण समाज को तोड़कर, धान के खेतों को उजाड़कर शोषण की बेड़ी डाल देंगे ये अंग्रेज। उन्हें चाहिए कच्चा माल। अंग्रेजों के इस कारोबार में सहायक होंगे—जमींदार, अमला और महाजन।

तिलका और मनसा समझ नहीं पा रहे। उनके चारों तरफ ठंडी हवाओं के झोंकों से पत्ते झर रहे थे, कठविलाव भाग रहे थे। झुंड-के-झुंड पक्षी डैनों से आकाश चीरते चले जा रहे थे। भागीरथी की दूसरी तरफ। वे इसी तरह, एक ही रास्ते से जाते हैं हर वर्ष। तब भी मनसा या तिलका यह जान नहीं पाए कि सन्थाल-समाज के सीने पर चोट करके जिन पहाड़ियों ने कम्पनी से दोस्ती की है, वे ही 1789 में ठीक एक बरस बाद विद्रोह करेंगे। फिर 1855-56 में कुछ पहाड़िया सिपाही कम्पनी के साथ आएँगे लड़ने सन्थालों से और हवा में गोलियाँ छोड़कर चले जाएँगे।

मनसा और तिलका कुछ नहीं जानते थे।

मनसा बोला, "तीर पर धार दूँगा।"

तिलका बोला, "फिर?"

"तुम्हारे पास चला आऊँगा।"

"ठीक है, यही कर।"

"तू क्या करेगा?"

"गिरह भेजता हूँ। सभी को बताता हूँ। तूने जो बताया, सभी को बताऊँगा।"

तिलका ने 1780 के शुरू में गिरह भेजी थी। तितापानी की धारा पथरीले रास्ते से होकर जाती थी। वहीं पत्थर पर खड़े होकर तिलका ने कहा था, "मैं तिलका माँझी, दसमाँझी या परगनायेत नहीं हूँ। पर मैंने गिरह भेजी है। मेरे सपने में आदि-आयु बार-बार आती है, मेरी छाती पर बैठती है। इसी से मुझे साहस मिला है। हमारे ऊपर बड़ी भारी विपत्ति आनेवाली है। कम्पनी हमसे जबरदस्ती कमरतोड़ लगान लेगी। लगान दोगे तुम सब। तुम कम्पनी की प्रजा जो ठहरे।"

जदू परगनायेत उठ खड़ा हुआ, "प्रजा? हम किसी की प्रजा नहीं हैं। राजा आए, राजा गए, हमने किसी को कर नहीं दिया। किसी ने हमसे कर नहीं लिया। क्यों? अजगरों को काटकर हमने जमीन हासिल की है। कोई हमारे जैसा नहीं। भले ही और लोग लगान दें और भूखे मरें।"

"नहीं, हमसे खजाना नहीं लिया। मनसा की बातें सुनकर मैं श्यामसिंह घटवार के पास गया। श्यामसिंह ने कहा, 'कम्पनी का सदर आफिस कलकत्ता है।' कम्पनी खजाना-खजाना चीख-चीखकर पागल हो गई है। यह घटवार हमारा परिचित है। उसने बताया कि अब नया बन्दोबस्त हुआ है। दस-साला बन्दोबस्त। अब कम्पनी कर लेगी जबरदस्ती। अपने समाज के सभी लोग इस समय यही हैं। अपनी-अपनी बताओ, खजाना दोगे? कम्पनी की प्रजा बनोगे? सोचकर बोलना।"

महर खड़ा हुआ। इस समय वह उसका ससुर नहीं और तिलका उसका दामाद नहीं। यह दूसरी जगह है, दूसरा सम्बन्ध है। महर ने क्रोध से कहा, "माँझी, तिलका माँझी! यह तुम क्या बक रहे हो? इसी के लिए शालगिरह भेजी थी? कौन सन्थाल हाँ करेगा इस बात के लिए? मैं उसी को देखना चाहता हूँ।"

"मैं 'ना' कहता हूँ। खजाना नहीं भरेंगे।"

"हम भी नहीं देंगे। कभी नहीं देंगे।"

"तब हमला होगा।"

"हम लड़ेंगे।"

"लड़ाई का उत्तरदायित्व कौन लेगा?"

"तुम लोगे! तिलका माँझी, तुम लोगे! तुम्हें आज से हमने नाम दिया, बाबा तिलका माँझी! तुम भार लोगे। तुम्हारे ही सपने में आई है हमारी आदि-जननी!

तुम्हारी छाती पर बैठी। क्यों? उसे पता है कि पिलचू हाड़ाम-पिलचू बूढ़ी की सन्तानों को कष्ट होगा। तभी, हाँ तभी उसने तुम्हें सपना दिया।"

"ठीक है! मैंने स्वीकार किया। अगर हमला हुआ तो लड़ेंगे। तीर के फलक बनाओ। गुलेल भी हमारा जबरदस्त हथियार है।"

घर लौटते-लौटते तिलका को रात हो गई। लेटते ही सबेरा हो गया। सबेरे उसने देखा कि रूपा एकटक उसकी तरफ देखती हुई खड़ी है।

"क्यों रूपा, क्या बात है?"

"देख रही हूँ।"

"पहले नहीं देखा?"

"बाबा तिलका माँझी नहीं देखा इससे पहले।"

"दुख के दिन आ रहे हैं।"

खेत-उठा पर्व, मा-माड़े पर्वों के दिन हैं यह। गोत-माघ के दिन आ रहे हैं। सब पूजा-पर्वों को कम्पनी खा गई। पूस के अन्त में हम बेझा-तुन करते हैं, तीर से निशाना बेधते हैं। बेझा-तुन अभी से शुरू हो गया।

नाच-गाना बन्द। तमाखू, ढोल, करतार, बानाम, बूयाँ—सब बन्द। नगाड़े बजेंगे, गिरह जाएँगी। आपूँग अच्छे समय पर मर गया।

"वह सब कुछ जानते थे। कह भी गए हैं।"

"जानती हूँ। पर आँखों से देखा तो नहीं।" रूपा ने ठंडी साँस भरी, "जाती हूँ काम पर। आज मन करता है, तुम्हारे पास ही रहूँ।"

सास के साथ धान कूटते-कूटते वह सिसकने लगी। सास ने गम्भीर स्वर में कहा, "धान कूटने के समय रोनेवाले के कष्ट कभी कम नहीं होते।"

"मुझे डर लग रहा है।"

"मुझे नहीं लगता क्या? पति नहीं, बेटा जा रहा है।"

"आयु! क्या कहती हो?"

"सीने के भीतर की बात पता है।"

"उसे रोको।"

"उसके ऊपर सारे समाज का भार है। कैसे रोकूँ? उसके तीर पर सान दूँगी। लड़ाई में भेजूँगी। पूजा दूँगी। घर-खेत में खटूँगी और रोएँगी मैं और तुम।"

"हाँ, आयु!"

"ले। तू धान कूट। मैं खाना पकाती हूँ। अरे, मेरा ध्यान भी कहाँ चला गया है! पानी लाऊँ। सोमा रे! लकड़ी ला।"

धान कटने के बाद तीन महीने भी नहीं हुए थे कि मुनादी हुई, "कम्पनी का तहसीलदार आ रहा है, बरकन्दाज लेकर। पहले का बाकी कर पूरा लेगा और अब का भी।"

"बाकी क्या?"

"अरे, इससे पहले फसल नहीं काटी कभी? उसका खजाना चुकाना बाकी नहीं है क्या? वे बाकी हैं, उधार हैं। और इस बार का अभी देना है।"

"अभी का कौन सा कर?"

"जो फसल काटी है उसका कर।"

"आमन धान का, एक बीघे पर छह आना। रबी-मौसमी पर तीन आना।"

"जिन्होंने एक ही जमीन पर दोनों फसलें लगाई हों तो?"

"नौ आने। हिसाब सीधा है।"

"जमीन तो एक ही है।"

"फसल तो दो हैं।"

"जो नहीं देंगे, उनका क्या होगा?"

"कम्पनी उसे मामा के घर भेज देगी।"

पहले मुनादी। फिर पाइक-प्यादे लेकर तहसीलदार आया।

सर पे पगड़ी फर-फर,
पैर में जूता मच-मच,
कान पै कलम जमी है,
आँखें घूमें बन-बन,
धान-चावल देख ले,
गाय-भैंस देख ले,
और खजानों में रख ले।

खजाने व कर के जुल्म पर सबसे पहले बलि चढ़ा पीपल-गाँव। जंगल के इस इलाके और गाँवों में तहसीलदार घुस नहीं पाया था। पर बाद में वह सिपाही साथ लाएगा, सन्थाल समझ नहीं पाए थे। लेकिन सिपाही आए, साथ में तहसीलदार भी था। सन्थालों के दस घरों को घेर लिया उन्होंने। कुत्तों को गोली मारकर उन्होंने अपनी क्षमता का परिचय दिया। धान की कोठारी और घरों में आग लगा दी। आग देखकर डरे हुए नर-नारी बाहर निकल आए। सारे मर्दों को पकड़ लिया गया। ले गए भागलपुर। तहसीलदार बकता जा रहा, "कह रहा था न, मामा का घर दिखाऊँगा। चलो, देखो अब। कैसा देस रे है! कम्पनी के राज में रहोगे और खजाना नहीं दोगे!" फिर अमड़ा गोड़ा, फिर बहतू। तीरों की लड़ाई चलती रही, घर जलते रहे। भागलपुर कहाँ है? कितनी दूर है? पहाड़ियों के चिलीमिली साहब सन्थालों के दुश्मन क्यों हैं?

भागलपुर में चमड़े के हंटरों की चोट से बदन पर घाव हो गए। गोदाम में बन्द लोगों को अन्न-जल तक नसीब न हुआ। वहाँ खून टपकती देहों से, हाथ-पैर बँधे इनसानों का समवेत मंत्रोच्चार चलता रहा—

देंगे नहीं, देंगे नहीं, खजाना देंगे नहीं,
दिया नहीं, देंगे नहीं, खजाना देंगे नहीं।

गोदाम का मंत्रोचार हठात बन्द हो गया। उस दिन कैदखाने में आया था तिलका का साथी तिभुवन। तिभुवन ने उन्हें कुछ समझाया। कैदखाने का पहरेदार उसे धक्का मारकर अन्दर फेंक गया था। बोला, "जा, उन्हें समझा दे।"

तिभुवन बोला, "हाय रे! तुम्हारे लिए इतनी मार खाई। कैद भी हुआ। अब सुनो, मनसा पहाड़िया ने क्या जुगत भिड़ाई है?"

"बाबा तिलका माँझी के बारे में भी बता।"

"उसके कहने पर कुछ होगा क्या?"

"बोल, तेरी बातें सुनकर अच्छा लगता है!"

"कल ऐसे समय में और भी अच्छा लगेगा। सुनो!"

और सभी सुनते रहे।

सबेरे सिपाही ने दरवाजा खोला। तिभुवन बोला, "बुला, जिस मामा को

बुलाता है, बुला। 'मामा' नहीं समझता क्या? तहसीलदार जानता है। उसी ने कहा था, मामा का घर दिखाऊँगा। जाकर कहो, भांजे शरीफ हो गए हैं।"

फिर कलेक्टर के सामने पेशी। सबने कहा कि वे बहुत दुखी हैं। तिभुवन ने समझाया, "वे समझ गए हैं कि कम्पनी को खजाना देना ही होगा। तहसीलदार बाबू, आप चलिए उन्हें लेकर। हाथों-हाथ खजाना मिल जाएगा।"

क्लीवलैंड ने कहा, "अच्छी बात है।" सन्थालों को बाँधकर तीस सिपाहियों के पहरे में गाँव की तरफ चला। गाँव के पास आते ही अचानक सन्थाल जमीन पर लेट गए और एक साथ मिलकर चीखने लगे। तहसीलदार चौंका और फिर चीखकर पीछे छिटक गया।

गोलियाँ आ रही हैं। आवाज नहीं, धुआँ नहीं।

गुलेल चला रहे हैं। लोहे की गोलियाँ। तहसीलदार भी चीखा। अब तीर आ रहे हैं। हाथ-बँधे कैदी सन्थाल धीरे-धीरे सरकने लगे और फिर उठकर भाग गए। मनसा, महन और कुछ सन्थाल बाहर आए। चार सिपाहियों और तहसीलदार को तीरों ने बींध दिया। मनसा चीख रहा था, "भांजे का घर देख, तहसीलदार! मामा का घर दिखाया था न, अब भांजे का घर भी देख ले।"

तिलका पीपल-गाँव में था। मनसा तकरीबन नाचते-नाचते उसके पास आया। बोला, "ये सारे बन्द थे। इन्हें ले आया हूँ। अब तो जरा हँस दे।"

तिलका हँस पड़ा।

वह हँसी देखकर मनसा जैसे भूल गया कि यह घड़ी कितने संकट की घड़ी है। पहाड़ की चोटी पर आग जलाने का समय है यह। गिरह भेजने की घड़ी है। भूल गया कि अब कहीं गाना-बजाना नहीं होता। चारों तरफ जले घरों की राख देखती हुई औरतें चुपचाप खड़ी रहती हैं। ऐसा लगा कि यह गाँव-देवता की पूजा का दिन है। गोत-माघ पर्व का दिन है। आनन्दित होकर सिर के ऊपर हाथ उठाते हुए उसने तालियाँ बजाईं और घूम कर दो चक्कर लगाए।

तिलका बोला, "पीपल-गाँव के सभी लोग चलें।"

"कहाँ?"

"पहला हमला यहीं होगा। माँझी कहाँ है? ऐ माँझी! सुनो, अब बचाव करना होगा, सभी को बचाना होगा। यहाँ रहने पर सब जाएँगे। चलो।"

"कहाँ?"

"इतने गाँव हैं, फिर भी कहते हो कहाँ चलें? तुम्हारे लिए, इस जगह के अलावा क्या और कहीं जगह नहीं है?"

नर-नारी, भैंस-बकरी लम्बी कतार बाँधे धीरे-धीरे, हरे घनघोर जंगल में उदास हवा की पतझड़ी छाया में घुलते गए। तिलका सबसे आगे चल रहा था। सन्थाल जाति के एक अंश को अपने साथ लेकर चल रहा था। लक्ष्य साफ है। उसके सिर के ऊपर आदि-राजहंसिनी के पंखों का साँय-साँय शब्द होता रहता है। सिर्फ तिलका सुनता है उसे, कोई और नहीं।

फिर गिरह भेजी गई। टूटे बादलों में से झाँकते टूटे चाँद की रोशनी में पत्थरों पर बैठे हैं सब माँझी। सन्थाल युवक। सर्द हवा। तिलका पत्थर पर खड़ा है।

"माँझी, देशमाँझी, परगनायेत, औरतें, बच्चे, बूढ़े-बुढ़िया खेती-बाड़ी और गाय-भैंस सँभालें। पहले यह दायित्व लो। फिर लड़ाई करेंगे।"

"हम क्या घरों में बैठे रहेंगे?"

"पहले व्यवस्था करो। फिर आना लड़ने के लिए भी। मैं भी माँझी हूँ। गाँव की व्यवस्था हमें भी तो देखनी है। हर गाँव के आदमियों को बचाने के लिए ही तो लड़ाई है। यह बात अगर तुम भूल गए तो सर्वनाश हो जाएगा।"

"और क्या करना है?"

"और भी बहुत कुछ करना है।"

"क्या?"

"जंगली इलाके में जगह-जगह बिखरे हमारे गाँव हैं। जंगल हमारा आश्रय है। हर जगह के लिए अलग-अलग दल बनेंगे। तीर और गुलेल दूर से मारने में अच्छे होते हैं। हम करीब से लड़ने नहीं जाएँगे। जंगल में छुप-छुपकर लड़ेंगे। हठात सामने, हठात गायब। आज यहाँ, कल वहाँ।"

"कहते रहो।"

"बहुत से काम करने होंगे। खेती-बाड़ी भी साथ-साथ करनी होगी। लड़ाई की बात भेजे में रखनी होगी। बस यही बात है।"

"गाँव में से जो लड़ाई लड़ेंगे, उन्हें पहचानेंगे कैसे?"

"यह क्या बात कही तुमने, भाई?"

"शाल की छाल लो, हाथों पर बाँध लो। यही चिह्न है। चिह्न भी क्या करेगा? सब क्या चिह्न लगाकर घूमेंगे?"

बात यहीं खत्म हुई। यह लड़ाई कैसी होगी, यह तिलका को ही बताना है। एक दिन तितापानी नाला पार करके, पगडंडी से होते हुए जंगल में घुसे एक सौ सिपाही और कैप्टेन फिलिप। सबके हाथों में बन्दूक। घुसते समय सब हिंस्र आँखों से खोज रहे थे, सन्थाल गाँवों को। गाँव इस नाले से बहुत दूर हैं, यह उन्हें पता नहीं था।

क्लीवलैंड का निर्देश है, "जंगल के इलाके के भीतर कितने गाँव हैं, हम ठीक से नहीं जानते। कोई कभी उनमें नहीं गया है। थोड़े पहाड़ हैं, बाकी जंगल। यह प्रकृति का भयानक किला है। साहस करके घुसना। गाँव-के-गाँव को पीपलगाँव बना दो। जला दो। गोली मार दो। तभी यह समझेंगे कि हम शक्तिशाली हैं। डर से अधीनता मानेंगे। पुलिस जाए पीपल की तरफ। वह जगह कमजोर और असुरक्षित है। सरकारी लोग मार दिये हैं इन्होंने। इन्हें अधीन करना ही होगा।"

फिलिप ने पूछा, "कैसे लगा दें?"

"अगर जरूरी हो तो।"

जंगल में घुसने पर फिलिप ने देखा कि ऊँची-नीची जमीन और टूटे पत्तों के बीच से तितापानी नाला बह रहा है, पहाड़ों के बीच में से। गाँव दीख नहीं पड़ते। आदमी नहीं, यहाँ तक कि गाय-बैल की घंटियाँ भी नहीं सुनाई पड़तीं। आग, खेत—कुछ भी नहीं दीखते।

खेमा गाड़ दिया फिलिप ने। पत्थरों की ओट में आग जलाकर खाना पक रहा था। कम्पनी की फौज बड़ी अच्छी है। इतनी छोटी फौज के साथ भी भारवाहक, मशालची और बावर्ची हैं।

शान्ति, चारों तरफ असीम शान्ति। अँधेरा होते ही आकाश में तारे छिटक आए। तभी अचानक फिलिप को लगा कि जैसे कोई पेड़ के तने से लगकर आगे बढ़ रहा है। काला-काला चुपचाप यह क्या है? यह क्या प्रेत-भूमि है?

काली-काली चुप्पी हठात खत्म हो गई। तीर, तीर, तीर के पीछे तीर। तीर के फलक से लगी आग। तम्बू जलने लगा। इनके बन्दूकें चलाने से पहले ही वे गायब। फिर दूसरी तरफ से तीर। और फिर गर्जन।

"पीपल-गाँव को मसान बनाया इन्होंने। पीपल का नाम लेकर ही आगे बढ़ो हजारों आदमी!"

सिपाही भागने लगे। "हजार सन्थाल हैं साहेब, हमसे नहीं होगा।" फिलिप बन्दूक चलाता रहा। उसके कन्धे में तीर लगा। तीर निकाला तो खून झर-झर करके बहने लगा। हताहतों को छोड़ फिलिप भागा। तीर। मशाल जलाए सन्थाल पीछे-पीछे भागे। पत्थर में मशाल गाड़कर टाँगी से उन्होंने आहत सिपाहियों की गरदनें काट डालीं।

सब कुछ खत्म होने पर मनसा ने पसीना पोंछा। जमीन पर थूकते हुए वह जोर से बोला, "तिलका!"

"क्यों?"

"हम आए पचास थे, लेकिन हजार सन्थालों की हुंकार किसने दी?"

तिभुवन बोला, "वही पचास हजार हो गए थे।"

पीपल में पुलिस-वाहिनी पिटी घुसते ही। जदू परगनायेत और उसके सन्थालों के हाथों पिटे वे सब।

अब गाँव-गाँव में सब एक-दूसरे के हाथों में शाल-छाल बाँध रहे हैं। तिलका माँझी का नाम चारों तरफ फैल गया। लड़ाई चलती रही। एक के बाद एक। छह महीने बाद वर्षा का जल पाकर तितापानी फूल जाता था और जंगल और दुर्गम हो जाते थे। पहाड़ी झरने नीचे उतरते थे और इलाके को धो डालते थे। नाले, नदियाँ, झरने इस जंगली इलाके के चौकीदार बन जाते थे। क्लीवलैंड ने जंगल के विरुद्ध अभियान मुल्तवी कर दिया। कम्पनी के कानून बड़े अच्छे हैं। प्रसाद का वितरण हुआ।

इस पक्ष के जितने मरे हैं, उस पक्ष में युद्ध का उतना ही उल्लास है। वर्षा होने के साथ-साथ तिलका इत्यादि चले आए धान की रोपाई करने। और सोमी माँ और रूपा ने उससे कहा, "तुम्हारे जैसे लड़वैया को यहाँ कुछ नहीं करना है। तुम लड़ाई के बारे में सोचो। धान रोपना कोई काम है भला? वह हम कर लेंगे।"

"जो मर्दों के काम हैं, जैसे कुदाल चलाना, उन्हें कौन करेगा?"

सोमी बोली, "उन्हें पहाड़िया करेंगे। मनसा कह गया था कि हम धान काट देंगे।"

"पर्व-पूजा वगैरह?"

"कुछ कर लिये हैं और कुछ करने बाकी हैं। मँड़ेका की मनौती भी है। बुरा न मानना, देवता! मेरा तिलका जब सन्थालों के अच्छे दिन लौटा लाएगा तब धूमधाम से पूजा करूँगी।"

वर्षा चलती रही। मनसा, मधु और महन घूम-घूमकर लोहारों से, बढ़इयों से गुलेलें और गोलियाँ बनवाते रहे। आन्दोलित प्रान्त, खेत और जंगल। वर्षा से सभी जगह लाल पानी बह रहा था। पानी में वे सिर ढककर घूमते रहते थे। कुछ और पहाड़िया युवक अभी आएँगे, ऐसा लग रहा है। तिलका, तिभुवन, सना और हारा को लेकर घूमता रहा। हाँ, "मन मजबूत रखो तुम। तीर के फलकों की धार तेज करो। गुलेल चलाने के लिए हाथ स्थिर रखो।"

वर्षा ऋतु खत्म होने को आई। अब धानुक भी वापस आ गए थे।

"हम क्या यहाँ के नहीं हैं? हम भी व्याध हैं। तीर-धनुष हमारे पास भी हैं। फौज-पुलिस जब आएगी तो क्या हमें छोड़ देगी? हम भी लड़ेंगे।"

उस बार जब तिलका लौटा तो रूपा से बोला, "पहाड़ियों ने कम्पनी के साथ दोस्ती करके जो पाप किया था वह उन्होंने तीन जानें देकर काट दिया है। चाँङि धानुक भी आ गए हैं।"

"बढ़इयों की बात भूल गए?" रतनमनि चिल्लाया।

"नहीं, कुम्हार काका?"

"यह ले, बड़ा सरदार हो गया है तू। लड़ाई लड़ना तेरा काम है। तो ले, हमारे पास तो यही है।"

"तीर का फलक और नेजा?"

"नेजा, हाँ छोटा नेजा। तुम्हारे लिए बनाया है! तुम्हें दे रहा हूँ।"

"तुम भी लड़ोगे?"

"हाँ, बेटे! अगर कम्पनी बिना बात के खजाना वसूल करने के लिए फौज भेज सकती है तो हम क्या लड़ भी नहीं सकते? तू तो घूमता रहता है।"

वर्षा खत्म होने पर केयाफूल की गन्ध हवा में फैल गई थी। वर्षा के बाद पर्व आएगा। दिग्विजय का पर्व। बार-बार मार खाकर क्लीवलैंड ने रणनीति बदल डाली। एक साथ छह फौजी टुकड़ियाँ हमला करेंगी सन्थाल बस्तियों

पर। मोरेल, हैबर, गैब्रील, ऑस्कॉट, मिट्फोर्ड और ह्वीलर चले आगे-आगे। मिटफोर्ड के पास पचास पहाड़िया भी थे। वे ही जंगली रास्तों को जानते थे। वे सब पहचानते हैं, तिलका को। मिटफोर्ड और सिपाही जंगल के भीतर घुसते चले गए। नाले की धार के साथ-साथ कुछ दूर चलकर वे नाले के पार आए। तभी झुरमुटों के पीछे से अचानक गोलियाँ और तीर बरसने लगे। सिपाहियों के हाथों में भी तलवारें। नये हथियार। मिटफोर्ड के पास था घोड़ा और बन्दूक। मिटफोर्ड ने बन्दूक चलाई। चीख। कोई गिरा है। फिर बन्दूक उठाई। तभी हाथों में तीर घुस गया। मिटफोर्ड ने एक की तलवार छीन ली।

"अरे, कम्पनी बाएँ हाथ से तलवार घुमा रही है रे!" तिलका हँसा और उसने गुलेल चला दी। मिटफोर्ड के दोनों हाथ बेकार। टाँगी और तीर-कमान लेकर तिलका की फौज झोपड़ियों और झुरमुटों के पीछे से बाहर आ गई।

मनसा चिल्लाया, "अरे पहाड़िया धानू, जगजाल, सदान! सुन्द्रा माँझी का चावल खाकर जिन्दा बचे थे! सालो, आज उसी के बेटे पर हथियार उठाते हो?"

"कम्पनी का नमक खाया है, मनसा!"

"उस चावल-भात की आज उलटी करवा दूँगा। अरे हरामियो, जात-धर्म छोड़कर कम्पनी के कुत्ते हो गए हो तुम सब! तीर-धनुष भी नहीं, तलवार लेके आए हो। नीचे तुम हो तलवारों के साथ, ऊपर हम हैं तीर-धनुष लेकर। अपने कम्पनी बाप से कहो कि अब तुझे बचाए।"

"मनसा, तू पहाड़ियों को मारेगा?"

"पहाड़िया? तुम अब सब पहाड़िया नहीं रहे हो।"

"क्यों?"

"गाँव चल तब पता चलेगा। अब पहाड़िया और सन्थाल सब एक हैं, जैसे पहले थे।"

"यह कैसी बात है? हमें तो पता नहीं चला।"

मनसा के तीर से धानु घूमकर गिर गया। मनसा चिल्लाया, "मैं सरदार का बेटा हूँ। बेईमान को मैंने दंड दिया है! तुम्हारे खून से नाले की धार लाल कर दूँगा रे! सन्थाल के गाँव को जलाएगा, उनकी औरतों-बच्चों को काटेगा। इनके बाप ने इन्हें यही हुक्म दिया था!"

पहाड़िया चिल्लाए, "हमें मत मारो। हम तलवारें फेंक रहे हैं।"

"फेंक! अभी तक क्यों नहीं फेंकी?"

सदान और धानु चिल्लाए, "यह झूठ बोलता है। तलवारें मत फेंकना, वरना कम्पनी मार देगी।"

सदान, धानु और कई लोग गिर पड़े। दूसरे पहाड़िया भागे। उन्हें भी तीर लगे और वे भी गिर गए। मिटफोर्ड भागा। तभी पूरब से चीख उठी, एक आर्त चीख। तिलका भागा उस तरफ। जाठा गाँव के रास्तों पर ह्वीलर और उसकी फौज के साथ पवन किसकू और उसके लोगों की लड़ाई चल रही थी।

ह्वीलर के हाथ में बन्दूक थी और बाकी फौज के हाथ में तलवारें थीं। दोनों तरफ के लोग जख्मी हो रहे थे, लाशें गिर रही थीं। तिलका और मनसा के वहाँ आ जाने पर सन्थालों में दूना उत्साह आ गया।

तिलका चिल्लाया, "छिप जाओ रे! छिप-छिपकर लड़ो।"

आज की छह मोर्चोंवाली लड़ाई में कम्पनी को काफी क्षति पहुँची। तिलका ने आदेश दिया, "सारा गाँव छोड़कर सब लोग जंगल के भीतर चले जाओ।"

ठीक नौ दिन के बाद फिर आई कम्पनी की फौज। इस बार हरेक सिपाही बन्दूकधारी। जाठा और कोटेरा गाँव उस दिन के युद्ध में तहस-नहस हो गए। गाँव-के-गाँव जला दिये गए। लेकिन तभी एक अलौकिक घटना हुई। मिट्टी से तीर छूटने शुरू हुए। दोनों तरफ के जंगलों से भी। तीर की दिशा में गोलियाँ चलाई गईं तो पता चला कि मिट्टी में खूँटा गाड़कर धनुष फिट किया गया है। डोर से और डोर बँधी हैं। चाँङि धानुकों द्वारा 'पातन कोंड़' या इस पद्धति से तीर चलाने की कला को कम्पनी की फौज नहीं जानती थी। बदमाश करीब ही हैं, यह सोचकर उन लोगों ने गोलियाँ चलानी शुरू कीं। और आगे बढ़ते गए। आगे, और आगे। फिर रास्ता बन्द। पीछे बहुत से पेड़ आन गिरे। फँस गए सब। भगदड़ मची। फिर तीर आने शुरू हुए। साँय-साँय। गोली बनाम तीर। गोली और फिर तीर। फिर भाग-दौड़ शुरू हो हुई। भागते रहे, आवाजें आती रहीं—मच-मच। फिर गोली, फिर तीर। सारी गोलियाँ खत्म। भागो। पीछे से आता समवेत तीव्र चीत्कार। फौजी घोड़ा भागा। आहतों और घायलों तक को नहीं उठाया।

तिलका मनसा को गोद में उठाए दौड़ता रहा। पसलियों से रक्त उछलता रहा, बहता रहा। मनसा का शरीर लहूलुहान। वह शिथिल और भारी होता जा रहा था। यहाँ घास है, यहाँ सब शान्त है। मनसा को तिलका ने घास पर लिटा दिया।

"मनसा! मनसा! मनसा!"

मनसा ने बड़े कष्ट से धीरे-धीरे आँखें खोलीं।

"तिलका!"

"बोल!"

"मुझे गाँव मत ले जाना।"

"तू ठीक हो जाएगा।"

"जहाँ सबको गाड़ा है वहीं मुझे भी...करेगा न?"

"हाँ मनसा! वही मिट्टी दूँगा...उसी जगह।"

"किसी तरह, जहाँ मृत्यु हो वहीं...पहाड़िया बेईमान नहीं।"

"नहीं हैं, मैं जानता हूँ।"

"धान पकते-न पकते...।"

"क्या?"

"वे फिर आएँगे।"

"जानता हूँ। फिर लड़ेंगे।"

मनसा ने सिर हिलाया। एक जरूरी बात बताकर जा रहा वह। तिलका कहता है, फिर से लड़ेगा वह। वह इस जरूरी बात का मतलब समझ गया है। दूसरे शहीदों की तरह उसकी समाधि बनेगी, यह निश्चित है। मनसा पहाड़िया दूसरे विश्वासघाती पहाड़ियों के पाप का प्रायश्चित कर गया, तिलका जानता है यह। अब क्या करें? चलें! मनसा का सिर एक तरफ दुलक गया।

मशाल जलाकर तिलका, मधु, महन, तिभुवन, हारा मील-दर-मील चलते गए। पहुँचे मनसा के गाँव। जाकर मनसा के बाप के सामने खड़े हो गए। मनसा का बाप मनसा का धनुष लेकर बैठा रहा। वे चले आए।

दूसरे दिन एक बड़ा जुलूस निकला। शान्त पत्थरों से चेहरेवाले पहाड़िया युवकों का जत्था। तिलका के सामने आ खड़े हुए सब।

"हमारे हाथों पर शाल-छाल बाँध दो। मनसा पहाड़िया नहीं रहा, लेकिन हम तो हैं।"

तिलका तीन रात से जगी लाल आँखों से देखता रहा।

"हम कम्पनी की फौज में नहीं गए थे। हमने बहुत दिनों तुम्हें तुम्हारे गाँव में ढूँढ़ा, लेकिन तुम ही नहीं मिले। अब हम तुम्हारी बात मानेंगे। जो भी कहोगे, करेंगे।"

तिलका समझता है। मनमा मरकर सारे पहाड़िये दे गया है। उसने सभी को राखी बाँधी।

पहाड़िया बाह्य जगत को अच्छी तरह जानते हैं। सन्थालों से ज्यादा। टहल पहाड़िया बोला, "अगर कहो तो किनारे के बीस-पचीस गाँवों के रहने वालों को भी अन्दर ले आएँ। उन पर सबसे पहले हमला होगा। चिली-मिली साहब कुछ नहीं भूलता।"

क्लीवलैंड कुछ नहीं भूला। कुछ नहीं भूला है वह। उसका काम भूलने पर नहीं चल सकता। भारत में अंग्रेजी शोषण का एक नगण्य मोहरा मात्र है क्लीवलैंड। 1784 में भारतीय कानून विलायत में बना। उसमें घोषणा की गई कि भारत में साम्राज्य-विस्तार ब्रिटेन का उद्‌देश्य नहीं है। व्यापार करते हुए साम्राज्य-विस्तार अंग्रेजी नीति के खिलाफ था। जाति-मर्यादा नष्ट होती है। लेकिन इधर साम्राज्य-विस्तार चल रहा था। नवाब के महल से लेकर सन्थालों की जंगलों की बस्तियों तक अंग्रेज दखल करेंगे। विद्रोह होते रहेंगे। क्लीवलैंड को खबर मिली कि पहाड़िया सन्थालों के साथ हो गए हैं। वह गुस्से से भरा बैठा था। उसने सेक्रेटरी राबर्ट्स और पुलिस-कमिश्नर गुडविल से कहा कि "पहाड़िया सिपाहियों को बुलाओ। उनसे गाँव-के-गाँव जलवा डालो। जंगल के लोगों से जंगल के लोगों को मारो। यह एकता तोड़नी होगी।"

"एकता है कहाँ?"

"यहाँ नहीं, पहाड़ पर है।"

"गाँव के सरदारों से बात करो। उन्हें समझा दो। वे सभी को समझाएँगे। लोगों को उधर जाने से रोकेंगे।"

क्लीवलैंड ने खूब सिखा-पढ़ाकर तीस फौजियों के हाथ पाठी, चावल

और नये कपड़े भेजे। कहा कि "उनसे कहना, चिलीमिली साहेब ने कहा है, सन्थाल बदमाश हैं—जंगली हैं। उनके साथ मिलकर तुम बहुत बड़ी भूल कर रहे हो। तिलका माँझी को हम पकड़ेंगे, दंड देंगे। कहना, कम्पनी सरकार देश की कर्ता-धर्ता है। कम्पनी के साथ लड़ने पर सब कुछ बरबाद हो जाएगा।"

"जरूर कहेंगे।"

वह तीस लोग गए तो फिर नहीं लौटे। एक पेड़ की डाल से कपड़े, कमरबन्द और पगड़ी लटकाकर सीधे चले गए तिलका के पास। उन्हें दंड देने के लिए जब फौज आई तो उन्होंने ही तीर मार-मारकर उन्हें घायल कर दिया। चिल्लाकर बोले, "कम्पनी फौज! बाबा तिलका माँझी का हुकुम सुन। जंगल के इलाके में लोग कर-खजाना नहीं देंगे, जमीन नहीं देंगे, झगड़ा नहीं करेंगे। लेकिन पैर से पैर बाँधकर लड़ने पर ऐसे ही तीर खाओगे। ऐसे ही गुलेल खाओगे। निशाना गलत नहीं होगा रे, देख ले!"

"हार, हार!" क्लीवलैंड गुस्से से भभका, "इस बार मैं जाऊँगा। मेरे साथ रहेगी कमान, रहेंगी बन्दूकें।"

बाँका किसकू वायु वेग से भागा आया। गजब की खबर लाया है वह। मति लोहार चिलीमिली साहब का चपरासी है। उसने भागलपुर के फौजी बाजार में कहा है, "साहेब तो खुद जा रहा है तिलका माँझी को मारने। अब क्या होगा?"

सर्जनसिंह घटवार ने खुद अपने कानों से सुना है।

तिलका बोला, "तब तो उससे मुलाकात करनी ही होगी। ऐसा आदमी हम छोटे सन्थालों के पीछे भागलपुर की कोठी छोड़कर आ रहा है तो मुलाकात जरूर होगी।"

हारा बोला, "ओह! वहाँ गरमी में ऊपर पंखा चलता है। सर्दियों में आग जलती है।"

टहल पहाड़िया, फूस की जलती हुई आग के करीब सरक आया। बोला, "पता है, साहेब कितना खाता है, कितनी बार खाता है रे! दस बार।"

मधु पहाड़िया बोला, "हाँ! उनके यीशू पर्व-पूजा में बड़े-बड़े मोर परोसे जाते हैं।"

"मोर खाते हैं?"

"इतना बड़ा पंछी। जरा सोच। आँखें बन्द कर सोच। पूरे मोर को काटकर, घी में डालकर, मसाले में भूनते हैं। फिर टेबिल पर परोसते हैं। साहेब बाघ की तरह फाड़कर खाता है, उसके मित्र भी।"

तिलका इत्यादि बातें कर रहे थे आरिया गाँव के देशमाँझी के मचान पर बैठकर।

तिलका बोला, "क्या समझे रे, सजो हाँसदा? सुनी तुमने इनकी बातें?"

"क्या समझूँ?"

"देशमाँझी तुम हो, समझते भी नहीं?"

"तुम कह रहे हो, तो समझ गया।"

"धत् बेटा? तू समझा कि नहीं?"

"समझा।"

"क्या समझा रे?"

"कि जो साहेब ऐसा खाता-पीता है, ऐसे ठाठ-बाट से रहता है, उसकी कुछ इज्जत तो होगी ही। मेरी बात सुन। मन कर रहा है कि साहेब तो सफेद है। उसे पकड़कर माराँगबुरू के पास जाहेर-थान पर बलि क्यों न दे दें? अच्छी पूजा हो जाएगी।"

"देवता भी न लें उसे।"

"तब तो उससे दूर से ही मुलाकात करनी होगी। इतना बड़ा आदमी है। वह तेरे लिए बड़ा गोला-बारूद भेज रहा है। तू क्या भेजेगा?"

"हाँ, यह एक बात तो रह ही गई। क्या यह बात ठीक है? या तूने अपने-आप गढ़ी है?"

"भेंट आ रही है। तेरा सर्जनसिंह घटवार। वह हमारे हाथ का आदमी है। डरता भी है, प्यार भी करता है। संकट में हमने उसका परिवार बचाया था। आदमी मरे थे सूखकर। सर्जनसिंह कन्द-मूल, मांस, उड़द, चीना धान खाकर मोटा हो गया था। वह तेरे लिए भेंट लाने के लिए दूर कामारबाड़ी गया है।"

"वह है कौन, सजो?"

"वह? पलान रविदास। हमारी तलाश में कम्पनी की फौज उनके गाँव में घुसी थी। गाँव, आदमी, फसलें—सभी जला दिये थे। पलान ने आग में अपनी दोनों आँखें डाल दीं। अब यहीं रहता है।"

"रोता है?"

"नहीं। गाता है।"

"सर्जन तो आया नहीं। पलान रे, जरा आग के करीब आना। हमें एक गीत सुना दे!"

पलान अलौकिक दक्षता से सीधा तिलका के पास आया। बोला, "तिलका माँझी! बाबा तिलका माँझी! जब आँखें थीं तो एक बार देखा था तुझे हाट में। आँखें नहीं हैं तो सैकड़ों बार देखता हूँ। तिलका माँझी, बाबा तिलका माँझी!"

देवता की तरह प्रशंसा सुनने से बड़ी विरक्ति है तिलका को। उसने कहा, "गीत गाओ, भाई!"

पलान रविदास बड़ा मतिवान व्यक्ति है। बोला, "दो गीत गाऊँगा।"

"ठीक है, गाओ!"

लकड़ी की ठिकठिक बजाते हुए पलान गाने लगा—

घर जले, राख उड़ी,
टुकड़ों से सज गया जंगल।
रुक्कन कहाँ, मुक्कन कहाँ,
सुखन, लछमन, सावन कहाँ?
मैं ही रुक्कन, मैं गोहालि में,
मैं ही मुक्कन, मैं हूँ घरों में।
सुखन, लछमन, सावन सो गए,
बाजरे के खेत में, नदी की धार में।

पलान रुका। उसने अपना मुँह पोंछा। फिर सभी को चौंककर गम्भीर दुख का बोध कराते हुए उठ खड़ा हुआ—

नूसा साबोन, नया साबोन चेले हैं बाको तेंगोंन,
खाँटी गेबोन हुल गेया हो,
खाँटी गेबोन हुल गेया हो,
दिशम दिशन देशमाँझिहि परगना,
नातो नातो मापाँजिंको,

द: बोन दा नाँग बोन बाँग गोको तेंगोंन,
तबे गेबोन हुल गेया हो।

तिलका धीमे आवेशयुक्त स्वर में बोला, "हाँ, हाँ, यही हमारी कहानी है।"

—हम सब जो लड़ाई करते हैं, उसकी कहानी है। हम बचेंगे। हम जीतेंगे।

—कोई हमें झेल नहीं पाएगा, हम विद्रोह करेंगे। देश, माँझी और परगना, गाँवों के मोडल—सब हमारी सहायता करेंगे।

—कोई हमें झेल नहीं सकेगा।

—हम विद्रोह करेंगे, जरूर विद्रोह करेंगे।

"पलान, पलान, यह गीत तुमने कहाँ सीखा? तुमने यह गीत कहाँ से सीखा?"

तिलका के भावावेग पर सजो ने पानी डाल दिया। बोला, "देख लो, सब लोग। तिलका इतना बड़ा आदमी है। हमारा यह बाबा तिलका माँझी सबको शालगिरह भेजता है। लड़ाई शुरू करता है। विद्रोह खड़ा करता है। वह अभी भी बच्चा ही है, दूध पीते बच्चों-सी बातें करता है। तिलका! विद्रोह किया है। बहुत लाशें गिरी हैं कम्पनी की, हमारी भी। सब कर सकते हो, फिर यह गीत क्या है? यह गीत सभी गाते हैं। कितने ही और गीत भी हैं। विद्रोह होगा तो विद्रोह के गीत नहीं होंगे क्या? यह क्या कहा तुमने?"

"ठीक कहते हो तुम! हुल-विद्रोह! आह! हुल! आज नाचने की तबीयत हो रही है, रे सजो!"

"क्यों, क्या हुआ?"

"सभी को बुलाओ? नहीं, मैं पागल नहीं हुआ हूँ। विद्रोह करता हूँ। लड़ाई करता हूँ। सब मिलकर धड़धड़ाते हुए आगे बढ़ते हैं। दुश्मनों की रीढ़ें काँप जाती हैं। 'हुल' कहकर बढ़ना होगा। आओ, सब साथ-साथ चिल्लाएँ।"

सजो ने आवाज दी, "बेटा लोगो, घर जाओ! गोहाल में जैसे गाय-गोरू बँधे होते हैं, वैसे ही बँधकर जाओ। यह बाबा तिलका माँझी है। हमारा देवता है अब।"

हँसते-हँसते तिलका और बाकी सब लोग उठ खड़े हुए। हाथों की कुप्पी मुँह पर बना जोर लगाकर चिल्लाए—"हु—ल! हुल! हुल!"

यह ध्वनि गाँव से जंगल और जंगल में दूर, बहुत दूर तक फैल गई!

तभी सर्जनसिंह आ गया। बोला, "पानी दे रे, देशमाँझी! आ रहा था, तभी एक तेज ध्वनि सुनी थी। बाप रे! जैसे पहाड़-जंगल एक साथ मिलकर सौ मुँह से चिल्ला रहे हों। हँसते क्यों हो? तुम्हीं चीखे थे क्या?"

उसका झोला देखकर वे सब फिर चिल्लाए, "हुल!"

सर्जन कामारवाड़ी से तीर के फलक और लोहे की गोलियाँ ले आया है।

"तिलका माँझी चिलीमिली साहेब से भेंट करने जाएगा। नामी-गिरामी लोग हैं वे। उनके लिए, यही भेंट हैं।"

सर्जनसिंह बोला, "तिलका! एक बात याद रखना। तुम सीधी-साफ लड़ाई जानते हो। साहेब बात करते-करते गोली मार देते हैं। मेरे साथ हँस-हँसकर बात करेंगे, लेकिन पीछे से छुरा घोंप देंगे। मुँह से हँसते हैं या कोड़े मारते हैं, यह पता नहीं चलता।"

"नामी-गिरामी हैं वे। लुहारों को और दे आया है क्या?"

"यह भी कहने की बात है?"

"अभी हम व्यस्त हैं। जब सब शान्त हो जाएगा तो धान-दाल-सरसों से मजूरी और लोहे का दाम दे देंगे। कह दिया है न तुमने?"

"कह दिया है, बाप!"

"तू हिसाब रखना।"

"रखूँगा। पर देने की ऐसी बात क्या है? अकाल में सब तेरी दया से नहीं बचे क्या?"

"तू घटवार है, पर आदमी अच्छा है। तेरे समाज का हिसाब हम नहीं मानते। अकाल में कन्द-मूल, शिकार और घर में रखी दाल से सन्थालों ने किसी की जान बचा दी है, तो इसमें इतनी क्या बड़ी बात हो गई? यही तो धर्म है। इसीलिए अब लोहे और गोलियों का दाम न दें तो भी ठीक नहीं।"

सर्जनसिंह सिर झुकाकर बोला, "जो तू कहे ठीक है। वैसे मैं भी कम नहीं हूँ। गाँव-गाँव घूमता हुआ सबको यम का डर दिखाता हूँ। कहता हूँ, याद रखो कि सन्थाल-समाज तुम्हारे लिए क्या कर रहा है। आज कम्पनी और सन्थालों के बीच लड़ाई चल रही है। कम्पनी से डरकर सन्थालों से दुश्मनी मोल मत लेना!"

"अच्छा, ऐसी बात है?"

"हाँ।"

"तू कम्पनी का नौकर है न?"

"हाँ, हूँ।"

"कम्पनी का ईमान नहीं रखेगा?"

"सौ बार रखता हूँ।"

"वहाँ भी ईमानदारी और तिलका के प्रति भी ईमानदारी—यह कैसे?"

"हाँ, कैसे नहीं? तिलका रामजी का अवतार है। चिलीमिली साहेब रावण है। इसीलिए तिलका ने हथियार उठाया है।"

"अच्छी बात है, तिलका! हम राजपूतों ने तुम्हारी लड़ाई के लिए पूजा की।"

"बड़े हिरण खाए हैं रे! साहेब भागलपुर छोड़ चुका है, घोड़े पर। सो, हिसाब लगा ले। एक दिन चल चुका होगा।"

"आने दे।"

सर्जन चला गया। तीतर का मांस, उड़द की दाल और चीना धान का भात सबने भर-पेट खाया।

तभी मधु पहाड़िया और हारा सन्थाल की तीखी चीख धीरे-धीरे करीब आती गई। तिलका उठ खड़ा हुआ। रूखे, उलझे, घुँघराले बाल। जाली कपड़े की पट्टी से सर बँधा हुआ। कमर में धोती, कन्धे से झूलती जाली में गोलियाँ और गुलेल, पीठ पर झूलता तरकस। हाथ में धनुष और तीर। सामान्य कद। बड़ कन्धे। चौड़ी छाती, बलिष्ठ बाजू। युद्ध की निशानी ललाट पर, बाजू पर, पीठ पर—सभी जगह मौजूद हैं। सारी निशानियाँ मिटेंगी नहीं। जीवन-भर रहेंगी।

तेज चाल से चल रहे हैं वे पंक्ति बनाकर। चलते-चलते सजो बोला, "आज की लड़ाई में क्या होगा?"

"आज भी हमारी जीत है।"

"कैसे जाना?"

"कल नाले की धार में सफेद हंसिनी बैठी देखी थी। सपना याद आ गया। सर्दियों में वे आते हैं। लेकिन तभी याद आया, आदि-आयु डैने समेट

मेरी छाती पर बैठी थी। बड़ा साहस आ जाता है। लड़ाई का जोश बढ़ जाता है। इसी से लगता है कि हमारी जीत होगी।"

"तू तो देवता जैसा है।"

"आज की जीत हमारी है। अगर हारकर भागे तो पीछे से धावा करेगा चिलीमिली साहेब।"

"हाँ, जंगल में घुस आएगा।"

"जंगल में? अरे, जीवन में घुस जाएगा। पक्के चबूतरे में जैसे पीपल के बीज घुस जाते हैं। फिर कभी नहीं निकलते। सब खा जाएगा। चलो, जरा तेज कदम से चलो।"

होई! होई! अरे वे आज हजार धनुष लाए हैं।

"दे, आवाज दे जरा।"

"हुल! हुल! हुल!"

वे सब चलते रहे। खाँटी गेबोन हुल रहा है। तिलका को महसूस हो रहा है। उसके रक्त की धार मचल रही है आज। जंगल पार करते ही तितापानी के उस पार मैदान में उन्होंने साहब को देखा। नाहर सिंहों का इलाका है यह। साहब के पास बड़ी फौज है। दूसरे हथियार भी हैं।

तिलका बोला, "पत्थर की ओट में छुप जाओ और वहीं से तीर चलाओ। वे गोली चलाएँगे। तुम लुढ़ककर नदी किनारे चले जाओ। हारा! तुम जंगल के किनारे-किनारे रहो। कितनी बन्दूकें हैं रे? मारेंगे, मारें। जीत हमारी है। नहीं तो इलाका गया, आबादी गई, समाज गया। चलो, करो शुरू!"

सब एक साथ चिल्लाए—

"हुल—हु—ल! हु—ल!"

पत्थर से टकराकर 'हुल' ध्वनि भयानक गर्जन कर उठी। अभी अँधेरा था। बन्दूकें गोलियाँ उगलने लगीं।

"अँधेरा हमें बचाएगा। निर्भय होकर लड़ो। रोशनी नाश करेगी हमारा। हारा, मधु, तिभुवन, केशर धानुकी—सब अपने लोगों को लेकर बिखर जाओ। अलग-अलग लड़ो।"

चारों तरफ से तीर चल रहे हैं। जब तक अँधेरा है, वे सुरक्षित हैं।

तिलका के पास से एक पत्थर उड़ा। गोली!

"तिलका, सिर झुका। नीचे होके चल।"

"तू सिर झुका, सजो!"

"देख, घोड़े की पसलियों में तीर लगा है।"

"देखा।"

"और देख, पूरब का आकाश...!" तिलका को चौंकाते हुए सजो गिर गया। हारा की चीख, "तिलका! सिपाहिये ऊपर चढ़ आए हैं, सजो को मार दिया है।" तिलका के करीब एक चेहरा है। आकाश मटमैला हो गया है। उनके हाथों में संगीनें हैं। कई चेहरे। सजो की टाँगी उठा ली तिलका ने। वह पागल हो उठा, "सजो को मारा साले! सजो देशमाँझी को! आरूआ गाँव को अन्धा बना दिया! चला टाँगी!"

हारा और तिभुवन भी आ गए।

तिलका चिल्लाया, "अब छिपना नहीं है रे! तितापानी की धार में आसाढ़ की धार की तरह उतरेंगे।"

आसाढ़ की धार की तरह उतरे वे। क्लीवलैंड कहाँ है? चिलीमिली साहब? चला, बन्दूक चला। चिलिमिली साहब शिंगा पर क्या बोल रहा है?

"तिलका मुर्मू, तिलका मुर्मू! तिलका मुर्मू!"

तिलका चुप।

"तुम अपने लोगों को लौटाओ, लौटाओ!"

"तुम अपनी फौजें लौटाओ पहले।"

चिलीमिली साहब समझ नहीं पाया, आवाज कहाँ से आई?

"तुम कम्पनी के इलाके में दंगा-हंगामा कर रहे हो। कल रात से बहुत से सिपाहियों की जानें ली हैं। कम्पनी और फौज बुलाकर तुम्हें इलाके से बाहर कर देगी।"

"जंगल के इलाकों में तुम बेहक घुसे हो, निरीह आदमियों को मार रहे हो, घर जला रहे हो। हम तुम्हें यहाँ से बाहर कर देंगे।"

शिंगा फेंककर क्लीवलैंड ने विद्युत वेग से तिलका की तरफ बन्दूक उठाई। तिलका गुलेल से गोलियाँ चलाता रहा दना-दन। गुलेल तिलका का बड़ा विश्वासी और प्रिय हथियार है। तिलका चिल्लाया, "निकल जाओ हमारे

इलाके से, निकल जाओ!" क्लीवलैंड नीचे गिर गया। मस्तक-विहीन कम्पनी फौज। जयोल्लास की ध्वनि उठी—'हुल! हुल!'

ऑगस्टस क्लीवलैंड की मृत्यु हुई 13 जनवरी, 1784 ई. में। भागलपुर में भयानक आतंक। तिलका माँझी कौन है? कम्पनी साहब के महल में विभ्रान्ति—तिलका माँझी और तिलका मुर्मू दो नाम क्यों?

फिर कम्पनी के एक-साला, पंच-साला और दस-साला बन्दोबस्त से कई जमीन-फोड़ जमींदार आगे आए, जिन्होंने फौजें बना रखी थीं। "हाथी, घोड़ा, सिपाही बन्दूकें, सब हमसे लो। पर तिलका माँझी के कराल हाथों से हमें बचा लो।"

क्लीवलैंड की समाधि पर वारेन हेस्टिंग्स के आदेश पर अच्छी-अच्छी बातें लिखी गईं, "तलवार से नहीं, प्रेम से उन्होंने जीता था राजमहल जंगल-सीमान्त के 'लॉलेस' बर्बर आदिवासियों को। जीवन का मर्म समझाया था उन्हें। उनका मन जीतकर ब्रिटिश सरकार के साथ अटूट बन्धन में बाँध दिया था।"

तिलका ने सोचा कि 13 जनवरी के युद्ध में हारने पर कम्पनी सरकार जंगल में जरूर घुसेगी।

तिलका यह नहीं जानता था कि जीत हो या हार, कम्पनी जंगल के भीतर घुसेगी जरूर। 1777 में पंच-साला बन्दोबस्त खत्म हुआ। अब चला दस-साला बन्दोबस्त। फिर 1781 में अचानक ही कम्पनी ने सरकारी लगान की रकम एक बार में 21 लाख रुपये बढ़ा दी। इस खजाने को बटोरने के लिए जहाँ भी कुदाल चलती हो, वहाँ से रुपये लाने होंगे। इसीलिए तिलका के लोगों को ठंडा करना जरूरी है। तिलका! वह नहीं जानता था कि 1780 से मैसूर में हैदर अली फ्रांसीसियों की सहायता से अंग्रेजों से लड़ रहे हैं। हैदर के विरुद्ध सेना भेजने के लिए उड़ीसा दखल करना जरूरी है। उड़ीसा का दखल मतलब, मेदिनीपुर के जंगल, जमींदार और आदिवासियों को वश में करना। सब चाहिए कम्पनी को। विद्रोह हुआ 1780 के दशक में। विद्रोहों का दशक है यह। संन्यासी-विद्रोह अभी खत्म नहीं हुआ। हेस्टिंग्स कैसे सहन करता राजमहल और भागलपुर के बीच सन्थाल तथा पहाड़ियों का विद्रोह? कैसे चलने देता यह हुल?

गुलेल से क्या साहब को मारना सम्भव है? हेस्टिंग्स जानना चाहता था। फिर उसे बात समझ में आ गई। क्लीवलैंड उसी से मरा। तब गुलेल से लड़ना सम्भव है।

"सेना भेजो। गाँव-गाँव में पुलिस बैठा दो।"

गवर्नर-जनरल की यही इच्छा है। फौज और पुलिस। मार्च, मार्च, मार्च!

सर्जन जैसे लोग संगीन खाकर ध्वस्त हो गए। अब मार खाकर या मार कर भागने का रास्ता भी नहीं रहा। गाँव-गाँव में पुलिस। हाथ-हाथ में बन्दूक। आदिम राजहंसिनी की सन्तान आज फिर यायावर बनेगी। इतिहास यही चाहता है। कम्पनी की फौज आती जा रही है, चारों तरफ बिखरती जा रही है। भागलपुर में नये कलेक्टर का आदेश—"सन्थाल मात्र विद्रोही हैं। देखते ही गोली मार दो। तिलका को पकड़वा दो। उसके अनुयायियों को पकड़वा दो। हम तुम्हें माफ कर देंगे।"

गाँव-गाँव में, पति ने पत्नी को, बाप ने बेटे को, माँ ने बेटी को, भाई ने बहन को, सभी ने सभी को शाल-छाल की राखी बाँधी। सारे परगनायेत और देशमाझियों ने तिलका से कहा, "यही ठीक है, तिलका! पकड़े गए तो क्या वे हमें छोड़ देंगे? लड़के-बच्चों, औरतों, बूढ़ों को या तो छिपा देते हैं या दूर भेज देते हैं। अपने हाथों में शाल-गिरह बाँधकर जितना लड़ सकते हैं, लड़ेंगे। नहीं तो मरेंगे। तू अपने मन में कुछ मत रख।"

"मैं पकड़वा देता हूँ अपने को।"

"नहीं! समाज की इज्जत को मिट्टी में नहीं मिलने देंगे!"

महर, तिलका का ससुर, तिलका का हाथ पकड़कर बोला, "आज समझा रे! ऐसे ही चिलिमिली साहेब और कम्पनी तब भी रहे होंगे। तभी तो हम बेदर हुए। कभी एक देश में जाते हैं और कभी एक देश छोड़ते हैं, ऐसा क्यों? वे थे, जरूर थे तब भी!"

"मुझे बहुत दुख होता है, छाती फट जाती है।"

"नहीं! तिलका, नहीं!"

"इतने, इतने लोगों की मौत!"

"नियम से समाज नहीं जुटा पाया, यही ना? देवता सब जानते हैं। दोष नहीं होगा कुछ।"

मनसा का बाप, पहाड़िया सरदार इस संकट-काल में उतर आया नीचे। सोमी से बोला, "माँ री! हमारे घर चल। बहू-नाती-नतिनी को साथ लेकर

चल। गाँव के सभी औरत-बच्चों को भी लेकर चल, माँ! औरतों की इज्जत कम्पनी नहीं छोड़ती।"

तिलका बोला, "तुम ले जाओगे इन्हें? किस बूते पर इतना भार?"

"लेना ही होगा।"

"कैसे? किस पर?"

"इन दोनों हाथों पर। मुझे भी गिरह बाँध दे, तिलका! मनसा का बाप हूँ। मैं तेरे बाप के भी समान हूँ।"

मनसा के बाप के हाथों की गिरह में तिलका के आँसू भी थे। सोमी और रूपा ने तिलका को एक बार छुआ, उसके सिर पर हाथ फेरा। फिर गाँव के तमाम बूढ़े-बुढ़िया और बच्चों को लेकर वे चली गईं, बगैर पीछे देखे।

हारा सूखे गले से बोला, "जो जहाँ भाग पा रहा है, भाग रहा है, मैदानों में।"

तिलका बोला, "जानता हूँ।"

फिर कहने लगा, "हारा, याद रखना। जो कह रहा हूँ, सभी लोग सुनें। अगर बचो तो सभी को साथ मिला लेना। सन्थाल अब यहाँ नहीं रहेंगे।"

"क्यों?"

"सब बिखर जाओ अलग-अलग दिशाओं में। धरती कितनी बड़ी है रे, पहले नहीं जाना, अब जानेंगे। कम्पनी की फौज ने हमें यह सिखाया। हम जाएँगे पूर्णिया, चम्पारण, सिंहभूम, धनबाद, बाँकड़ा, बीरभूम, मेदिनीपुर, पुरुलिया—कहीं चाय बागान में, कहीं कोयला खदान में। जहाँ जाएँगे वहाँ के रीति-रिवाज हमारे समाज में घुसेंगे, हमारे रीति-रिवाज उनके समाज में।"

"कब तिलका, कब?"

"तू जान जाएगा।"

"तू नहीं जानेगा?"

"मैं?" तिलका हँसा। बोला, "अपने गाँव की माँ, बेटी, बहू, बहन तो बच गईं। लेकिन दूसरे गाँव में क्या हुआ? चल! अब निकल चल।"

कहीं से कुछ टूट गया है तिलका के भीतर। अभी तूफान के बादल छाए हुए हैं। अभी ही उल्कापात हुआ है। अब उसके पास कुछ सौ लड़ाकू मात्र हैं। छोटे-छोटे दलों में बिखर जाओ। बहू-बेटी-बच्चे, बूढ़े-बुढ़िया को लेकर

जहाँ भाग सकते हो, भाग जाओ। नहीं तो उनके भागने की व्यवस्था करो। और फिर लड़ो। आओ लड़ो!

इसी तरह चलता रहा पहला हुल! एक साल पूरा होने को आया।

"हो, तिलका हो!" कहते हुए दो सौ पचीस लड़ाकू पहाड़िया आए। उन्हें कम्पनी ने बहुत दूर भेज दिया था। इन पहाड़िया सिपाहियों में काफी मारे गए हैदर के साथ लड़ाई में। जो बचे वे लौटकर आए तो देखा, गाँव श्मशान हो गया है। तिलका माँझी को ढूँढ़ने सेना घुसी थी। सब चले गए हैं। पता नहीं कहाँ?

"हम फौज में जाकर उनके लिए लड़े और वे हमारे गाँव श्मशान बना दें? तिलका, तू तो है! तेरे साथ लड़ेंगे हम। बदला लेंगे!"

"चलो।"

"कहाँ?"

"तिलकपुर के जंगल में। कम्पनी की फौज वहीं से होकर आगे जाती है।"

तिलकपुर के जंगल में छुप-छुपकर लड़ाई चलती रही। दिन के बाद दिन। दिन, और दिन।

एक दिन भोजन खत्म हो गया।

एक दिन तीर खत्म हो गए।

तिलका बोला, "नई गिरह बाँध, भाई! टाँगी-फरसे लेकर निकलें।" जंगल नि:शब्द। बैनेट और बन्दूकें प्रतीक्षारत। उनका धैर्य अनन्त है। गिरह बाँधते-बाँधते तिलका हँसा। दबे स्वर में बोला, "वे सोचते हैं कि हम मर गए हैं। मगर मर के बच सके तो फिर तितापानी का जंगल।"

"हाँ, तिलका!"

"सारे गाँवों को पहाड़ के ऊपर ले जाएँगे।"

"हाँ, वही ठीक रहेगा।"

"पहाड़ की ढाल पर चीना धान ऐसे छींटूँगा...," तिलका मिट्टी बिखेरता हुआ बोला, "खेती में मन लगता है मेरा।"

"चल!"

'हु—ल' की ध्वनि के साथ प्रचंड गर्जन करते हुए वे कुछ बन्दरों की तरह निकल पड़े। बन्दूक और बैनेट। टाँगी और फरसे। फौज का समुद्र घेर रहा है,

घना हो रहा है। हारा गया, तिभुवन गया। अँधेरा और घना हो रहा है। तिलका टाँगी चला रहा है। सब बिखर जाएँगे। 'हुल' नहीं हुआ? राजमहल की मिट्टी में तिलका का खून बिखर रहा है। 'हुल' के बीज डाल रहा है। इसे पोसेगा कौन? इस हुल की फसल को कौन अपने घर ले जाएगा? वह तिलका नहीं। वह कौन है?

ललाट बिंध गया। कन्धे में कुछ घुस गया है। फिर एक उन्मत्त चीत्कार, "वह तिलका नहीं, मुझे पकड़ो!"

तिलका हँस पड़ा। कौन उसे बचाना चाहता है? हँसी के साथ ही खून के फव्वारे भी छूटे।

भागलपुर बाजार। खून से लथपथ तिलका को कोड़े मारे जा रहे हैं। दर्शक भागे। चाबुक की साँय साँय। तिलका ने पलकें उठाईं। हुल होगा, तिलका का मन जानता है।

घोड़े की टाँगों से बँधा तिलका। घोड़ा भागा। तिलका का शरीर क्षत-विक्षत हो गया। चेतना खत्म। आ रही है, जा रही है। घोड़ा रुका।

"अब भी बोलने की चेष्टा कर रहा है?"

"अरे, कुछ कह रहा है।"

"क्या कहता है? कौन समझता है उसकी भाषा? अरे भंगी, तू समझता है? आ, करीब आकर सुन।"

यातना, कठोर यातना। तिलका के सामने आता है एक दुखी काला मुँह।

"क्या कहता है?"

"लेकिन 'हुल' होगा।"

"हुल?"

"हाँ साहेब!"

"हुल क्या है?"

"बलवा।"

"बलवा। विद्रोह। अभी भी विद्रोह! हैंग हिम! हैंग हिम! हैंग हिम...हैंग!"

भागलपुर के बरगद के पेड़ पर बाबा तिलका माँझी के लहूलुहान शरीर को फाँसी पर झुलाने के लिए जल्लाद नहीं मिले। अन्त में एक अंग्रेज उठा।

भागलपुर। सन 1785 ई.।

प्रेतोत्सव

राजापुर गाँव शहर से ज्यादा नहीं, सिर्फ चार मील दूर है। राजापुर के राजाबाबू बहुत दिनों तक मंत्री रहे हैं। अपार जमीन-जायदाद है। शहर में बड़ा सुन्दर बँगला है। राजापुर में उनके अनेक भाई-बन्धु रहते हैं। चारों तरफ के सूखे और गरीब गाँवों के बीच राजापुर का हरा-भरा क्षेत्र अनायास ही ध्यान खींच लेता है। सब कहते हैं कि यह राजाबाबू का घर है।

राजाबाबू के कानों में भी बात पड़ी थी। उन्हें अच्छा नहीं लगा था। गाँव लौटकर उन्होंने तीनों भाइयों से पूछा, "यह क्या सुन रहा हूँ?"

"क्या, मणि की बाबत?"

"हाँ, उसे कौन सी जमीन मिली है? लड़कों को तेल के कारखानों में नौकरी पर लगा दिया है।"

"उसी अशोक के कारण।"

"समझा। तो क्या मिला उसे—टीला?"

"नहीं, नीचे वाली जमीन!"

"और?"

"और क्या बताऊँ...कहने को और क्या है? खड्डे के पार वाली अच्छी जमीन मिली है।"

"कितनी?"

"जितनी भूमिहीनों को मिलती है।"

"अच्छी जमीन, धान की जमीन। घर से मूनिश-माहिन्दार नहीं थे?"

"इससे क्या हुआ? अशोक ने कौन सी घुंडी घुमाई, पता नहीं। जिलाधीश

बोला, बाबा मुंशीराम, जिन्होंने तुम्हें माहिन्दार बनाया है उन्हीं से कहो न पाँच बीघा जमीन देने के लिए। उनकी जमीन हथियाने का कोई उपाय नहीं है। तुम्हें ही दे देते। मुझे क्या, चाहे राम को मिले, चाहे श्याम को मिले। अशोक पार्टी का लड़का है, वह जो कहेगा, करना ही होगा।"

"अशोक ने मणि लोगों को पता नहीं, क्या समझाया?"

"उसके मुँह पर सिर्फ एक ही बात है। राजाबाबू अब हमारी-तुम्हारी श्रेणी के नहीं हैं, वे अब मालिक श्रेणी के हो गए हैं। कोई अगर यह कहे कि तुम भी सन्थाल हो और वे भी सन्थाल हैं तो तुम कहना कि वे मालिक हैं और हम नौकर। तुम कहना कि वह जब से मंत्री हुए हैं, उन्होंने खूब रुपये कमाए हैं, जमीन हथियाई है तभी से।"

"समझा! वह दूसरे वर्ग के हुए।"

"हाँ, मेरा यही कहना है।"

राजाबाबू और उनके शिक्षित और कॉलेज-अध्यक्ष भाई ने एक-दूसरे की तरफ देखा। राजाबाबू ने गम्भीर निश्वास लिया। बोले, "जरा देर बैठूँ।"

बैठकर, आराम करके, हवा खाकर, राजाबाबू बोलने लगे, "यह सब हवा बदलने का कुफल है। अशोक जैसा बिच्छू आदिवासियों के मन में हिंसा घुसा रहा है। वे हमारे शहरवाले घर को देखते हैं। गाँव के घर को देखते हैं।"

फिर उन्होंने साँस ली। बोले, "एक बात वह नहीं सोचता। मेरे पास जितना है, दूसरी जातिवालों के पास उससे ज्यादा, तिगुना है। तुम भी शहर में घर बना सकते थे, जमीन बटोर सकते थे। किसी दिन भी तुमने देश की सेवा नहीं की। यह अशोक क्या बातें करता है, मेरी तो समझ में नहीं आता। इतना वर्ग-असन्तोष, इतना अलगाव क्यों? हमारी राजनीति में इतना अलगाव था कभी? अभी भी नहीं है। इतनी हिंसा भी नहीं है!"

"यह कौन समझता है?"

"मैं दूसरे वर्ग का हूँ...वह कैसे? क्या मैं पूजा-पर्व को नहीं मानता? क्या मैं नायक को सम्मान नहीं देता? कर्म-कांड, अनुष्ठान आदि को नहीं मानता? बाप रे! अब कौन मगजपच्ची करे? भाग्य-दोष से मुंशीराम हमारे पास नौकरी करता है और वैसे भी मैं क्या हो गया हूँ?"

"अशोक इत्यादि तो सुनते नहीं।"

"दरअसल वे ही दूसरे वर्ग के प्रतिनिधि हो गए हैं। चलो, छोड़ो। जमीन के बारे में बता।"

"जमीन की बात? मणि को जमीन मिली, उसके लड़कों को तेल-कारखाने में काम। वे हमारी बात अब क्यों सुनें? गाँव में रहते हैं तो दबाव भी रखना पड़ता है। तुम्हारे मंत्री होते हुए जो नहीं हुआ, वह अब हो रहा है।"

"तभी मणि गरम है?"

"नहीं। पहले कर्जा लेकर जिन्दा रहता था। वह अब नहीं लेता।"

"मणि के बाप-दादा?"

"उन्हीं को लेकर बैठा है। वे बूढ़े हैं, उन्हीं के पास है। उसकी लड़की को भी गरमी चढ़ी है।"

"किसको? रजनी को?"

"हाँ। खूब गरम है। खेतों में धान पैदा होने पर वह खूब नाची-गाई। चावलों के दाने बाँटे।"

"रजनी का कोई बच्चा है?"

"है।"

"पति, वही डॉक्टर है न?"

"वह ठीक है। रजनी को बहुत प्यार करता है। रजनी जो कहती है, उसकी हाँ में हाँ मिलाता है।"

"मणि का लड़का सोमराई?"

"वह चुप रहता है। रास्ते पर दीखने पर अनदेखा कर देता है। सामने ही पड़ जाओ तो काँपता हुआ 'परनाम बाबू' कहता है। हाथ बड़े कष्ट से सिर से लगाता है। इसी से समझ लो, गरमी है कि नहीं?"

"देखना होगा।"

"एक बात और है।"

"वह क्या?"

"इस लखिन्दर का धन्धा मेरी समझ में नहीं आता। जान-पहचान का आदमी है, सम्बन्ध भी हैं, लेकिन उसकी जमीन हमारे साथ नहीं है, बस।

हमारी दो-फसली जमीन और उसकी चार बीघे लेकर खींचतान हो रही है। मैंने तो सोच लिया है कि तुमसे या तुम्हारे बाद बहू से रुपया लेकर धर्म के नाम पर उसे खरीद लूँगा। तुम एक लड़की को पोसो, उसी को सब दे जाना। यही झमेला है।"

"हाँ, है तो।"

"उपाय भी क्या है?"

उस समय खीरोदबाबू की आँखें सपनीली हो गईं। बोले, "जो भी करना हो समझ-बूझकर करना।"

"तुम यदि कुछ न कहो और मैं जो कहूँ वह करते जाओ, तभी काम ठीक से हुआ समझो!"

"हाँ, वह तो है।"

"गलती की तो मरे।"

"नहीं, गलती नहीं करूँगा।"

"मातंग से भी कुछ मत कहना।"

"धत्! मातंग पर विश्वास करूँ? राजनीति में नहीं, हमारी पार्टी में नहीं। उम्र ज्यादा है। समाज का भला करने के पीछे उसने तो कमर कस रखी है।"

"वह क्या झारखंडी है?"

"नहीं। कभी नहीं रहा। उसको अपने खंड से ही फुरसत नहीं है। कहाँ किसकी जमीन छिनी, किसे लोन नहीं मिला, कहाँ पानी नहीं है—इसी चक्कर में बेटा साइकिल पर घूमता रहता है। तुम्हें यह मालूम नहीं है कि अगर एक आदिवासी घर का खाकर जंगल की भैंस हाँकता है तो सब उस पर शक करते हैं?"

"मुझे तो खूब सुनाई। आप शहर के तमाम मुहल्लों में, बाजारों में कल्याणकारी समितियाँ क्यों घुसा रहे हैं? उन सालों के पास तो लाख-लाख रुपये हैं और काम सिर्फ एक है। यहाँ सभा बुलाओ, वहाँ मीटिंग करो और रुपये देकर गरीबों को सिखाओ कि मेरे बाप, अब जो कुछ करो, दल मत बनाओ। दल बनाना बड़ा खराब काम है। ये साले, जासूस हैं। समझे?"

"यह कहा है?"

"हाँ, कहा है।"

"तुमने क्या कहा?"

"मैंने पूछा कि किसके जासूस हैं? मातंग बोला, 'उनके जो रुपये दे रहे हैं। सब विदेशी जासूस हैं।' मैंने कहा, बेटे! विदेश में अच्छे लोग रहते हैं। धनी देश के लोग गरीब देश का भला करना चाहते हैं। तभी ये समितियाँ बनी हैं। इसे गलत क्यों समझते हो?"

"जो खुद बुरा है, सभी को बुरा कहता है। देश में क्या कोई शासन नहीं है, सरकार नहीं है? सरकार क्या नहीं जानती कि कौन सा देश हमें रुपये देता है?"

"पर अशोक वगैरह तो दूसरी बात कहते हैं।"

"वह क्या?"

"कहते हैं कि इसमें तुम्हारा हाथ भी है। तुम्हीं ने अनुमान लगाया था कि जंगल-टंगल को लेकर आन्दोलन होगा बड़ा जोरदार। तब ही इन लोगों को घुसाया तुमने। उनके लिए राह बनाई।"

"सभी जगह हमारा हाथ देखता है।"

राजाबाबू बड़े दुखी हुए। उन्होंने जो काम कभी नहीं किया, उसी काम का आरोप हमेशा अपने ऊपर लगते सुनते हैं। इस अंचल से वे मंत्री थे। बेशक उन्होंने अपने इलाके में सड़कें और जंगल-जमीनों का कोई इन्तजाम नहीं कराया। यह बात भी सच है कि लोधा, बिरहड़ पहाड़ियों के लिए भी उन्होंने कुछ नहीं किया।

अब यह सब है क्या? जीवन में क्या कुछ चिरस्थायी है? सड़कें-रास्ते अपने-आप वक्त के कारण टूट जाते हैं, टीले बराबर हो जाते हैं। जमीन? राजाबाबू तो राजनीति करते हैं। उन्हें क्या पता कि हर साल नये कानून बनते हैं और छोटे खेतिहरों की जमीन छिन जाती है। जो होता है, समय की गति से होता है। वे कौन हैं कालगति में बाधा डालनेवाले? लोधा-बिरहड़-पहाड़िया? नहीं, वे आदिवासी हैं। इस कारण वे आदिवासियों का ही भला सोचें—ऐसी संकीर्णता उनमें नहीं है। ठीक है, यह सब उन्होंने नहीं किया। पर जो किया है, उसके बारे में कोई कुछ क्यों नहीं कहता? कितनी सभाएँ की हैं, कितनी मीटिंगों को सम्बोधित किया है, हजारों माल्यदान किए हैं। यह भी तो सम्मानजनक काम है रे! इसे भी तो समझो!

"अशोक खूब जला रहा है, है न?"

"खूब।"

"इसी को कहते हैं घर का भेदिया। इस पर विश्वास करता था, साथ लिये घूमता था।"

"अब समझना होगा।"

"अब क्या हो सकता है? उनासीवाँ साल आ गया। यह राज तो लगता है, टिक जाएगा।"

"तो?"

"बहू माँ, मतलब चरन की पत्नी अब कैसी है।"

"माँ के पास है।"

खीरोद की माँ, राजाबाबू की चाची धीरे-धीरे पास आकर खड़ी हो गईं। उनकी एक आँख पत्थर की हैं। चेचक में एक आँख चली गई थी। जिन्दा आँख चील की तरह तेज है। सब कहते हैं, राईमणि की आँख में दैवी क्षमता है। जिसे कोई नहीं देख सकता, उसे राईमणि देखती हैं। साधारण गरीब-गुरबे उनसे डरते हैं। जब मंगला को साँप ने काटा था, तो यह सुनते ही उन्होंने कह दिया था, "अस्पताल ले जाने पर भी बचेगा नहीं। हाँ, रात-भर रखो, सबेरे ले जाओ।" पर लोग साइकिलें जोड़, डोली बनाकर उसे ले गए थे रातोंरात अस्पताल। पर रात को डॉक्टर ने उसे नहीं देखा। सबेरे जब देखा तो वह खत्म हो चुका था। उनकी बात सच निकली।

राईमणि बोली, "बहू माँ को कोई रोग नहीं है।"

"क्या कहती हो?"

"रोग होता तो छूट जाता है। लड़का होने पर सूतक होता है, दवा से खत्म नहीं होता, हमारे घर में पूजा-पाठ होता है। हमारे घर में तुम्हारे होने पर भी बहू क्यों अच्छी नहीं होती?"

"क्यों नहीं होती?"

"किसी डाइन ने बाण मारा है।"

"डाइन?"

"हाँ बेटे! डाइन-भूतिन इस गाँव में ही हैं। डाइन-भूतिन लोग ऐसे ही नहीं बनते। शत्रुता मन में पोसकर ही बनते हैं।"

राजाबाबू के मन में जैसे कोई प्राचीन साँप अँगड़ाइयाँ ले रहा है। मणि और उसकी पत्नी सोमराई, लखिन्दर और उसकी पत्नी। डाइन-भूतिन होने पर भी क्या कुछ बाकी रहता है? मणि ने अच्छी जमीन पाई। सोमराई का बेकार लड़का तेल-कारखाने में नौकरी करता है। वह डाइन है। मणि भी डाइन है। लखिन्दर अपनी जमीन को पकड़कर बैठा है। उस जमीन को अपने कब्जे में रखने के लिए वह एक लड़की को पोस रहा है। उसको बोर्डिंग में रखकर पढ़ा रहा है। शादी करे और सारी जमीन उसे दे दे, यही इच्छा है उसकी। लखिन्दर भी डाइन है।

हैं, और भी हैं। मणि की बस्ती में और भी भूमिहीन हैं। अर्धशिक्षित बेकार युवक भी हैं। अशोक जैसे लड़के भी हैं। डाइन-भूतिन भी हैं बहुत।

"काकी, तुम ठीक कहती हो?"

"विश्वास नहीं होता? दो नवयुवतियाँ घर पर भी तो हैं—माधवी और शेफाली। कॉलेज में पढ़ती हैं, घर में रहती हैं। वे ही बताएँगी डाइन का नाम!"

"डाइन?"

"हाँ, डाइन।"

राजाबाबू रोगिणी के दरवाजे पर खड़े थे। चरन की बहू भी पढ़ी-लिखी है। चरन सरकारी कर्मचारी है। खीरोद कॉलेज प्रिंसिपल है। काका, राईमणि का पति रिटायर्ड सब-जज है। और बड़े दादा तारानाथ गाँव-पंचायत के सदस्य हैं। ऐसे दम-खम का आदमी क्या यह सब सहन कर सकता है?

छोटी बहू बिछौने पर पड़ी है। राजाबाबू के मन में क्रोध बढ़ता गया। अच्छे-भले पेड़ को चोटियाँ लग रही हैं। ऐसे नौजवान को विष देकर मार देना, क्या सहन किया जा सकता है?

घर के लोग पीछे आकर खड़े हो गए।

चरन बोला, "भैया, अब क्या देखते हो?"

राजाबाबू की आँखें लाल थीं। वे गरज उठे, "आज भी मेरी शक्ति कम नहीं है। जरूरत पड़ने पर दिल्ली तक दौड़ सकता हूँ। जिसने ऐसा किया है, उसकी लाश नाले में फेंक दूँगा। कागज-कारखाने की गन्ध में लाश का पता

तक नहीं चलेगा।" विश्वनाथ, तारानाथ, खरोद, चरन—सब एक-दूसरे का मुँह ताकते रहे।

फिर विश्वनाथ बोला, "गुस्से में कोई काम मत करो। जो करो, उसकी घोषणा मत करो। दीवारों के कान होते है। देखो! हम धर्म-पथ पर हैं, जीत हमारी ही होगी।"

रोगिणी थोड़ा हिली। फिर करवट लेते वक्त दर्द से चिल्लाई, "अरे बाप रे! मर गई रे! मार दिया रे!"

राईमणि बोली, "बाण मार दिया है, और क्या?"

राजाबाबू बोले, "बाण तो मैं भी मारूँगा, पर समाज को साथ लेकर।" सबने हामी भरी।

"चलो, सब बड़े कमरे में चलते हैं।"

कमरे में पहुँचकर राजाबाबू बोले, "बड़े हिसाब से काम करना होगा। सुनो!"

सब चुपचाप सुनते रहे। राजाबाबू बोलते रहे। राजाबाबू की जरूरत के मुताबिक डाइन का जन्म होता गया।

2

अशोक चीख रहा था, "हम अपनी इस विचारधारा के होते कभी आधुनिक नहीं हो सकते हैं। यही हमारे पिछड़ेपन का कारण है। हमारे बीच जो शिक्षित हैं, नौकरी करते हैं, वे समाज के निम्नवर्गीय लोगों के बारे में नहीं सोचते। धान की खेती और गाएँ। बस। सिर्फ इसकी चिन्ता ही पिछड़ापन नहीं है। आगे बढ़ना होगा, आधुनिक होना होगा, विचारों से आधुनिक। आज के युग में इतना काफी होगा।"

मणि बाहर उड़द सुखा रहा था। वह कानों से कम सुनता है। उसकी जान अब इन्हीं में लगी रहती है। उड़द फैला-फैलाकर धूप दिखाता रहता है। अपनी जमीन से पैदा दाल है, यही क्या कम है? सब सार्थक हो गया। इतनी पूजा-पाठ की, सब सार्थक हो गया। 'ओ भाई भूमिहीनों, जमीन नहीं मिलेगी।

ओ भाई!' एक ही बात बोल-बोलकर उसका गला सूख गया था। फिर अशोक, कल का बच्चा है, उससे मातंग ने कहा था, "कुछ कर नहीं सकते, अशोक?"

"क्या?"

"मणि के जैसे कितने ही घर हैं। उन्हें क्या जमीन नहीं मिलेगी? उन्हें लेकर तो इतनी बड़ी-बड़ी बातें हो रही हैं!"

"दादा, तुम जानते नहीं। भूमिहीनों को जमीन मिलेगी, इसी बात को रोकने के लिए राजाबाबू ने चारों तरफ अपने लोगों को बसा दिया है। सिर्फ मुंशीराम को नहीं मिली है। सारे भूमिहीनों के नाम पर जमीन है। पर सारी जमीन उनके दखल में है। बेवकूफ पार्टी को कुछ पैसा खिलाकर और 'मेरे हाथ में थाना-पुलिस है, मेरे हाथ में दिल्ली है' कहकर सभी को वश में कर रखा है।"

"ठीक है! राजाबाबू के बारे में सभी जानते हैं। पर बेटे, अब तो उसकी सरकार नहीं है। सब गड़बड़ी तो उन्होंने की है, तुम तो जानते हो। ठीक है, तर्क का काम नहीं। सारे अच्छे काम तुम अकेले तो करने से रहे। फिर भी कुछ तो करो।"

"इसीलिए तो," कहते-कहते अशोक चुप हो गया। फिर उसने राजापुर के भूमिहीनों की तरफ से दरखास्त दी थी। दूसरे लोग डरे। जल में रहकर मगरमच्छ से बैर!

"अगर राजाबाबू के गाँव में रहकर सरकार से जमीन लोगे तो तारानाथ बाबू गरम होंगे, विश्वनाथ बाबू गरम होंगे और राजाबाबू तक बात पहुँचेगी। अरे बाप! वह तो दिल्ली को भी अपनी मुट्ठी में रखते हैं।"

किसी को साहस नहीं हुआ, सिर्फ मणि को छोड़कर। मुंशीराम में बुद्धि शुरू से कम है। वह भी गया था।

अशोक की कोशिश से जमीन मिली। मातंग की चेष्टा से लड़कों को नौकरी। तभी से मणि दूसरा आदमी हो गया है। अशोक और मातंग आते हैं, उसके घर में बैठते हैं, बातें करते हैं, वैसी बातें मणि ने पहले कभी नहीं सुनीं।

तभी उसने कहा, "क्यों रे अशोक, क्या कहता है? किसे पहुँचाना होगा और कहाँ?"

"आधुनिक युग में!"

"वह कहाँ है?"

"तुम्हारे सिर में।"

"ना बाबू, वहाँ नहीं पहुँचा जा सकता! जब जवान था तो खटने पहुँचा था—मुर्शिदाबाद। फिर अकाल के समय गया हावड़ा। इतनी उम्र ढल चुकी है, अब कहाँ जाऊँ? सम्भव है?"

"और कहाँ जाओगे? मैं क्या कहता हूँ, तुम्हारी समझ में नहीं आता। आधुनिक युग में पहुँचना, यही कह रहा हूँ।"

मातंग बड़े ध्यान से पता नहीं क्या लिख रहा था। बोला, "घर में शान्ति नहीं। रेडियो की कचर-पचर। चार मील चलकर यहाँ आया, उस पर तुम्हारी यह चीख-चिल्लाहट। पहले तू आधुनिक युग में पहुँच, फिर हमें ले जाना। बाप रे! कितना चिल्लाता है!"

"ये बातें नहीं करनी होंगी क्या?"

"तू तो बड़ा ज्ञानी है। अब इन्होंने किया क्या है कि इनसे कह रहा है कि यह करना होगा, वह करना होगा? खुद ही तो तूने कहा कि शिक्षित लोग समाज की तरफ नहीं देखते। शिक्षित होने पर भी प्रकृति शिक्षित नहीं होती और जिन्हें तू अशिक्षित समझता है, वे सचमुच अशिक्षित नहीं हैं।"

"यह कैसे मान लूँ?"

"क्यों नहीं मानोगे, बेटा? वे बीमारी पर डॉक्टर के पास नहीं जाते, धनराज महतो के पास जाते हैं। तुम कहोगे, धनराज डॉक्टर नहीं है। उसने भी तो नहीं कहा कि वह डॉक्टर है। वह जड़ी-बूटी करता है, छुपाता नहीं। तब बताओ, ये क्या गँवार-अपढ़ हैं, जो वहाँ जाते हैं?"

"तब भी दोष किसका है? इतने दिनों तक जो...।"

"यही तो मुसीबत है। किसका दोष है और किसका नहीं, इसका फैसला कौन करेगा? सरकार बदलने से क्या होगा? वह सरकार तो रही नहीं। पर राजाबाबू, शशीबाबू या लालमोहन बाबू की शक्ति कम हो गई है क्या?"

"वह दबदबा तो नहीं रहा।"

"समय आने पर पता चलेगा।"

"जो बात हुई है, जानते हो? तुम जितना भी कहो, भाई–पाँच लोग आम खाते हैं, पिचानवें गुठली चाटते हैं। यह स्थिति अभी नहीं बदली।"

"तुम कहते भी हो कि यह वर्गों में बँटे समाज का अभिशाप है।"

"ठीक है, अभिशाप मिटे कैसे?"

"वर्ग-संघर्ष तेज हो तब।"

"यह करेगा कौन?"

"ये ही करेंगे।"

"हाँ! कानून-भंग, कानून-भंग का शोर होने पर पुलिस आकर पीटेगी। तेरे मुँह में यह वर्ग-संघर्ष की इतनी बातें क्यों हैं, रे लड़के? तुमने तो सभी आन्दोलनों की रीढ़ तोड़ दी है, नाश कर दिया है। अगर तू इतना ही जानकार है तो एक के बाद एक जाली समितियाँ कैसे यहाँ आकर झंडा गाड़ लेतीं?"

"तुम चाहते क्या हो और करते क्या हो, कुछ समझ में नहीं आता। राजनीति भी नहीं करते तुम।"

"भाड़ में जाए राजनीति! पेट में भात नहीं, सिर पर छाता नहीं। यही देख-देखकर जिन्दगी बीत गई। अब राजनीति करता है?"

मणि ने उड़द फैलाते हुए 'छाता' शब्द सुन लिया। सुनकर धीरे से हँसा, बोला, "खरीदूँगा, एक छाता जरूर खरीदूँगा। लड़कों ने कहा है, महीना मिलने पर खरीद देंगे।"

मातंग बोला, "अब तू काम करने देगा या नहीं?"

"क्या कर रहे हो?"

"पतंगा गाँव के कुएँ की बाबत लिख रहा हूँ। बड़ी गड़बड़ हो गई है वहाँ। जल तो जीवन होता है। वही जल मदनचन्द किसी को नहीं लेने देता।"

"चलो, देखते हैं जरा।"

"तुम सब तो यह इस तरफ देखते ही नहीं।"

"देखूँगा, कहा तो।"

"प्रभंजन के पास जाऊँ?"

"उसके पास क्यों?"

"मुझे एक रोगी देखना है। उसके पास होकर फिर तुम्हारे पास आऊँगा।"

"ये लोग आने में इतनी देरी क्यों लगा रहे हैं?"

"रुको जरा! भंगड़ा क्या है, जरा मैं भी सुनूँ।"

मातंग और अशोक उठ खड़े हुए। मुंशीराम और प्रहलाद दोनों राजाबाबू के 'माहिन्दार' मुर्गे हैं। प्रहलाद ने शाम से ही थोड़ी दारूपी रखी है। करीब आठ बरस पहले उसके नाम जमीन की गई थी। राजाबाबू ने वह जमीन वापस ले ली थी, कुछ रुपयों के बदले में कोर्ट में। जमीन का मालिक प्रहलाद है, पर वास्तव में राजाबाबू हैं।

यह कष्ट प्रहलाद के मन में हमेशा से रहा है। सुबह उठकर भूत की तरह खटना शुरू करता है। शाम को चार बजे उसे छुट्टी मिलती है। तब वह नहाता है, भात खाता है। हाथों में पैसा होने पर कभी-कभी वह ताड़ीखाने जाता है। वहाँ से अपने ही दुख रोता-रोता घर लौटता है।

प्रहलाद से कई बार कहा है उसने कि "तू राजाबाड़ी में दिन-भर खटता है। तेरी बीवी-बच्चे लकड़ियाँ बटोरकर बेचते हैं, पेट पालते हैं। तुझे दो पैसे मिलते हैं तो ताड़ी क्यों पीता है?"

"क्यों न पीऊँ? मेरे घर के रास्ते में ताड़ीखाना और भट्ठी चलाने के लिए सरकार लाइसेंस देती है मैं क्यों न पीऊँ? पैसे वहाँ नहीं देने के लिए है क्या?"

"यह क्या जवाब हुआ?"

"मातंग बाबू!"

"दुर! 'बाबू' मत कहा कर।"

"ठीक है। मातंग दादा। शहर में इतने शराबखाने देखे हैं?"

"मेरे करीब मत आ।"

"देखे हैं?"

"नहीं। तू जरा दूर ही रह।"

"मैं हेंड़ा बनाता हूँ, महुआ चुवाता हूँ। उसमें क्या गलती करता हूँ?"

"कुछ नहीं। बोल, बोलता जा।"

"खू—ब दोष है। तभी तो सरकार ने गली-कूचों में भट्ठी लगाने का लाइसेंस दिया है। कागज कारखाने में काम करो, तेल-कारखाने में काम करो, राजाबाबू के घर में काम करो, लेकिन पैसा शराबखाने में दिये जाओ।"

"वहीं पीता है?"

"वहीं। पीता हूँ दुखी मन से। मुझे बड़ा दुख है रे! मेरे नाम पर जमीन है। उस पर मेहनत करता हूँ, पर धान देता हूँ राजाबाबू की कोठारी में।"

ऐसा है प्रहलाद। प्रहलाद और उसके जैसे अगर एक साथ अपनी जमीनों का कब्जा माँगें, कुछ करने का साहस करें, तभी कुछ किया जा सकता। अशोक का मत यही है।

प्रहलाद कहता है, "अगर तुम्हें पता है कि हम जैसों में साहस नहीं है तो हममें साहस भरना दूसरों का काम है।"

मातंग कहता है, "इनमें साहस का न होना स्वाभाविक है। ये जानते हैं कि इनके पीछे कोई नहीं खड़ा है।"

अशोक को लगा जैसे मातंग उसे ही दोषी ठहरा रहा है। जैसे कह रहा हो कि "असंगठित होने के कारण ये कितने दुखी हैं, देख ले। ताकत वाले राजाबाबू और उनके परिवारवालों को इतनी जमीन की जरूरत है क्या? फिर भी इतनी जमीन कैसे बटोर ली है? इन बेचारों के पास कुछ नहीं है। उनका दिमाग इसी वजह से इतना चढ़ा रहता है। इन पर जो इतने अत्याचार हुए हैं, उसका बदला ले सकते हो तो तुम्हारे मुँह से हम वर्ग-संघर्ष की बात सुन सकते हैं।"

अशोक को लगा कि मातंग दादा यही कहना चाहते हैं। उसे पता है कि मातंग दादा 'वर्ग-संघर्ष' या 'वर्ग-चेतना' जैसे शब्द सुनना पसन्द नहीं करते।

अशोक कभी-कभी अपने-आपको असहाय महसूस करता है। मातंग दादा खरे आदमी हैं। पर वह सच को क्यों नहीं देख पाते? मातंग दादा को यह सब ठीक से समझाना होगा।

उपेक्षित जंगल-महल, उपेक्षित अंचल। यहाँ आदिवासी ज्यादा हैं। इस इलाके में काफी दिनों तक राजाबाबू के दल की राजनीतिक प्रभुता रही है। कागज और तेल के कारखाने, जंगल-कटाई, ठेकेदारी—इन सारे धन्धों में कुछ व्यापारी और धनी भूमिपति घुसे हुए हैं। हर तरफ से प्रतिक्रियावादी राजनीति का आधिपत्य है।

ऐसी राजनीति जहाँ होती है, जहाँ कुछ बेकार धनी और अनेकानेक नंगे गरीब रहते हैं, वहाँ तमाम अमला और सरकारी तंत्र उन्हीं धनियों का स्वार्थ देखता है।

ऐसी ही पृष्ठभूमि में आज स्वाधीन जंगल-खंड का आन्दोलन शुरू हुआ है। हाँ, समाज के बेगार खटते मजदूरों, गरीबों के मन में इस आन्दोलन ने नई आशा की किरणें बिखेरी हैं।

ऐसे ही चक्रव्यूह में फँसे हैं मातंग दादा। 'हम सरकार में शामिल हुए। अब जो नक्शा सामने है, उसके हिसाब से हम सच्चे हैं, हम लड़ाकू हैं, हम निर्भीक हैं'—इस बात को बताया कैसे जाए?

उसी पुरानी घुन लगी अफसरशाही से काम चलाना पड़ता है। नेता कुछ और समझते हैं। हमें कुछ और ही लगता है। हम एक दूसरी तसवीर देखते हैं। दुर्दशा इतनी ज्यादा है कि कुछ भी करो, सागर में बूँद के समान हो जाता है। तब भी तुम्हारे ऊपर हमें बहुत भरोसा है।

आज मातंग के जोर देने पर अशोक, मणि के घर आया है। मातंग हर समय मणि वगैरह का उपकार नहीं कर सकता है। पर वे उसे अपना समझ कर उस पर विश्वास करते हैं।

झगड़े की बात सुनकर अशोक व मातंग आगे बढ़े। मणि का बेटा सोमराई और राजाबाबू के माहिन्दार प्रहलाद और मुंशीराम तीनों लड़ रहे हैं? नहीं, प्रहलाद और मुंशीराम चीख रहे हैं। सोमराई उनसे भी तेज चिल्लाकर उन्हें रोकने की चेष्टा कर रहा है।

"क्या हुआ?"

मातंग की आवाज पर वे चौंक उठे और रुक गए। फिर प्रहलाद नशे में लड़खड़ाती जुबान से बोला, "क्या नहीं हुआ? मुसीबत में फँसे हुए हैं।"

"कैसी मुसीबत?"

"चरन बाबू की पत्नी पर किसी ने जादू-मन्तर कर दिया।"

"क्या कर दिया है?"

"डाइन—जादू"

मातंग का मुँह क्रोध से लाल हो गया। बोला, "किसने कहा?"

"राजाबाबू, उसके चाचा और भाई ने।"

"उन्होंने कहा है? तूने सुना है अपने कानों से?"

"हाँ, सुना है।"

मातंग आगे बढ़ा और उसने प्रहलाद के गालों पर एक चाँटा रसीद किया। बोला, "वे पढ़े-लिखे लोग हैं, इसलिए डाइन का प्रचार कर रहे हैं। तू नशे में है। कान कहने पर धान सुनता रहा है।"

"मारा...मुझे मारा?"

"मारूँगा नहीं?"

मुंशीराम बोला, "उन्होंने आइन-कानून की बात की थी, इसने डाइन सुन लिया! कितना समझा रहा हूँ, पर यह चुप ही नहीं होता।"

"अरे नहीं, डाइन ही कहा था।"

"ठीक ही बोला है। पर अब तू घर जा। मुंशी, तू चला जा बाबू के घर। सोमराई, तुम इनके बीच क्या करने आए हो? तेरी मति मारी गई है क्या?"

"मुझे दोनों ने पकड़ लिया था।"

"नहीं, ये अच्छी बातें नहीं हैं। यह डाइन-फाइन की बात भी गलत है। डाइन, देवता और मनसा वगैरह के डर से ही सारा खून-खराबा होता है।"

अशोक ने पूछा, "डाइन!"

"हाँ, हाँ, सुना नहीं? इन्हीं सब चीजों पर विश्वास करके सर्वनाश होता है।"

"यह सब कुसंस्कार है।"

"जितना संस्कार नहीं है, उससे ज्यादा झींकना है। अपनी जाति पर भी बड़ा गुस्सा आता है मुझे। 'रूपान्तर' में डाइन के विषय पर बड़ी रसीली कहानी छपी थी, पर किसी ने विरोध तक नहीं किया। आदिवासी के नाम पर नंगी लड़की की तसवीर या फिर ड्राइन या गाँजाखोरी का प्रचार होता है।"

"ठीक कहते हो।"

"मेरे कहने पर बात समझ में आई...क्यों? आदिवासियों को लेकर इसी तरह का प्रचार होता है। उससे शर्म नहीं आती क्या? विरोध करने का मन नहीं होता?"

"जाने दो। दारू पीकर पता नहीं क्या बक रहा था!"

"नहीं, मैं कुछ ठीक से नहीं समझ पाता हूँ। तुम भी खूब करते हो वर्ग-संघर्ष की बातें! देखा यह वर्गों का धन्धा!"

"क्या देखूँ?"

"तीनों बेवकूफ हैं। सोमराई को एक धूर जमीन मिली है। इसीलिए मुंशीराम और प्रहलाद क्रोधित हैं। एक को जमीन नहीं मिली, दूसरे की जमीन उसके अख्तियार में नहीं है। प्रहलाद और मुंशीराम का असली दुश्मन है राजाबाबू। पर उस पागल ने यह सोच लिया है कि सोमराई उनका शत्रु है। यही हमारा समाज है, हमारे समाज के लोग हैं। इनका भला करने पर काफी कष्ट झेलना पड़ता है।"

"तुम मुझसे ज्यादा अच्छी तरह समझते हो।"

"डाइन का हंगामा अच्छा नहीं है।"

"अरे, वह कुछ भी नहीं है।"

"तुम्हारे समझने के लिए अभी बहुत कुछ बाकी है। मेरा विश्वास है कि प्रहलाद ने ठीक ही सुना है।"

"वह कैसे?"

"देख लेना।"

मातंग भवें चढ़ाकर पता नहीं क्या सोचते हुए चल रहा था। दोनों साइकिलें पकड़े पैदल चल रहे थे। रास्ते पर उन्हें नजर आए लोधा पुरुष और औरतें। वे लकड़ी बेचकर लौट रहे थे। अशोक कह रहा था—

करुण हाथों में थकी कलम,
काँपती है लाज से, शर्म से,
स्वाधीन देश की दागी लोधा जाति,
चिर दिन असहाय!

× × ×

चोरी न करके भी,
पहचान है चोर की,
आजन्म सिर्फ यही विचार—
पैदा होना अपराध है,
दरिद्र लोधा के घर।

"सच मातंग दादा, बहुत सही लिखा है भवतोष ने। लोधा होकर जन्मना ही अपराध है।"

"हाँ, अच्छी कविता है।"

"ऐसी कविताएँ बड़ी अच्छी होती हैं। समझ में आती हैं।"

"समझ में तो आती हैं, भाई! पर लोधा लोगों को देखो, दागकर अलग रख छोड़ा है। आठवीं-नवीं क्लास पढ़े लड़के क्या यहाँ नहीं हैं? उन्हें अगर चौथी के बाद कोई काम दे दें तो...?"

"तुम्हारा कहना ठीक है।"

"या जंगल में चौकीदार का काम दे दें। वे जंगल के चप्पे-चप्पे को जानते हैं।"

"उन्हें भी तो खुद आगे आना चाहिए।"

"वह कैसे भला? उनके साथ कोई है जिसके जोर पर वे आगे आएँ? मुझे तो कई बार ऐसा लगता है कि आदिवासियों को अजायबघर की चीजों की तरह नहीं रखना चाहिए। सहज भाव से रहने देना चाहिए।"

"जाति और वर्ग!"

"फिर वही शब्द। अरे बाबा, ये बातें तो तपनबाबू के लेक्चर में हमेशा से सुनता आ रहा हूँ। पर यदि सभी को बराबर कर दोगे तो सभी को समान प्रतियोगिता में भाग लेना पड़ेगा।"

"हाँ।"

"तब ये बेचारे लोधा, बिरहड़ और पहाड़िया क्या करेंगे यह तो आदिवासियों में भी पिछड़े हुए हैं।"

"हाँ, भारी गोलमाल है यह सब।"

मातंग ने अशोक की पीठ पर एक धौल जमाई और बोला, "बड़ी गड़बड़ी लगती है न तुझे रे! पर तुझे समझाऊँ कैसे?"

अशोक ने सिर हिलाकर सहमति दी। वह बड़ा ही अभिभूत हो उठा। पुरानी बातें याद आती हैं। बहुत दिन हो गए! हाँ, दिन तो बीतेंगे ही। उसकी उम्र ही बाईस साल की हो गई है। अशोक तब बेलबनी आदिवासी बोर्डिंग स्कूल में पढ़ता था। मातंग तब नौकरी करता था और लड़के को देखने बोर्डिंग

में जाता था। एक बार फुटबाल टीम के निर्धारित पैंट के लिए अशोक मुँह लटकाए बैठा था। मातंग ने उसके हाथ में पैंट पकड़ाते हुए कहा था, "जा, मैच खेल। यह ले पैंट।"

इतने दिनों के बाद आज मातंग ने फिर कन्धे पर, पीठ पर हाथ रखा है।

मातंग बोला, "मुझे भी सब बड़ा गोलमाल लगता है।"

अचानक बड़ी सड़ी-सी बदबू नाकों में आई।

मातंग ने कहा, "कागज-कारखाने की बदबू है।"

"हवा को जहर बना देती है। पहले इतने मच्छर भी नहीं थे, इतनी मक्खियाँ भी नहीं थीं।"

"पेड़ काटकर रेगिस्तान बना दिया है सारा इलाका। पेड़ देवतुल्य होते हैं, अशोक! मिट्टी को हरा-भरा रखेंगे, तुम्हें फल-पत्ते, लकड़ी देकर बचाएँगे। हवा में से जहर खींचेंगे। जंगल जब तक थे, इतनी भूख, इतनी भुखमरी नहीं थी। गरीबी तब भी थी। वन-रक्षा, पशु-रक्षा सम्बन्धी नियम नहीं जानते थे। इतनी पहरेदारी भी नहीं थी। पर जंगलों में जानवर और पक्षी भरे पड़े थे।"

"स्वाधीनता के बाद बदलेगा ही।"

"हाँ, भाई!"

"क्या बदबू है!"

"बदबू में जहर नहीं होता क्या?"

"जरूर होता है। पेड़ कट रहे हैं। हाँ, नये पेड़ लगाए जाएँगे।"

मातंग कुछ देर चुप रहा। फिर बोला, "क्या कहूँ...पेड़...शाल काटते हैं। अरे शाल की जगह पर तो आदमियों के दिल भी गड़े हैं। बिलू बाबू की बॉब-कट छमक-छल्लो बीवी की तरह यूक्लिप्टस शाल की जगह नहीं ले पाया।"

"तुम भी प्रभंजन दादा की तरह बातें करते हो।"

"नहीं रे, अपने मन की बात कहता हूँ।"

"तुम क्या समय की गति को नहीं मानते?"

"हाँ, समय की गति भी है। इसकी भी थोड़ी जरूरत है! हाँ, यूक्लिप्टस होने से सरकार को लाभ है। आदमियों के होने-न होने से सरकार को क्या?

शालवन को बचाकर रखने पर आदमियों का दिल जीता जा सकता है। शाल को किसी भी तरह से बचाने का दायित्व ग्राम-देवता का होता है।"

"देवी-देवता लेकर हम क्या करेंगे?"

"तो क्या यह समझूँ कि गड़ाम देवता को नहीं मानता तू, अशोक?"

अशोक ने सिर झुकाया व कहा, "मैं सबको मानता हूँ। क्यों न मानूँ? हम अपने देवी-देवता तुम्हारे हवाले कर सकते हैं, पर तुम हमें बदले में क्या दोगे? तेरे पास तो कुछ है नहीं। मैं इतनी-सी उम्र में सब कुछ नहीं गँवा सकता।"

दोनों चुपचाप चलते रहे। दुर्गन्धमयी हवा। मातंग बोला, "डाइन वगैरह भी ऐसा ही जहर छोड़ती हैं।"

"अब भी वही बातें सोच रहे हो?"

"सोचूँ नहीं? अचानक किसी जरूरत पर ही कोई इस तरह का धुआँ उठाता है!"

"जरूरत पर?"

"कल आना। बताऊँगा।"

3

'मोर लाइट या अधिक प्रकाश' संस्था का ऑफिस शहर में एक बड़ी बिल्डिंग के एक पूरे तल्ले में है। पश्चिम बंगाल के सबसे अशान्त क्षेत्र में 'अधिक प्रकाश' के कई ऑफिस हैं। वे गाँव-गाँव खोजबीन का काम करते हैं। जैसे—पहाड़िया या आदिवासी नहाते क्यों नहीं?

साधारण लोगों का जवाब होगा—"पानी नहीं है, इसलिए।" लेकिन यह संस्था इस सामान्य प्रश्न को लेकर प्रति व्यक्ति हजार रुपये देकर शोध करवाती है। शोधकर्ता लड़के-लड़कियाँ इस कार्य के लिए गाँव-गाँव में नियुक्त हैं।

इस संस्था का सारा खर्च विदेशों से आता है। उन देशों की निजी समस्याएँ शायद पूर्ण रूप से खत्म हो गई हैं। इसीलिए वे भारत की आदिवासी, जंगली और पहाड़ी जगहों के समस्या-समाधान हेतु पूर्ण रूप से तत्पर हैं।

शहर की 'आदिवासी बन्धु' संस्था में भी सभी घुसे हुए हैं। जिन जगहों पर 'अधिक प्रकाश' नहीं पहुँच पाया वहाँ 'आदिवासी बन्धु' पहुँच गए हैं। इनके शोध का विषय है—'आदिवासियों का खाद्याभ्यास।'

इसके अलावा 'गोसाईं समाज', 'गरीबों की रोटी', 'गरीब जाति एकता समिति' संस्थाएँ भी हैं। यह तीन संस्थाएँ कागज-कलम से ही उन्नयन का कार्य करती हैं। 'अधिक प्रकाश' संस्था में स्थानीय लेखक—विनय का प्रवेश हुआ है। अशोक उस दिन सबेरे मातंग के घर पहुँचा तो देखा, विनय भी वहाँ बैठा है। साथ में दीपक है। दीपक राजाबाबू के चाचा विश्वनाथ का लड़का है। दीपक के दो भाई खीरोद और चरन काम करते हैं। दीपक और उसकी दो बहनें माधवी और शेफाली अभी भी छात्र हैं। दीपक बड़ा मस्त और चंचल लड़का है। तीनों भाई-बहन गीत अच्छा गाते हैं। शहर के बाहर के कई सांस्कृतिक अनुष्ठानों में भी वे गए हैं। दीपक अशोक को बड़ी ही श्रद्धा से देखता है।

विनय के साथ दीपक को देख अशोक जरा चौंका। 'अधिक प्रकाश' या 'गोसाईं समिति' या ऐसी दूसरी संस्थाएँ दो-नम्बरी और जाली हैं, दीपक हमेशा कहता रहा है। 'आदिवासी बन्धु' के ऑफिस के बोर्ड पर जिन्होंने 'आदिवासी शत्रु' लिख दिया था, उनमें दीपक भी एक था।

मातंग बोला, "उस कांड की कुछ खबर है?"

"क्या?"

"अरे बाबा! उस दिन मैंने कहा नहीं था...! जाने दो। विनय, बता दो।"

विनय के चेहरे पर एक हँसी हमेशा चिपकी रहती है। लेकिन विनय भी अब चुप था। दीपक की आँखें-मुँह हमेशा की तरह खुले थे।

"क्यों क्या हुआ, विनय दादा?"

"जाने दो। तुम तो मेरे सारे कामों के पीछे षड्यंत्र देखते हो।"

"कहिए न।"

मातंग "बोला, मैं बताता हूँ। दीपक की भाभी, चरन की पत्नी बच्चा होने के बाद से ही बीमार है। दीपक कहता है कि उसकी माँ ने कहा है कि यह किसी डाइन का काम है। कौन डाइन है, यह माधवी और शेफाली बताएँगी।

विनय कहता है कि इसी मुद्दे पर वे रिसर्च करेंगे। मैं यदि इनकी सहायता करूँ तो मुझे भी रुपये देंगे।"

विनय बोला, "यह मैंने नहीं कहा। आपके पास ज्ञान बहुत है। आपके ज्ञान की कीमत देना चाहता हूँ। आप तो बहुत घूमते हैं, गाँव-गाँव जाते हैं।"

"कितने पैसे देगा, रे? मातंग ने इतने दिन सरकार की नौकरी की है, अब पेंशन पाता है। किसी तरह से पाँच कट्ठे धान का खेत कर लिया है। लड़के की नौकरी लगने पर घर की छत-टीन डलवा दी है। जो नहीं कर सकता उसे नहीं करता हूँ। मैंने कोई डाइन-भूतिन नहीं देखी कभी।"

दीपक बोला, "घर पर सभी कहते हैं, डाइन की बात।"

"क्या किया है डाइन ने? तुम्हारी भाभी को मार डाला है या और कुछ?"

दीपक बोला, "नहीं! भाभी के भाई आकर उन्हें कलकत्ता ले गए हैं।"

"कैसी हैं?"

"अच्छी हैं।"

"रोग हुआ। डॉक्टर ठीक कर रहा है। और तुम उसके पीछे डाइन ढूँढ़ रहे हो। यह क्या अच्छी बात है?"

दीपक कुछ कहना चाहता था, पर चुप रहा। "हाँ, डाइन देखी है! कैसी होती है? पाथरकुड़ा गाँव की मति लोहारनी को डाइन बताते थे। क्यों? गायों में बीमारी फैल रही थी। घर-घर गाएँ मर रही थीं। तब मैं नौकरी करता था। मति को बचाया। सरकारी वेटिनरी डॉक्टर लाया। इंजेक्शन दिलवाया। गाएँ मरनी बन्द हो गईं।"

"अच्छा, यह बात!" विनय बोला।

"हाँ, यही बात है। जहाँ डॉक्टर नहीं, अस्पताल नहीं, बीमारी से लोग मरते हैं वहाँ बीमारी ही डाइन होती हैं। एक या दो लोग ही इसी तरह डाइन की खबर फैलाते हैं। गाँव के अशिक्षित और गँवारों को डाइन मारती है। पर यह क्या सुन रहा हूँ कि समाज के शिक्षित और सभ्य तथा धनी लोगों ने डाइन देखी है! विश्वास ही नहीं होता।"

विनय बोला, "बलाई दादा बोलते हैं कि डाइन है।"

"नहीं! बलाई सबसे मिल-जुलकर रहता है। हमारी भाषा भी बोलता है। तभी उसे लोग सन्थाल भी कहते हैं। पर वह क्या जाने? दारू पीकर कहता है कि दीपक का माहिन्दार प्रहलाद बड़ा दुष्ट है। बलाई को तो शाम को विलायती चाहिए। पैसे कौन देता है? ऐसे लोगों का कोई भरोसा है? और विनय, यहाँ डाइन है कि नहीं, इसे लेकर तुम्हारे विलायती मालिकों को क्यों सरदर्द हो रहा है?"

"यह क्या ज्ञान-विज्ञान का क्षेत्र नहीं है?"

"डाइन में ज्ञान-विज्ञान क्या है, बेटा? तुम लोग ही प्रचार करते हो कि हम जंगली हैं, डाइन में विश्वास करते हैं। हमारा समाज आगे बढ़ने को आतुर है, यह बात तुम कभी नहीं लिखते। जाओ-जाओ, अपना काम देखो।"

अशोक बोला, "दीपक! यह क्या हुआ?"

"मैं क्या करूँ?"

"कहना यही कि ये सारी बातें यहाँ नहीं होतीं।"

विनय और दीपक चले गए। गुस्से से जलते मातंग ने बीड़ी सुलगा ली। कई कश खींचे। फिर बोला, "किसी दिन गलती से भी मत कहना कि प्रहलाद ने क्या कहा था। इसमें कोई पेंच जरूर है।"

"बलाई बाबू का नाम ले रहा था।"

"वह शख्स दिन में हमारा दोस्त है, शाम ढलते ही राजाबाबू के घर जा पहुँचता है।"

"वह राजनीतिक व्यक्ति है।"

"इसीलिए वह क्या दुष्ट है?"

"अब यह सब कहने से क्या कोई फायदा है? तुम्हारी राजनीति में भी भ्रष्ट लोग हैं। सब अटल बाबू नहीं हैं।"

"क्या करोगे?"

"देखता हूँ। जरा सोमराई से पूछ लूँ।"

शहर में ही सोमराई से मुलाकात हुई। उसके साथ उसकी विवाहित बहन रजनी भी थी। रजनी के बच्चे के लिए वे दवाई लेने आए थे। एक बच्चे की माँ होकर भी रजनी की चंचलता नहीं गई है।

"बच्चे की तबीयत खराब है न, इसीलिए माँ के पास आई हूँ।" यह बात उसने प्राय: नाचते हुए कही।

"तू तो खल्लीहाट में टिकती ही नहीं। हमेशा यहीं देखता हूँ।"

रजनी अब खुलकर हँसी। बोली, "भैया की बहू नहीं आई अभी। जब तक इसकी शादी नहीं होती, आती रहूँगी। तुम्हारे बहनोई से कह रखा है। माँ बूढ़ी हो गई है। फिर कानों से सुनाई भी नहीं देता। फिर अकेली भी है।"

सोमराई बोला, "नहीं रह सकती अकेले तो हम सँभाल लेंगे। पर जिस तरह तू आ रही है, तुझे भगा दूँगा।"

"मुझे! देखूँ तो जरा?"

अशोक बोला, "दवाई खरीदकर घर जा। सोमराई के साथ बातें करनी हैं।"

"नहीं, इतने लम्बे रास्ते मैं अकेली नहीं जाऊँगी। तुम बातें कर लो। मैं बाजार करती हूँ।"

"क्या खरीदेगी?"

"आलू और मिर्ची। दादा मछली लाए हैं।"

रजनी चली गई। मातंग ने सारी कथा सुनाई। सोमराई कुछ देर चुप रहा।

फिर बोला, "राजाबाबू भन-भन कर रहे हैं। पता नहीं, क्या हो रहा है? उनकी चौदद्दी पर ही सरकारी कुआँ हैं। कभी माँ जाती है पानी लाने, कभी मैं। हमें देखते ही फटाफट खिड़कियाँ बन्द कर देते हैं।"

"समझा।"

"अब देख, हम ज्यादा तीन-पाँच नहीं करते। भूत की तरह खटते हैं सारे दिन। बीच-बीच में खेतों पर काम करते हैं। एक चीज देखी है। विश्वनाथ बाबू या तारानाथ बाबू, जिसे भी 'नमस्कार बाबू' कहता हूँ, मुँह घुमाकर चला जाता है।"

"गाँव तो राजाबाबू की कॉलोनी है। सब उसके कब्जे में हैं। जरा सावधान रहना। प्रहलाद व मुंशीराम से बचकर रहना।"

"क्यों?"

"विपत्ति आ सकती है।"

"हम पर! राजाबाबू के जरिये? वे तो राजा हैं। हम तो च्यूँटी बराबर भी नहीं हैं उनके सामने। हम पर क्या विपत्ति आएगी, बताओ तो? जमीन को लेकर...?"

"जमीन तो तेरी जान है। क्यों रे?"

"हाँ दादा! काम पर आते-जाते भी जमीन को एक नजर देख लेता हूँ।"

"हाँ वही तो पहले नहीं थी तेरे पास।"

"हाँ, तभी तो तारानाथ बाबू कुपित हैं। मुंशीराम को नहीं मिली जमीन। कहता है, सरकार तो तेल चुपड़े सिर पर तेल डालती है, गरीबों को नहीं देखती।"

"ठीक ही तो कहता है। राजाबाबू की रैयत होकर भी गरीबों को जमीन नहीं मिली, क्यों?"

"अब कोई क्या कहे? अच्छा दादा, अभी भी तो कुछ जमीन बची है, किसे मिलेगी?"

"कौन जाने? सभी ने तो अर्जी दी ही है। किसे मिलेगी, कौन जाने? क्यों?...? कोई है क्या?"

"हैं तो बहुत। मुझे देखकर कुछ साहस भी हुआ है लोगों को। छुपकर कहा भी है। पर पंचायत में खुलेआम आना होगा। तभी सब गोलमाल होगा।"

"देखा जाएगा। हम तो हैं।"

"सब कहते हैं कि पार्टी के आदमियों को छोड़ किसी को जमीन नहीं मिलेगी। अशोक था, इसीलिए तुम्हें मिली।"

अशोक चुप रहा। फिर बोला, "जब नियम है कि भूमिहीनों को जमीन मिलेगी तो अर्जियाँ दें। फिर देखा जाएगा।"

मातंग ने सिर हिलाया, "एक धूर जमीन। तब भी गड़बड़ी मचनी जरूरी है। सब कुछ राजाबाबू के पास चला जाता है। सूदखोरी करता है न!"

सोमराई बोला, "डाइन कहाँ है? होती तो मुझे तो पता चलता।"

सोमराई इतना कहकर चला गया। लेकिन राजाबाबू के घर में धीमी आवाज में 'डाइन-डाइन' शब्द सुना जाता है। चरन अपराधी की तरह बैठा रहता है। डाइन के बाण से उसकी पत्नी बीमार है। यह निर्णय राइमणि ने किया और इस बात को ढो रहे हैं राजाबाबू!

इसी तरह यह सारा गोरखधन्धा किसी परिणाम की तरफ तो जा ही रहा था। पर बीच में ही उसका साला आया और 'डाइन' के चक्कर को ताक पर रखकर बहन का इलाज करवाने लेकर चला गया था। चरन की पत्नी धीरे-धीरे ठीक हो रही थी। यह बात ठीक नहीं हुई।

राजाबाबू बोले, "तुम चिन्ता क्यों करते हो? डाइन है और गाँव में ही है।"

"कैसे पता चले?"

"इसका क्या ठप्पा लगा होता है?"

ठप्पा तो नहीं लगा होता। राजाबाड़ी के लोग डाइन के आतंक से डरे रहते हैं। 'डाइन' का यह हंगामा उन्हीं की पैदाइश है, यह बात भी वे भूल गए हैं।

इसी बीच मुंशीराम आया। बोला, "इस बार मैं भी अर्जी दूँगा, बाबू!"

"किस बात की अर्जी?"

"जमीन की।"

"ठीक है! तुम कितने आदमी हो?"

मुंशीराम सत्रह लोगों के नाम गिना गया। गोकुल, फनी, मतिराम, कैता, बेलुनचन्द—बहुत से लोग हैं। राजाबाबू घबरा गए। सब उन्हीं की जमीन पर खटते हैं, ऐसा तो नहीं है। जो उनके खेतों पर हैं वे वहीं खटते रहेंगे, यह वे जानते हैं। क्योंकि जितनी जमीन मिलेगी उससे पेट नहीं भरेगा। इस कारण घबराने की कोई बात नहीं है। फिर भी अर्जी देना और जमीन का मिलना, दोनों में बड़ा अन्तर है—यह भी वे जानते हैं।

तब भी उन्हें लगता है कि वे घबरा रहे हैं। भूमिहीनों को जमीन चाहिए। अगर सभी को जमीन मिल गई तो क्या कुदाल उन्हें चलानी होगी?

अभी वक्त है। डाइन की पहचान जरूरी है। गँवार, अशिक्षित, अर्ध-शिक्षित लोगों को डराना जरूरी है।

इन सत्रह लोगों का नाम और साथ में 'डाइन' शब्द से राजाबाड़ी गूँजता रहता है। दीपक की दोनों बहनों, माधवी तथा शेफाली, ने बुखार में सोए-सोए ही ये नाम सुने हैं। भीषण ज्वर चला है घर-घर में। सात-आठ दिन खूब तेज, फिर कुछ कम। लोग उलट गए हैं। बीमारी का नियम भी है।

माधवी बुखार में ही चिल्लाई, "राजा दादा ठीक कहते हैं।"

"क्या?"

"हमें डाइन ने कुछ कर दिया है।"

"किसने?"

"लखिन्दर, उसकी पत्नी गोपाली, मनी, कैता, क्षेम दास, बेलूनचन्द—सब का नाम कागज पर लिख देती हूँ।" माधवी लाल आँखों से उठ बैठी और कागज पर नाम लिखने लगी। शेफाली यह सब सुनकर बिछौने पर इधर-उधर करवटें बदलती रही।

इस घटना का कोई गवाह नहीं था।

लेकिन सबेरे राजाबाबू की पुकार पर सब आए। राजाबाबू बड़े गम्भीर स्वर में बोले, "गाँव के पंच, आप मेरी बात सुनें!"

सब एक-दूसरे का मुँह ताकने लगे!

"इस गाँव में कुछ लोग जादू-टोना कर रहे हैं। कल माधवी और शेफाली, दोनों अविवाहित लड़कियों ने तेज बुखार में स्पष्ट बताया है कि कौन-कौन डाइन हैं।"

"डाइन? राजापुर में?"

"हाँ, डाइन! सुनो...!"

सभी नामों को जोर-जोर से पढ़ा गया।

"जिसे-जिसे काम पर जाना हो, काम पर जाएँ। लेकिन डाइनों को यहाँ मैं रहने नहीं दूँगा। तुम भी नहीं रहने दोगे, यह मैं जानता हूँ। आज रात को बैठक होगी।"

सोमराई चिल्लाया, "यह सब चाल है! जिसने जमीन के लिए अर्जी दी, उनके नामों में से चार लोगों का नाम निकाल लिया और हम माँ-बेटे, लखिन्दर और उसकी पत्नी का नाम घुसा दिया! क्या समझे आप? आप जिस पर खफा हैं, वही डाइन है! कौन डाइन...कैसी डाइन?"

काफी तर्क-वितर्क शुरू हुआ इसे लेकर। लखिन्दर बोला, "बहुत दिनों हुकुम सुनता रहा हूँ इनका—रुपये ले ले, जमीन दे दे। लड़की को गोद लिया है, इसीलिए मैं जहर हो गया हूँ आपकी आँखों में। आज डाइन भी हो गया! हाय रे भाग्य!"

राजाबाबू के पास उसके चाचा-भाई दौड़कर आए। आकर पास में खड़े हो गए। जनता की छातियाँ काँपती रहीं। वे जानते हैं कि कांग्रेस हो या वाम फ्रंट—सब एक जैसे हैं। वे राजाबाबू की प्रजा के अलावा कुछ नहीं। कभी दिल्ली, कभी कलकत्ता, कभी थाने का डर दिखाकर राजाबाबू ने उन्हें पैरों तले दबाकर रखा है। इस परिवार के लोगों को 'परनाम हो बाबू' कहने में भूल-चूक हो जाए तो शाम को किरासिन मिलना मुश्किल हो जाए।

राजाबाबू ने हाथ उठाया। बोले, "रात को सभा होगी। और ध्यान रहे, यह बात गाँव के बाहर न जाए।"

सारा दिन गाँव धप-धप करता रहा। लोगों के मुँह काले पड़ गए थे। जिसे जहाँ जाना था, चला गया। सोमराई ने रजनी से कहा, "तू घर लौट जा।"

"क्यों...क्यों जाऊँ?"

"दिगम्बर राजाबाबू का आदमी है। पता नहीं क्या सुने, क्या समझे! फिर अशान्ति फैलेगी।"

"कैसी अशान्ति?"

"राजाबाबू इस डाइनवाली बात को लेकर हंगामा करेंगे। इसे लेकर बमचिक भी मचेगी।"

"तुम्हें मार देंगे, दादा?"

"मैं क्या जानूँ?"

"मैं नहीं जाऊँगी।"

सोमराई क्रोधित हुआ! बोला, "तुझे, तनिक भी बुद्धि नहीं आई।" वह गुस्से में ही ऑफिस चला गया। रजनी चावल पकाने चली गई। राजापुर में दो सरकारी कुएँ हैं। चैत से जेठ तक पहुँचते-पहुँचते उनमें काफी पानी होता है। क्या मीठा पानी है! ऐसा लगता है जैसे मिश्री का घोल पी रहे हों। मन जुड़ा जाता है।

मणि पानी भर रही है, उड़ेल रही है। किसी ने उसका नाम लेकर पुकारा। मणि चौंकी। फिर सिर पर पानी का घड़ा रखकर उसने पलटकर देखा। डर के मारे उसकी आँखें फटी रह गईं। "राजाबाबू! मुझे मारना नहीं। अशोक था, इसी कारण मुझे जमीन मिली। मैंने दोष किया हो, ऐसा नहीं है। तुम्हें देखते ही मेरी छाती धड़क रही है।"

"मणि!"

"रा—जा—बा—बू!"

"आज सभा होगी।"

"रा—जा—बा—बू!"

"तब तुम्हें एक काम करना होगा।"

"कौन सा काम?"

"तू पूजा-पाठ करती है। धरम-करम में तेरा मन है। तू सभा में कहना, लखिन्दर और गोपाली डाइन हैं। यह अगर तू कह दे तो तुझे कोई भय नहीं रहेगा कभी।"

भूखे-नंगे पूजा-पाठ करने के बाद, भक्ति-लाभ के बाद या तो अद्भुत बेवकूफ हो जाते हैं या दुर्दान्त साहसी होकर बगैर परिणाम सोचे कुछ भी कर सकते हैं। या फिर वे धर्म-विश्वासी हो जाते हैं।

मणि के सिर में चक्कर-सा आ गया। कुछ देर बाद उसकी समझ में आया सामने राजाबाबू खड़े हैं—जिनकी शहर में तीन लाख की कोठी है, गाँव में अपार जमीन है, जो चुनावों में बीस-पचीस लाख रुपये फूँक देते हैं।

इनमें इतनी क्षमता थी, फिर भी इन्होंने मणि को रत्ती-भर जमीन नहीं दी। सोमराई को काम नहीं दिया। नहीं, आदमी कतई अच्छा नहीं है। गरीबों का पुराना दुश्मन है यह। मणि ने घड़ा लादे सिर हिलाया।

"राजाबाबू! लखिन्दर और गोपाली ने मेरा कुछ नहीं बिगाड़ा है। उन्हें डाइन करार देकर मैं धर्मच्युत हो जाऊँगी। यह मुझसे नहीं होगा।"

"देखा जाएगा।"

"मुझसे नहीं होगा। कोई डाइन नहीं है। किसी को समय नहीं है इतना। नमक-तेल के चक्कर में ही दिन-रात गुजर जाते हैं। राजाबाबू, हम नहीं जानते, जादू-टोना क्या होता है।"

आज की रात्रि-सभा में बहुत ही कम लोग आए थे। बाहर पैट्रोमेक्स जल रहा था। कुर्सी पर बैठे विश्वनाथ बाबू बोले, "मणि, लखिन्दर और गोपाली डाइन हैं।"

इसी तरह सभा चलती रही। प्रत्येक सभा में राजाबाबू काले पत्थर के हिंस्र प्रेत जैसे निश्चल बैठे रहते हैं और बीच-बीच में कुछ बोलते रहते थे। इसी

तरह प्रेतोत्सव शुरू हुआ। शहर में किसी को पता तक नहीं चला। सभाओं में सारे लोग नहीं आते। कभी दस आ जाते हैं तो कभी बीस। इसी तरह सभा की उपस्थिति चलती है। सारे लोग जान गए कि डाइन-फाइन कोई नहीं। डाइन की जरूरत राजाबाड़ी को है। मणि, सोमराई, लखिन्दर और गोपाली को डाइन करार दिया गया है, क्योंकि राजा बाबू उन पर क्रुद्ध हैं।

वे यह भी समझ गए कि इन चारों को डाइन करार न देने पर भी राजाबाबू उन्हें छोड़ेंगे नहीं। एक भयानक प्रश्न उठ खड़ा हुआ है। उनके मन में विभिन्न विचार उठ रहे हैं। राजाबाबू से जीतेगा कौन? यह आदमी दिल्ली और कलकत्ता को मुट्ठी में रखता है। आदिवासी है? नहीं, राजाबाबू दूसरे समाज का है। अब राजाबाबू चाहते हैं तो डाइन बनेंगे लोग। बनना जरूरी है। उन पर राजाबाबू गरम हैं। वे ऐसे भी मरेंगे, वैसे भी।

बाद में जब सारी बातें सभी को पता चलीं तो अशोक बोला, "क्यों, गाँववासियों ने ऐसा क्या किया है?"

उसका उत्तर उसे दो वर्ष बाद ग्रामीण-दरिद्रता की सरकारी रिपोर्ट में मिला था।

उसमें लिखा था—

"1974 वर्ष की फाइनेंस कमीशन की रिपोर्ट के अनुसार ग्रामीण दरिद्रता में पश्चिमी बंगाल का स्थान दूसरा है। 1971 ई. में यह देखा गया था कि पश्चिम बंगाल के ग्रामीण प्रति व्यक्ति एक महीने में 15 रुपये भी नहीं खर्च कर सकते। पश्चिम बंगाल की शहरी गरीबी और ग्रामीण गरीबी में जमीन-आसमान का अन्तर है। भारत के किसी अन्य राज्य में यह अन्तर इतना अधिक नहीं है।

"...इस भारत में, खाने-पीने के खर्च के हिसाब से 1973-74 में 75 प्रतिशत लोग गरीब हैं। काफी गरीब 67 प्रतिशत और अत्यन्त दरिद्र 59 प्रतिशत हैं।"

यह हिसाब 1981 में अशोक के हाथ आया। इस पतली-सी किताब को पढ़ते-पढ़ते अशोक को अनेक 'क्यों' का उत्तर मिल गया। 1979 में राजाबाड़ी के लोगों ने यह जानते हुए कि कोई व्यक्ति डाइन नहीं है, राजाबाबू की मर्जी के अनुसार कार्यवाई की थी। क्यों?

क्योंकि वे सब 75 प्रतिशत लोगों में से ही थे। कुछ 67 प्रतिशत में थे और कुछ भूमिहीन मजदूर 50 प्रतिशत में से थे।

इस भयानक गरीबी में और इसी के चलते राजाबाबू से डरते रहने की आदत हो गई है। इसीलिए वे राजाबाबू की इच्छानुसार काम कर रहे थे।

4

राजापुर के ग्रामवासी धीरे-धीरे इस प्रेतोत्सव में शामिल होते गए। पर किसी ने मुँह नहीं खोला। चैत खत्म होते-होते एक दिन सारे गाँववालों को मुनादी करके बुलाया गया।

"डाइन-डाकिन की पहचान आज होगी," रिटायर्ड कर्मचारी विश्वनाथ ने घोषणा की।

"मैं पहचान करूँगा," गाँव के एक दरिद्रतम बूढ़े खोदन ने कहा। आकाश की तरफ हाथ उठाकर उसने देवी-देवताओं को बुलाया। फिर बैठ गया। डोलना शुरू हो गया।

खोदन पर देवी आ गई है। अब वह बताएगा कि कौन डाइन है? राजाबाबू खुशी से चीखे। खोदन डोलते-डोलते उठ खड़ा हुआ। फिर वहाँ से भागा और अँधेरे में विलीन हो गया। फिर एक नारी-कंठ की चीख। "नहीं! नहीं! नहीं!" खोदन उसी तरह भागता आया। उसके पीछे आई मणि। रजनी आई। उसका बच्चा उसकी गोद में था। खोदन, मणि की पूजा की मूर्तियों को तोड़ रहा था। मणि मुँह में कपड़ा ठूँसकर थर-थर काँपती रही। फिर आर्तनाद करती हुई बोली, "जमीन तुम ले लो, राजाबाबू! मूर्ति मत तोड़ो! गोकुल देख...अरे उद्धव, तू यह सब क्या देख रहा है? मेरी मूर्तियाँ तोड़ दीं खोदन ने!"

खोदन मूर्तियाँ तोड़ता रहा। 'डाइन डाइन' कहकर मणि को मारता रहा। सोमराई कूदकर सामने आया। खोदन को खींचकर आगे लाया। क्रोध से काँपता हुआ बोला, "तुझे देवी चढ़ गई है साले! देखूँ साले, तुझे, कौन बचाता है?"

खोदन चिल्लाया, "राजाबाबू! बचा लो!"

गोकुल, उद्धव, बेलुनचन्द बोले, "जो हुआ, बहुत हुआ। समाज बुला कर मणि को पीटा गया। इसका जवाब कौन देगा? क्या यह ठीक हुआ?"

विलाती नौकरानी बोली, "ऐसे समाज में कुछ नहीं हो सकता, ऐसी देवी...?"

राजाबाबू बोले, "अब तुम्हीं देख लो।"

"डाइन-भूतिन की बातें क्यों हो रही हैं, सब समझ गए हम! यह क्या कांड मचाया है?"

मणि रोती रही। रजनी रोती हुई बोली, "एक धूर जमीन के लिए मेरी माँ को डाइन बना दिया, राजाबाबू?"

बड़ी भयंकर बात कह दी उसने। राजाबाबू बोले, "तेरी माँ डाइन नहीं है?"

क्रुद्ध सोमराई बोला, "जो मेरी माँ को डाइन कहते हैं, उनकी माँ डाइन! चल, माँ!"

"सुनो, सोमराई! मैंने समाज को बुलाया है। तेरी माँ यदि गाँव में रहना चाहे तो उसे हजार रुपये जुर्माना देना होगा। हाँ, हजार रुपये।"

"हजार पैसे भी नहीं दूँगा।"

"नहीं देगा?"

"नहीं।"

"समाज तुझे जुर्माना करता है।" सोमराई पर चीखते हुए राजाबाबू बोले, "हम आदिवासी हैं, समाज को मानते हैं।"

सोमराई युवक है। इस घटना से उसका खून जल रहा था। और जोर से चीखता हुआ बोला, "तुम-हम एक हैं! कैसे? तुम्हें, तुम्हारे परिवार को सलाम करते-करते हम यह भूल गए हैं कि तुम्हारा दीपक और मैं एक साथ स्कूल जाते थे। उसे भी 'परनाम हो' कहते हैं हम। हजार रुपये! तुम्हारे बाप के हैं। अरे, माँ के कान को दिखाने के लिए कलकत्ता जाने को तीन सौ रुपये नहीं जुटते। समाज...राजाबाबू, यह समाज का विचार नहीं है, यह तुम्हारा विचार है। तुम समाज हो, तुम सरकार हो, तुम ही सब हो। चल माँ, रजनी चल।"

सोमराई के स्वर में दर्द था। वंचित, शोषित और हतभागों का हाहाकार। वे चले गए।

वृद्ध भरत और प्रौढ़ा पार्वणी एक-दूसरे की तरफ देखते रहे। पार्वणी मणि की मौसी की बेटी है। रजनी को उसी ने आदमी बनाया था। एक मात्र लक्ष्मी अकेली गाँव में अपनी ससुराल में रहती है। "देख, राजापुर में भी खटेगी, खाएगी। हमारे यहाँ भी खटेगी, खाएगी। तब चली क्यों नहीं आती?" ऐसी बात लक्ष्मी प्राय: हमेशा कहती रहती है। पर पार्वणी जाती नहीं थी, मणि और सोमराई के प्यार के कारण।

पार्वणी सिसककर रो उठी। तब भरत ने हाथ ऊपर उठाया। वह एक गरीब मजदूर मात्र है। पर इस समय उसके खून में कुछ दूसरी ही बात है। उसे ऐसा लगा कि पुराने बीते हुए दिनों के पुराण-पुरुष मादल और घम्सा बजाकर उसे चुनौती दे रहे हैं।

जिनके मन में इस तरह की बातें आ रही हों, वे समाज की बैठक में समान रूप से बोलने के अधिकारी हैं। पर उसके जमाने में एक राजाबाबू और सारे बाकी भरत तो थे नहीं। भरत उनका निर्देश सुनता रहा। फिर उसने हाथ ऊपर उठा दिया।

राजाबाबू और उनके लोग चौंक गए। पंचायत में सभी समान होते हैं, यह सुनी बात जैसे सच हो गई हो। राजाबाबू या उनके परिवार का कोई व्यक्ति कुछ नहीं बोला।

"मैं कुछ कहूँगा।"

"क्या?"

"गाँव के सभी लोगों से कहता हूँ, समाज के सभी सदस्यों से कहता हूँ। राजाबाबू ने अन्याय किया है। मणि पर हजार रुपये का जुर्माना करना और उसे डाइन कहना, यह अन्याय है। तुम सब कहो कि यह हुकुम हम नहीं मानते। कहो, सब कहो!"

उपस्थित लोगों को भरत ने पुराने दिनों की याद दिला दी। वे चुप रहे। जैसे मन-ही-मन कह रहे हों, "भरत! हमें माफ कर दे! पुराने समाज का अब क्या बचा है? राजाबाबू जो कहते हैं मान लो! हम क्या करें, हमें बताओ? आज हमारे बीच बाबा तिलका माँझी नहीं हैं, सिदो-कान्हू, नहीं हैं। हमें कौन साहस दे? हमारे पास कौन है? ये राजाबाबू अपने स्वजातीय बन जाते हैं,

समाज बुला लेते हैं। पर सारे रंग-ढंग दूसरे लोगों की तरह हैं। राजाबाबू जैसे लोगों का समाज दूसरा है। और फिर सारी ताकतें तो राजाबाबू के पास ही हैं। तभी हम चुप हैं। राजाबाबू के समाज में तो हरेक गलत बात हजम हो जाती है, पर हमारे यहाँ तो ऐसा नहीं होता।"

भरत ने सिर झुका लिया। फिर सिर हिलाता हुआ जोर से रो उठा, "अन्याय के खिलाफ किसे गिरह भेजूँ? यह क्या गिरह भेजने का मौका नहीं है? या यह कि अपने समाज में अन्याय के खिलाफ तुम गिरह नहीं भेज सकते? मेरी तो उम्र नहीं, तुम्हारी तो है।"

राजाबाबू बोले, "गोकुल, बेलुनचन्द और उद्धव! तुम पर तीन सौ रुपये का जुर्माना किया जाता है! अगर नहीं दोगे तो काटकर फेंक दूँगा। कागज-कारखाने के नाले में लाश का पता ही नहीं चलेगा। दिल्ली, कलकत्ता, थाना—सब मेरे हाथ में है, यह याद रखना।"

सभा विसर्जित हुई।

प्रेतोत्सव चलता रहा। शेष होने की सम्भावना भी नहीं थी। उस रात के बाद हर रात को राजाबाबू के गुर्गों ने कहर बरपाकर दिया गाँव में। हर घर में हाहाकार मच गया। मुँह पर नकाब लगाकर उन्होंने भरत, सोमराई, विलातीदासी, पार्वणी और उद्धव को घर से खींचकर मारा। मणि का हाथ तोड़ दिया। सारे घर मनुष्य की प्रतिहिंसा-प्रेत से डरकर चुप रहे। ऐसी एक भयानक रात को रजनी साँस रोककर भागी और धान के खेतों में छुप गई। फिर सबेरा होते ही वह शहर की तरफ भागी। नाले की दुर्गन्ध उसे प्रेतों की साँस की तरह खदेड़ रही थी। वह मातंग के घर पहुँची और अचेत हो गई।

मातंग आया। तमाम आहतों को लेकर थाने गया। केस दर्ज कराया। फिर थानाबाबू ने उन्हें अस्पताल भेज दिया। मातंग ने एक बार भी नहीं पूछा कि दर्ज करके कुछ होगा भी कि नहीं? सोमराई फूली आँखों से उसे देखता रहा। मातंग ने मुँह फेर लिया।

फिर सभा हुई। गोकुल, बेलुनचन्द और उद्धव ने चुपचाप तीन सौ रुपये दे दिये। मणि के परिवार को अलग कर दिया गया। गाँव के कुएँ से पानी लेना बन्द। सोमराई बोला, "तू चली जा, रजनी!"

रजनी गई और फिर लौट आई। बोली, "तुम्हारा दामाद मुझे नहीं रखेगा। मेरी माँ डाइन है। डाइन लड़की घर में रखने पर राजाबाबू मुझे बिटलाहा यानी जातिच्युत कर देंगे।"

इसी तरह चलता रहा सब कुछ। सोमराई जैसे पत्थर हो गया। उसकी माँ और रजनी पानी लाने करमपुर जाती थीं। बैशाख के महीने में वहाँ से पानी लाने के दौरान एक दिन मणि बड़बड़ाती हुई बोली, "हमारे दिन क्या नहीं लौटेंगे? हमारे बारे में क्या कोई विचार नहीं होगा? क्यों रे सोमराई, तू तो कितने ही साल स्कूल में पढ़ा है। तू भी नहीं बता सकता?"

सोमराई का मन होता कि अपना सिर पत्थर पर दे मारे।

एक दिन मणि पानी लेने जा रही थी, लखिन्दर और गोपाली भी उसके साथ पानी लाने चले।

"तुम भी आ गए?"

गोपाली ने जवाब नहीं दिया। लखिन्दर बोला, "पूछती क्या हो? खोदन के एक दौरे में तुम डाइन, दूसरे दौरे में हम। अब हम एक घर के हैं।"

"यह कह दो न कि हमारा समाज बढ़ रहा है!"

"क्या करें?"

"देखते हैं।"

उसी समय राजापुर गाँव में आए बलाईबाबू।

5

बलाईवाबू की उम्र पचास के करीब होगी। सभी ने उनका नाम 'बलाई मुर्मू' रखा है, प्यार से। चेहरा कठोर है। सरहुल, करम, सोहराई—तमाम पर्व-पूजाओं में वह प्रमुख गवैया रहते हैं। बलाईबाबू शहर और आसपास के इलाकों में काफी जाने-पहचाने व्यक्ति हैं। उन्होंने कभी किसी का उपकार नहीं किया, पर अपकार भी नहीं किया। उनके घर की स्थिति ऐसी-वैसी ही है। शासक दल से अपनी मित्रता की बात उन्होंने कभी नहीं छुपाई है।

फिर पृथक जंगल-खंड का आन्दोलन शुरू होते ही वे फड़क उठे थे। दिन-भर वे प्रभंजन के साथ घूमते थे। शाम के बाद वे राजाबाबू के होते थे। मणि, सोमराई, भरत के समाज में भी रमे थे। जो आदमी इतनी दारू पीता हो, इतना नाचता हो, इतना गाता हो, उस आदमी को ये लोग 'तू बड़ा अच्छा आदमी है' कहते हैं। बलाई इतना विश्वासी नहीं है, यह बात जानकर भी नहीं मानते।

बलाईबाबू साइकिल से लखिन्दर और गोपाली के पास आए। बोले, "मैं अभी जिन्दा हूँ। तू सब हमारे ऊपर छोड़ दे।"

सोमराई बोला, "हमारे लिए चिन्ता करने की जरूरत नहीं है तुम्हें। अगर तू हमारे पास आएगा तो राजाबाबू तुझे बिलैती शराब नहीं पिलाएगा।"

"मत दे विलायती। हँड़िया पीऊँगा।"

"जा, घर जा।"

"रजनी को दिगम्बर नहीं रखेगा?"

"जानता तो है तू।"

"यह क्या कांड हुआ? लड़की कहाँ जाएगी? तुम उसे कैसे खिलाओगे?"

आजकल रजनी के साथ माँ, और भाई का रोज झगड़ा होता है। पति के प्रेम पर अगाध विश्वास था उसका। जब कभी वह पति के पास चली जाए तो वह उसे नहीं लौटाएगा, ऐसा विश्वास था उसका। उसका पति उसे भगाने के बाद टाटानगर चला गया है, काम की तलाश में है।

भूख से तड़पती रजनी अब प्यार तलाशती है और माँ, भाई के सामने पड़ने पर उन्हें नोंचने दौड़ती है।

बलाई की बात सुनकर वह गल गई। बोली, "बच्चे को लेकर मेहनत करूँगी, ऐसा कोई काम ढूँढ़ सकते हो?"

"देखता हूँ।"

सोमराई बोला, "लखिन्दर को सँभाला, गोपाली की व्यवस्था की। अब हमें सँभालने आए हो?"

"तुम राजाबाब के आदमी हो।"

"किसने कहा?"

"मेरा मन कहता है।"

"यह तू कह रहा है?"

"हाँ बाबू, तुम जाओ।"

"समझता हूँ सब। पर मैं यह समझ नहीं पाया कि राजाबाबू ने ऐसा किया क्यों है? उन्हें तो हम लोग दया का सागर कहते हैं।"

सोमराई गुस्से से भरा चला गया। बलाई सिर हिलाता रहा। फिर बोला, "रजनी! भाई-माँ के साथ क्या होगा, यह मैं नहीं जानता। पर मैं धर्म-पन्थ पर रहता हूँ। तुम मेरे अपने हो। लखिन्दर की बातें पहले सुन लूँ। फिर देखता हूँ कि क्या किया जा सकता है।"

लखिन्दर और गोपाली ने बलाईबाबू को बड़ा निराश किया। उन्होंने कहा कि मातंग को छोड़कर उनका अपना कोई नहीं है। उसके साथ जाकर थाने में डायरी लिखाई है। कलकत्ते अर्जी भेजी है।

"मातंग की बात मानकर यदि थाने में डायरी लिखाई है तो राजाबाबू से दुश्मनी मोल ली है तुम लोगों ने। क्या तुम्हें ऐसा करना चाहिए था? मैंने सोचा था कि बीच में पड़कर सुलह करा दूँगा। पर तुमने यह नहीं होने दिया।"

गोपाली क्रुद्ध हो उठी और बोली, "यह देख, मेरे हाथों में कुदाल है। अभी गरदन अलग कर दूँगी तेरी! दुश्मनी हमने की या उसने की? धमकी दी कि जान से मार देगा। सब कुछ जानता है। तू क्या सुलह कराएगा?"

"थाना बाबू ने उसके नाम पर शिकायत लिखी?"

"हाँ।"

"तो कुछ हुआ? कुछ नहीं होगा। वह भी राजाबाबू से डरता है। है कि नहीं?"

"तो क्या हुआ?"

"जान से मार देगा।"

"मरे तो हैं ही। मरने से डर कैसा?"

मातंग से बलाई की भेंट शहर में हुई। मातंग बोला, "राजापुर के पानी में पहले से ही काफी विष है। तुम और जहर मत घोलना।"

"अरे नहीं, मुझे क्या है?"

"याद रखना।"

"तुम कुछ कर सकते हो।"

"क्या करूँ? और मुझमें क्या शक्ति रही है?"

"गिरह नहीं भेजते, क्यों?"

"वाह! क्या बात कही! गिरह भेजी, तीर चले, लाशें गिरीं। फिर पुलिस ने आकर तांडव मचाया। अरे वे अलग घर में हैं, रहें। राजाबाबू जैसा चला रहे हैं, वैसा चलाएँ।"

बलाई वहाँ से खिसक गया।

मातंग ने पीछे से आवाज लगाई, "उन्हें कानून के अनुसार चलने को कह।"

लेकिन प्रेतोत्सव का नियम है, उसमें आदमी का खून चाहिए। राजाबाबू ने अब उधर ध्यान दिया।

उन्होंने बलाई से कहा, "रजनी को बुला सकता है तू, बलाई?"

"क्या करोगे, राजाबाबू?"

"उसकी माँ डाइन है, भाई बदमाश। पर इसमें उसका तो कोई दोष नहीं।"

"हाँ, उस लड़की को बड़ा कष्ट है। लकड़ी-फकड़ी बेचकर गुजारा करती है।"

"बच्चा नहीं है क्या?"

"वह तो है।"

"यही तो सोचता हूँ। दोष करने पर दंड देता हूँ। पर रजनी को, उसके कष्ट को देखकर दुख भी होता है। मेरा स्वभाव कैसा है! गरीब-अनाथों का कष्ट मैं सह नहीं सकता।"

बलाई मंत्र-मुग्ध देखता रहा। फिर बोला, "वह फूल जैसी कोमल है, पर वज्र सरीखी कठोर भी।"

"हे...हे...हे...यह क्या कहते हो!"

"समय बड़ा खराब है।"

"बड़ा ही खराब।"

"कैसा लगता है?"

"तुझे कैसा लगता है, बोल तो?"

"मुझे तो कुछ अच्छा नहीं दिखाई देता।"

"इन बातों से कुछ समझ में नहीं आता।"

"हमारे अंचल में आपके राजनीतिक दल की प्रभुता थी। आज नहीं है।"

"वोट की राजनीति में ऐसा ही होता है।"

"सब उलट-पुलट गया है। पानी भी गन्दा हो गया है। यह बड़ी बुरी बात हुई है।" राजाबाबू दीवारों पर आँखें दौड़ाते रहे। नये घर की गृह-सज्जा के लिए उनके भांजे की पत्नी ने पिकेटोग्राफ मशीन से, रंगीन धागों से अनेक जीवित और मृत नेताओं की आकृतियाँ बनाई हैं। उसे वे 'क्षणजन्मा' कहते हैं। राजाबाबू के अनुसार अगर नीलिमा विलायत में होती तो उसे नोबेल पुरस्कार मिल जाता।

ये सारी तसवीरें तीन दीवारों पर लगी हैं। एक दीवार पर राजाबाबू का दैत्य-सदृश मुख है। अपनी तसवीर देखकर राजाबाबू को प्रेरणा मिलती है। वह तसवीर राजाबाबू को सान्त्वना देती है, "डरना नहीं, टूटना नहीं। तुम्हारे दिन आ रहे हैं। अगर कोई न पूछे तो भी कोई बात नहीं, साधु के नौ दिन होते हैं, चोर का एक दिन। तुम्हारी 'काल नवरात्रि शेष' होगी। दिल्ली दूर है, पर कलकत्ता करीब।"

राजाबाबू उसी तसवीर को देखते हुए बलाई से बोले, "सत्य स्वयं प्रकाश है।"

"सत्य माने, सत्यसखा दीघड़ि?"

"नहीं-नहीं, सत्य माने ट्रुथ!"

"अच्छा—!"

"सत्य स्वयं प्रकाश है। सरकार बदलने से क्या होगा? हम यही हैं, यही रहेंगे।"

"आपका ज्ञान अगम है।"

"और क्या कहोगे?"

"प्रभंजन वाली बात। उस विषय में हमारी क्या नीतियाँ हैं, यह समझ में नहीं आता।"

"मैं उनका समर्थन करता हूँ।"

"अच्छा?"

"समर्थन करता हूँ। ऐसा क्यों कहता हूँ...क्यों—क्योंकि आज मुझ में शक्ति नहीं है। मैं उनसे शत्रुता नहीं मोल लेना चाहता। फिर वे आन्दोलन कर रहे हैं। इससे शासक चिन्तित हैं, हमें फायदा हो रहा है।"

"फिर?"

"जब मेरे पास ताकत आएगी तो च्यूँटी की तरह मसल दूँगा। हाँ, मुझे ताकत दो। समर्थन तब भी करूँगा। लेकिन तुम मेरा समर्थन नहीं करोगे। मुझे तुम लोगों ने कलंकी बना रखा है। समर्थन क्यों करूँ आखिर?"

"तब तो स्थिति अच्छी है?"

"अच्छी है। राम और श्याम खुद लड़कर कमजोर हो रहे हैं। हम गद्दी हथियाएँगे।"

"पिछले चुनावों में तो आप विरोधी थे?"

"था। विरोधी बना, हार भी गया। ग्लानि से पीड़ित भी हूँ। फिर लौटूँगा।"

"तब तो स्थिति अच्छी ही कही जाएगी।"

"हाँ।"

"डाइनवाली बात क्या सच है?"

"तुम नहीं समझोगे। मेरी जाति का चाहे एक भी आदमी मेरा समर्थन न करे, पर वे डाइन का भी समर्थन नहीं करते। मेरे डर से बात मान ली है उन्होंने। यह चक्कर चलाता रहा तो उन्हें विश्वास हो जाएगा।"

"इसके बाद?"

"फिर देखना।"

"प्रभंजन को अगर खींच सकते तो...?"

"हाँ, उसे लाऊँ और वह मेरे खिलाफ गिरह भेजे! बेटा! मेरे सामने तो दादा-भैया कहता रहता है, पीठ पीछे गालियाँ देता है।"

"कुछ सुविधा तो होती!"

"अरे नहीं। राजापुर में मुझसे ज्यादा मातंग का प्रभाव है। और अब तो हवा ही उलटी बह रही है। अगर मातंग की बात बीस लोग मान लेंगे तो प्रभंजन की बात मानकर तो सारी बस्ती के लोग पागल हो सकते हैं। ये लोग 'दूसरों का भला हो तो अपना भला होता है' का ठप्पा लगाकर घूमते हैं। ये शान्ति से नहीं रहने देंगे। प्रभंजन से नहीं डरता, पर वह गरम हवा की तरह उठ रहा है। मातंग नमक-मिर्च से आग लगा रहा है। वह राजनीति नहीं करता, यह गनीमत है।"

"यह लौंडा, अशोक भी बड़ा टेढ़ा है।"

"जानता हूँ। दीपक है, विनय है। सारी खबरें मिलती रहती हैं।"

"मनसुख लाल के पास जाऊँगा।"

"अच्छा विचार है।"

"कुछ काम था क्या?"

"हाँ, ऐसा ही है।"

"मुझसे नहीं हो सकता?"

"तुमसे शुरू होगा। खत्म वह करेगा। उसे मैंने जंगल की ठेकेदारी तथा और भी कई काम दिये हैं।"

"वह याद रखता है?"

"बुद्धि ठीक है, इसीलिए याद रखता है।"

मनसुखलाल एक जवान ठेकेदार है। यहाँ वह ट्रक-ड्राइवर और गुंडों का साम्राज्य बनाए हुए है।

"तुम जरा रजनी को देखो।"

"मुझमें शक्ति है क्या?"

"अहा! पति ने छोड़ दिया। सोमराई के पास रहकर तो वह भूखे मर जाएगी। मुझ पर वे विश्वास नहीं करते। पर यदि वह आ जाती तो कुछ जमीन दे देता। या कुछ रुपये देता। महुआ से दारू बनाती, पेट चलता। दिगम्बर को यदि पता चल जाए कि माँ के साथ उसका कोई सम्बन्ध नहीं है, तो वह उसे ले जाता।"

"देखता हूँ कहकर।"

"मान भी नहीं सकती है। पर तब वह पता नहीं, कहाँ चली जाए! जवान लड़की है, विदेश में क्या बीते उस पर!"

"कहूँगा!"

"कहना कि तुम्हें वे अपना मानते हैं। बलाई, मेरा तो कहना, हमारे समाज में प्रेम से सारी चीजें सहन हो जाती हैं। उसने कहा है कि राजनीति से नहीं, प्रेम से आगे बढ़ना होगा। अच्छी बात है, दीपक का काम भी करना होगा।"

"हाँ, मैं तो हूँ ही।"

इसी दौरान अशोक ने फिर एक बार पुलिस की नौकरी करनी चाही।

फलतः सत्यसखा दीघड़ि बिगड़ गया। उलझे बाल झटककर बोला, "यह प्रस्ताव लेकर तीन बार गया।"

"तीनों बार एक ही नौकरी?"

"कैसे लकड़ी-पुआल जली हैं, जानते हो?"

"प्राथमिक शिक्षक बना दीजिए ना।"

"उनका स्केल कितना है, जानते हो? सब बदमाश भर गए हैं। हजार-हजार रुपये घूस देते हैं इस काम के लिए। जो दे सकता है, वह निश्चय ही गरीब नहीं है।"

"सत्य-दा!"

"क्या! तुम क्या दे सकते हो?"

"घूस लेनेवाले लोग जिन्दा कैसे रहते हैं?"

"वह व्यवस्था...!"

"घूस लेनेवाले लोग हैं, इसीलिए तो...।"

"निश्चय ही हैं।"

"तब?"

"हाँ रे! जानता हूँ। तुम कहोगे, हर जगह पापी हैं। हम सब भी तो सच्चे नहीं हैं।"

"मैं कुछ नहीं कहता।"

"ठीक है, ठीक है। पर तुमने जो किया...अच्छी बात है। राजापुर का क्या चक्कर है? सोमराई को जमीन मिलने पर तो सब दौड़ रहे थे, अब सब चुप क्यों हैं?"

"देखता हूँ जरा।"

राजापुर के लोग अशोक से कन्नी काट गए। बोले, "जमीन हमें नहीं मिलेगी, भाई, और मिल भी जाए तो बड़ी मुसीबत होगी।"

"मतलब?"

"यह भी हम जानते हैं कि तुम हमें जमीन नहीं दे सकते हो। यह क्षमता दूसरे आदमियों में है।"

"किसी ने कहा है कुछ?"

"हमसे! हमसे कहेगा? हम जिन्दा भी हैं या नहीं—किसी को पता थोड़े ही है।"

"कह क्या रहे हो?"

"कितना कुछ हो गया। मातंग ने थाने में डायरी लिखाई, पर उससे कुछ हुआ?"

अशोक, मातंग के पास गया। मातंग भवें सिकोड़कर बैठा था। फिर बोला, "ना। जानना नहीं चाहते।"

"क्यों?"

"जानकर क्या करोगे?"

"मैं क्या कुछ नहीं कर सकता?"

"नहीं। दूसरे पक्ष में शक्ति अपार है। तू कौन है? तेरी पार्टी का कौन सा आदमी है? यहाँ तेरी पार्टी की ताकत ही क्या है? फिर अब जंगल-खंड की हवा भी गरम हो उठी है।"

"बोलते जाओ।"

"पर पहले मैं टाटानगर जाऊँगा।"

"क्यों?"

"पना करने कि दिगम्बर ने रजनी को क्यों छोड़ा?"

"दिगम्बर...रजनी का पति?"

"हाँ, वही।"

"मतलब?"

मातंग गरज उठा, "डाइनों का चक्कर याद है? राजाबाबू ने मणि, लखिन्दर और गोपाली को डाइन करार दिया था। तुम बड़े कामों में हाथ डालते हो, छोटी बातों की खबर नहीं रखते। डाइन पर विश्वास अशिक्षित लोग करते हैं। पढ़े-लिखे कहते हैं, 'ना, ना' इन सब पर विश्वास मत करो।' इस क्षेत्र में चार-पाँच लोगों ने, धनी लोगों ने डाइन का प्रचार किया। फिर उन्हें गाँव से निकाल दिया। उससे पहले मार-पीट की। यहाँ तुम्हारा नहीं, राजाबाबू का राज चलता है। तभी उसका ऐसा दबदबा है।"

"मैं सब जानता हूँ।"

"जानना चाहा है कभी तुमने? मैं साला बड़ा निकम्मा हूँ। थाने में लिखाया, कलकत्ता भी अर्जी भेजी। लेकिन कोई जवाब नहीं आया।"

"फिर?"

"तुम क्या करोगे, खुद सोच लो।"

"तुम?"

"मैं जाता हूँ टाटानगर। उसके बाद इन साले सब गाँवों में घूम-घुमकर सच बताऊँगा।"

"दीपक जानता है?"

"खूब जानता है। वह भी अपने लिए पैसे बनाने का जुगाड़ डाइनों के जरिये कर रहा है। वह नहीं जानेगा?"

"पैसा?"

"बलाई है, विनय है, इसमें क्या सोचना है?"

विनय ने अशोक का प्रतिवाद किया। उसने तो कुछ नहीं किया।

"आप लोग दीपक को लेकर क्या कर रहे हैं?"

"प्रेतोत्सव के समय राजाबाबू एक पक्ष सँभालते रहे और विनय इत्यादि दूसरा पक्ष।"

विनय ने रुक-रुककर कहा, "'डाइन-विश्वास' पर सेमीनार कर रहे हैं।"

"क्यों?"

"यह तुम्हारे समझने की बात नहीं है। फील्ड-वर्कर गाँवों में काम कर रहे हैं। उन्हें काफी तथ्य-प्रमाण मिले हैं। विदेशों से लोग आ रहे हैं। दिल्ली-बाम्बे-हैदराबाद से लोग आ रहे हैं।"

"यह सब मैं जानता हूँ, विनय-दा! दीपक को क्यों खींच रहे हैं इसमें? या राजाबाबू के 'डाइन पकड़ो' अभियान में आप भी शामिल हैं? उनका तो जमीन का धन्धा है और आपका?"

"मेरा धन्धा ज्ञान तक सीमित है।"

"जंगल-खंड के आन्दोलन का समर्थन हम नहीं करते। पर जहाँ आन्दोलन चल रहा हो, वहाँ डाइन पर सेमीनार और देशी और विदेशी बदमाशों को बुलाना जरूरी है क्या?"

"अशोक, तुम बेअदब होते जा रहे हो!"

"जानता हूँ। पर मैं कुछ और समझ रहा हूँ। आप क्या कर रहे हैं, यह मैंने भाँप लिया है। यह मोटी रकम का धन्धा है।"

"तुम जानते हो कि यहाँ डॉक्टर शोभन देव मलिक भी हैं। तुम जानते हो कि वे कौन हैं? उनके जैसे लोगों के यहाँ होते हुए तुम ऐसी अशोभनीय बातें कैसे करते हो?"

"आपने गाँव-गाँव में फील्ड-वर्कर भेजे हैं। दीपक क्या उनमें है?"

"दीपक प्रोजेक्ट-ऑफिसर हैं।"

"विनय-दा! हम इसमें भयानक बाधा डालेंगे। आप जानते हैं, कभी-कभार ही समाज के लोगों को सहज ही में बेवकूफ बनाया जा सकता है। अब समय मुआफिक नहीं है।"

"क्या करोगे तुम?"

"देखेंगे आप। आखिर में उसका भंडा समाचार-पत्रों के जरिये फोड़ दूँगा। और फिर आप समझ जाएँगे क्या भीषण कांड हुआ है?"

"यह तुम क्या कह रहे हो?"

"आप एक ही जाति के होकर गाँव-गाँव में जहर फैलाएँगे और अपना काम निकालकर फूट लेंगे। यह नहीं होने दूँगा। किसी तरह भी नहीं। किस आदिवासी समाज को आपकी समिति ने बाहर निकाला है अन्धकूप से? वे भूत-प्रेत-डाइन को पकड़कर अन्धकार में डूबे रहें। समाज के इसी तरह रहने से ही आपका भला है, यही न? और जो आदिवासी समाज में शिक्षा फैला रहे हैं, जो ऐसे हंगामे में भी प्रगति की बात सोचते हैं, ऐसे लोग क्या नहीं हैं?"

"अब तुम्हारे साथ बातें करना ही फिजूल है।"

"मैं आपकी तुलना में अशिक्षित हूँ, यही न? चुप क्यों हैं? यह आप नहीं सोचते कि आपके जैसे शिक्षित और राजाबाबू जैसे लोग एक जाति के हैं। एक जाति के होकर भी आपके साथ साधारण आदमी का कोई मेल नहीं है।"

"जितना तुम्हारा है, उतना हमारा भी?"

"आपसे ज्यादा ही है। फिर भी हम अपने समाज को अँधेरे में धकेल कर विदेशी पैसा नहीं खाते। मातंग दादा डाइन की बात को लेकर गुस्से से भरे हैं।

उनके मुँह से जरा प्रभंजन दादा के कानों में बात जाएगी, तब पता चलेगा कि आपमें इल्म-गुण कितने हैं!"

विनय चुप है। प्रभंजन! आखिरकार उसी की बात की गई। 'इस्पात एक्सप्रेस' से कलकत्ता जाना होगा। डॉक्टर शोभन को पकड़ना होगा। विनय कुछ भी नहीं। शोभन ही सब है। शोभन विचलित नहीं हुआ। बोला, "नहीं, नहीं। वहाँ सेमीनार नहीं होगा।"

"कहाँ होगा?"

"यहाँ।"

"यहाँ?"

"हाँ, हाँ। नो खबर, नो प्रचार! कुछ तुम्हारे आदमी, कुछ आमंत्रित अतिथि—बस।"

इस तरह वह मूल्यवान सेमीनार हुआ था। विशाल हॉल में कुल मिलाकर तेरह जन थे। शोभन ने इसका एक ब्लूप्रिंट विदेशों में भेजा। वहाँ 'ऑस्ट्रिक गोष्ठी' की चर्चा थी। विदेशी कर्ता-धर्ता बड़े खुश हुए कि इतने आदिवासियों को समाज से विच्छिन्न कर छोड़ा है। नाम-धाम सब झूठ। तब भी प्रचुर धन आया।

विनय को इस सबका पता नहीं चला। वह सेमीनार के दिन रेक्सीन का फोलियो और एक कलम लेकर खुशी-खुशी लौट आया।

दीपक फिर लौटा नहीं। शोभन ने उसे सीधे दिल्ली भेज दिया, प्रशिक्षण के लिए।

रजनी तब पता नहीं क्या कर रही थी!

6

रजनी तब बलाई से कह रही थी, "पेट की आग अब सही नहीं जाती। दो, जमीन दो। महुआ खरीदकर दारू बनाऊँगी। ऐसा ही कुछ इन्तजाम कर दो।"

ऐसे दुख में भी रजनी बड़ी ही सुन्दर लग रही थी। दिगम्बर के लिए उसके मन में असीम लालसा है। इतने प्रेम को छोड़कर वह पता नहीं कहाँ

चला गया है, रजनी यही सोचती रहती है। इस समय वह और भी रूपवती दीखने लगी थी।

माँ और भाई उसकी चिन्ता से दुखी हैं, यह भी वह जानती थी। वह सोचती, ओह! मैं यदि इस बच्चे को लेकर कहीं चली जाऊँ तो दोनों की जान तो बचेगी।

"दो ना, जमीन दो।" उसने यही बात बलाई से कही। भाई को पता चलने पर सर्वनाश हो जाएगा। सोमराई कहता था, "उसके साथ किसी के पास मत जाना। वह राजाबाबू का चमचा है। राजाबाबू अब हमेशा मनसुखलाल के गुंडों से सलाह-मशविरा करते हैं। पता नहीं, वे क्या चाहते हैं?"

रजनी अब मातंग के पास भी नहीं जाती।

क्यों जाए? मातंग ने दिगम्बर को क्यों नहीं ढूँढ़ा? वह क्यों सभी को डाइन वाली बातें बता रहा है? क्या होगा? हंगामा तो इतना हुआ, पर लाभ क्या हुआ?

रजनी अशोक के पास भी नहीं जाती।

क्यों जाए? अशोक ने क्या हल ढूँढ़ा? मजिस्ट्रेट को बताया, थाने में दौड़ा—पर लाभ क्या हुआ? अभी भी वे गाँव-बाहर हैं।

मणि कहती, "मैं डाइन हूँ...डाइन। अब डाइन क्यों बनूँगी? इतने दिन तो बनी नहीं। सरकार की दी हुई जमीन मिली हमें, लड़के को नौकरी मिली तो अब मैं डाइन हो गई!"

सोमराई रजनी के सिर पर हाथ फेरते हुए कहता, "माँ अभी जिन्दा है। नहीं तो जमीन बेचकर शहर चला जाता।"

रजनी सोचती, "भाई भी बड़ा बेवकूफ है। शहर में क्या राजाबाबू नहीं हैं? शहर में भी तो वही हैं। उन्हीं का शहर है। यह शहर, तेल-कागज के कारखाने, सड़कें शाल को काटती खट-खट ध्वनि, आरे की ध्वनि, आस-पास के खेत-खलिहान, डुलूँग और सुवर्ण रेखा—सब राजाबाबू के ही अधीन हैं।" रजनी को इसमें कतई सन्देह नहीं।

शाल पेड़ों से ढके मैदान में प्रभंजन इत्यादि सभा करते थे। ट्रक से आदमी आते थे। शहर के रास्तों पर घम्सा और मादल बजाकर जुलूस निकालते थे।

सब रजनी देखती थी—स्नेह से। करने दो, पर कुछ नहीं कर सकेंगे। सभी कुछ राजाबाबू के द्वारा बेचा-खरीदा, खरीदा-बेचा जाता है। विश्व के स्वामी राजाबाबू ही हैं।

पर यह दुनिया राजाबाबू की क्यों है?

क्यों न हो...कहो तो! संसार क्या है, विश्व क्या है, दुनिया क्या है? मणि, सोमराई, रजनी, लखिन्दर, गोपाली, पार्वणी, बिलाती दासी, उद्धव, बेलुनचन्द, गोकुल—ये सारे ही तो विश्व हैं। उनके जीवन का सुख-दुख, आशाएँ, इच्छाएँ ही तो सबसे महत्त्वपूर्ण हैं। इनके लिए ही तो इतनी सरकारी योजनाएँ हैं। इतने कानून, इतने रुपये और इतने सूत्री कार्यक्रम, इतने ऑफिसर, दफ्तर हैं। देश के लिए वे इतने महत्त्वपूर्ण हैं, वे यह नहीं समझ सकते।

इसके लिए ही तो विश्व बैंक इतना रुपये उड़ेलती है। इनको लेकर हो तो कितनी ही संस्था-समितियों, शोध-संस्थाओं और संगठनों को सिरदर्द है और कितने फ्राँ, बेल्जियन फ्राँ, क्रोन, मार्क, लीरा, नॉर्वेजियन क्रोन, क्रोना और अन्य मुद्राएँ नियाग्रा के जलप्रपात की तरह बहती हैं। विश्व में ये कितने महत्त्वपूर्ण हैं, ये लोग समझ नहीं सकते क्या?

इनके लिए कितना साहित्य, सिनेमा, नाटक-थियेटर, पत्र-पत्रिकाएँ हैं!

साहित्य—शिल्प-संस्कृति के लिए भी ये लोग बहुत महत्त्वपूर्ण हैं।

यह धरती इनकी ही होगी, इसके लिए सूरज के साथ इतने नक्षत्रों का विवाद चल रहा था। फलतः पृथ्वी का जन्म हुआ। आज 66 हजार मील की रफ्तार से पृथ्वी सूरज को घेरकर चलती है! उसे घेर भी लेती है और उसे याद भी दिला देती है...।

रजनी दिगम्बर के पास सुख से रहेगी। उनके बच्चे बाहर खेलते रहेंगे—यह बात हुई थी!

भरत और पार्वणी, उद्धव व बिलाती दासी मेहनत करेंगे, खटेंगे और अपने घर में सुख से रहेंगे—यह बात हुई थी!

मणि अपनी मूर्तियों की पूजा करेगी और सोमराई को खाना पकाकर खिलाएगी—यह बात भी हुई थी। यह बात भी थी कि सोमराई अपने एक टुकड़ा जमीन पर, जितनी बार चाहेगा, उतनी बार उसकी छाती को धान-मिट्टी और

रबी की गन्ध से भर देगा। पृथ्वी सूरज को घेरती भी है, उसके गिर्द घूमती भी है और कहती भी जाती है, "अब तो यह सब हो नहीं रहा है...तब मैं...मुझसे इतना परिश्रम क्यों करवा रहे हो?"

सूर्य चुप रहता है और अपनी चुप्पी में वह प्रचंड अग्नि बिखेरता रहता है। राजाबाबू राजाबाबू ठहरे! राजाबाबू की उम्र कई करोड़ वर्ष की हो गई है। वह हैं, इसीलिए तो इतने जरूरी काम हो रहे हैं।

इसीलिए तो तमाम दुनिया राजाबाबू की है। क्यों? इस विश्व के सबसे महत्त्वपूर्ण लोगों को वे नियंत्रित करते हैं।

रजनी ने सब कुछ मान लिया। वस्तुतः मणि, सोमराई, लखिन्दर, गोपाली—सब इसी मानसिक अवस्था में पहुँच चुके हैं।

जब प्रेतोत्सव शुरू हुआ था तो यह सारा घटनाचक्र बड़ी तेजी से घूम गया था। आदमी दौड़ते रहे—अस्पताल, थाना, मातंग के पास। तब सभी के मन में यह आशा बलवती थी कि दुःस्वप्नों की यह रात कभी तो खत्म होगी। बेशक सभी इसकी बड़ी सारी कीमत चुकाएँगे, पर रात तो कटेगी।

फिर कितने ही दिन बीत गए। बैसाख-जेठ गए। दुःस्वप्न नहीं खत्म हुए। अब रजनी इत्यादि जानते हैं कि वे हमेशा इसी तरह गाँव से बाहर होकर रहेंगे—हमेशा, राजाबाबू के गाँव में। उनके घर के पास सरकारी कुआँ होने के बावजूद उन्हें बहुत दूर से जल लाना होगा।

सब कुछ जानकर वे अपने ही भीतर खोल में घुस गए हैं। पहले ये बातें कही नहीं हमने, राजाबाबू के डर से। अब भी नहीं बोलते, क्योंकि विरोध नहीं कर सकते। बिना मतलब सिर पीटने से लाभ भी तो नहीं। अब वे काम करते हैं। दुकान में जाते हैं, शहर जाते हैं, बाजार में जाते हैं। सब कुछ करते हैं। जो बातें करते हैं, उनसे वे भी बातें करते हैं। पर वह अन्तर में जरूर समझ गए हैं। यह दिनोंदिन चलता जीवन-प्रवाह, ये सब जाने-पहचाने चेहरे—इनके साथ वास्तव में उनका कोई सम्बन्ध नहीं है। वे उनसे अलग हैं।

भाग्य को स्वीकार करके रजनी के चेहरे पर और आँखों में उदासी स्पष्ट झलकती है। बीच-बीच में वह स्टेशन पर जाकर खड़ी हो जाती है। ऐसी ही किसी ट्रेन में बैठकर दिगम्बर कहीं चला गया है। वह उदास आँखों से ट्रेन का

रुकना व जाना देखती रहती है। रजनी भी चली जाती उसके साथ। पर यह सारी दुनिया राजाबाबू की है, इसलिए वह कहाँ जाए? दिगम्बर जब राजापुर में छात्रवृत्ति की परीक्षा देने आया था तो उसने रजनी को पसन्द कर लिया था। शादी बाद में हुई थी।

रजनी दिगम्बर से कहती, "सोना नहीं दे सकते तो क्या हुआ, तुम ही तो मेरे शरीर का गहना हो।"

दिगम्बर के कारण रजनी ने नाक छिदवाई। पहले उसमें नीम की डंडी, फिर नाक सूखने पर नथुनी। हाट-बाजार में नथुनियाँ मिलती हैं बहुत। पर यह सब पहनना नहीं हो सका। उसके पहले ही सब कुछ तहस-नहस हो गया। रजनी और उसकी सहेलियाँ गाती थीं—

इतने बड़े देश में
ई—
नाम रखा राजदा भाद।
राजदा सरसती गुला छी आखड़ा,
शालुक फूल तिरि भाद माया छाड़िल॥

राजदह गाँव का भादो शाल-फूल जैसी सुन्दरी बहू के मोह को त्याग कर चला गया। नये पत्ते से भरे फूलों की पेड़ जैसी, वर्षाजल से भरी डुलूँग की तरह उछलती रजनी को छोड़ दिगम्बर कहाँ चला गया? उसका फूलों जैसा बदन सूख गया है, आषाढ़ का धान सूख गया है, डुलूँग का जल बालू में सूख गया है।

झरना, जरना झरना ज्वाला रे,
यौवनेर बेला तिरिर ज्वाला॥

(गहन वन में झरने को ढूँढ़ना ही बड़ी ज्वाला है। उससे बड़ी ज्वाला है भरे यौवन में प्रियतम को न पाना।)

रजनी स्टेशन पर खड़ी रहती और सोचती रहती। सोमराई आता और उसे पकड़कर ले जाता। रजनी, सोमराई, मणि, लखिन्दर, गोपाली जब एक साथ

बैठते तो आपस में बातें करते। उद्वेग में, ममता में, क्रोध में, दुख में, प्रेम में स्वाभाविक रूप से बातें चलतीं।

सोमराई रजनी का हाथ पकड़ता और कहता, "जो सोच रहा था, वही हुआ। स्टेशन पर इस तरह खड़ी रहती है। कभी कोई पकड़कर चालान कर देगा। बहुत बार ऐसा हो चुका है।"

"ट्रेन देखती हूँ, दादा!"

"ऐसे मत सूख, रजनी! तेरा कोई दोष नहीं। मातंग दादा ने आशा नहीं छोड़ी है अभी। उसे ले आएगा जरूर। चल बहन, घर चल।"

"चलो।"

जब वे घर लौटते तो सब जैसे बर्फ-सा हो जाता। शिशिर मास।

इसी तरह सब कुछ चलता रहा। ऐसे ही सभी कुछ चलता है। पर अचानक एक दिन बलाई ने रजनी को बुलाया।

"शाम को चली आना।"

"क्यों?"

"बात करनी है।"

"क्या?"

"बात राजाबाबू बताएँगे।"

"उनका कुछ पता चला?"

"हाँ रे! सुना है कि वह राजापुर आएगा। तुझे देखेगा। फिर तुझे लेकर चला जाएगा।"

ऐसी खुशी की खबर भी बलाई ने सूखे मुँह से रुक-रुक और सोच-सोच कर दी थी। अगर रजनी सुनकर पागल नहीं हो गई होती तो वह जरूर समझ जाती कि यह बात झूठ है। उसने कुछ नहीं समझा और उत्तेजित हो उठी।

"लड़के को लेकर चली आऊँ?"

"तू तो आ पहले। लड़के की चिन्ता बाद में। तेरा लड़का है। और एक बात, यह बात किसी से मत कहना।"

"नहीं, नहीं कहूँगी।"

"सोमराई को पता नहीं चले।"

"नहीं, वह नहीं जानेगा।"

रजनी जल्दी-जल्दी लकड़ी का बोझा लेकर शहर गई। मुंशीराम, खोदन और प्रहलाद तथा बहुत से लोगों ने देखा कि रजनी और बलाई बातें कर रहे हैं। रजनी ने बात छुपाने की कोशिश की, पर सफल नहीं हो पाई।

अरे माँ! चैत से अगहन कितने दिन हुए? ब—हु—त दिन। लकड़ी आज उसने पौने दामों पर बेच दी। फिर पहलवान की एक दुकान से उधार साबुन खरीदा। सिर का तेल भी। घर लौटकर वह दूर गाँव के कुएँ पर जाकर प्रेम से स्नान कर आई। फिर लौटकर उसने खाना पकाया।

मणि को सन्देह हुआ।

"हाँ रे! तुझे क्या हुआ है?"

"क्या होगा?"

"इतनी बन-ठन किसलिए?"

रजनी हँसी। जल्दी-जल्दी भात खाते हुए बोली, "मौसी के घर जा रही हूँ, माँ!"

पार्वणी है उसकी मौसी। उसे आदमी बनाया है उसने। इन दुख-भरे दिनों में पार्वणी, विलाती दासी और भरत इत्यादि लोगों ने ही उनकी देखभाल रखी है। पार्वणी को देखकर रजनी उससे चिपट गई।

"क्या हुआ, बेटी? तू इतनी खुश है?"

रजनी अब कुछ छिपा नहीं पाई। हँसते-रोते उसने सारी बातें कह दीं।

पार्वणी बोली, "बात तो अच्छी है, बेटी! पर खबर जिसने दी, जिसके पास तू जाएगी, यह सब तूने सोच लिया है न?"

"तू ना मत कह, मौसी! जाकर देखा नहीं है। उसके बाद ही तो माँ या दादा से कहूँगी।"

"तो तू जाएगी? मैं चलूँ साथ?"

"नहीं मौसी, गड़बड़ हो जाएगी।"

"तेरे लिए डर लगता है।"

"मौसी! मेरा मन कहता है कि खबर अच्छी है, सच्ची है। मैं तुम्हारे दामाद

को जानती हूँ, मौसी! वह आदमी चाँद-सूरज देखे बगैर रह सकता है, लेकिन मुझे बिन देखे नहीं। मैंने कसम दी है तुझे, किसी को मत बताना।"

पार्वणी से यह सब कहने के बाद ही रजनी का मन शान्त हुआ। घर लौटकर न जाने कितने ही दिन बाद उसने बच्चे को दुलराया, सुलाया और गीत गाया—

धन धन धन,
जाना नहीं रे वन।
घर पर ही बना दूँगी
रतन का सिंहासन॥

शाम को सूरज ढलते-ढलते उसने माँ से कहा, "सहेली जा रही है, माँ! मैं जरा उसे देख आऊँ। वह मूढ़ी भूनेगी बस। खाकर आ जाऊँगी।"

साफ-धुले कपड़े पहनकर, तेल से मुँह चमकाकर, बाल बाँधकर रजनी तैयार हुई। कमर में करधनी, हाथ में जस्ते की चूड़ियाँ। रजनी खूब सजी थी।

घर लौटकर, सोमराई ने कहा, "उसे क्यों जाने दिया? उसका दिमाग ठीक नहीं है।"

"उसकी एक ही तो सहेली है—रांगनाडिही की बातासी। फिर रांगनाडिही पास में ही है। अगर देर हुई तो मैं बुला लाऊँगी। चेहरा उतारे बैठी रहती है। मैंने कहा, जाने की इच्छा है तो चली जाए।"

"कौन सी सहेली बताई?"

"बातासी।"

"बातासी तो परसों ही शुशुनिया चली गई।"

"यह क्या कहता है?"

"मैंने तो यही सुना है। रुको, मैं देखता हूँ। उसका दिमाग खराब हो गया है। हर समय पता नहीं क्या सोचती है, क्या करती है! उसे कोई होश नहीं है। उसे लेकर मुझे महा चिन्ता हो गई है। उसे डाँटते हुए भी डरता हूँ। पता नहीं, क्या कर बैठे?"

साँझ ढल गई। रात चढ़ गई। रजनी नहीं लौटी। सोमराई पहले तो 'जाए जहाँ मन करे' कहता हुआ बैठा रहा, पर बाद में मन के उद्वेग में लालटेन लेकर

निकला। जाते-जाते पार्वणी को कह गया, “माँ अकेली है, जरा थोड़ी देर बैठो उसके पास।”

“अभी गई तो लौटूँगी कैसे? एक तो रात को आँखों से दीखता नहीं, ऊपर से खेतों में से होकर जाऊँगी कैसे? खाऊँगी क्या?”

“नहीं। भात ले जाओ। चलो, पहुँचा दूँ। वहीं रात-भर रहो।”

पार्वणी को घर पहुँचाकर सोमराई चला गया। रांगनाडिहि ज्यादा-से-ज्यादा एक मील होगा। बड़ी देर बाद वह लौटा। साथ में खोदन था। खोदन की उन्मत्तता ओढ़ी हुई थी। राजाबाबू का हुकुम था। यह बात खोदन ने कई महीने बाद ताड़ीखाने में स्वीकार की थी और पीछे सोमराई का हाथ पकड़कर रोया भी था। तब से दिन को तो नहीं, पर शाम के बाद लुक-छिपकर दो-एक बार उसके पास आया भी है।

सोमराई खोदन को साथ ले आया। बोला, “माँ! जो मैंने कहा था, वही सच है। बातासी नहीं है। उसकी बहन ने बताया कि उसने उसे दौड़ते हुए शहर की तरफ जाते हुए देखा है। पर खोदन दूसरी ही बात बता रहा है।”

“क्या...क्या कहता है रे?”

“चुप, चुप! चिल्ला मत! कह रहा है, बलाई रजनी से बात कर रहा था। औरों ने भी देखा है। यह क्या हुआ, माँ?”

पार्वणी तब रो उठी।

“तू क्यों रोती है?”

“वह दामाद के पास जा रही है, यही कहा था उसने मुझसे। बलाई ने उसे यही खबर दी थी। उसने कहा...”

पार्वणी से सब कुछ सुनकर खोदन निश्चल खड़ा रहा। सोमराई बोला, “मैं जा रहा हूँ बलाई बाबू के पास। या राजाबाबू के पास जाऊँ शहर में?”

खोदन ने सिर हिलाया—“सोमराई, राजाबाबू के पास मत जाना। रात को जाने पर तुझे थाने में बन्द करवा देगा। अभी बहुत रात बाकी है। मातंग दादा के पास जा।”

सोमराई हठात रो उठा, पर तुरन्त शान्त भी हो गया।

“मैं क्या अकेला जाऊँ?”

"मैं चलूँ?" पार्वणी ने डरते हुए पूछा।

"अन्धी बुढ़िया का काम नहीं। मर्द चाहिए।"

"लखिन्दर को बुलाऊँ?"

"चल, मैं चलता हूँ," खोदन बोला, "जो होगा, देखा जाएगा। चल, मैं चलता हूँ। गाँव-बाहर कर देगा। मर तो नहीं जाऊँगा। तुम सब भी तो जिन्दा हो।"

"चलो," सोमराई ने ठंडी साँस भरते हुए कहा। जैसे आज उसने अपने-आपको खोदन को सौंप दिया हो।

"माँ, मौसी! किसी को पता नहीं चले!"

मातंग उन्हें देखकर चकित रह गया। दोनों को रात-भर रोके रखा उसने। उन्होंने मूढ़ी भिगोकर खाई। सबेरा होते-होते वे बलाई के घर पहुँचे। बलाई ने अस्वीकार में सिर हिला दिया।

"मैंने कब उससे बातें कीं?"

खोदन ने सूखे होंठों पर जुबान फिराई और बोला, "हमने देखा है। कल बात कर रहा था। बहुतों ने देखा है। पहले खड़े रहकर बातें कीं, फिर उकड़ूँ होकर बैठकर बहुत देर बातें की। तब बारह बज रहे थे। नहीं, रांगनाडिही के मोड़ पर...बड़ के पेड़ के नीचे।"

"क्या कहा था उससे? कहाँ जाने को कहा था?"

"ऐसी कोई बात नहीं कही," झूठ बोलते हुए बलाई सफेद हो गया।

"नहीं। मेरी बहन से तुमने यह बात नहीं कही थी कि तेरा मर्द आया है? शाम को राजाबाबू के घर आ जाना, वहीं भेंट होगी। तुमने मना किया कि सोमराई को मत बताना। बच्चे को साथ मत लाना। इतनी बातें भूल गए हो? उसने ये सारी बातें पार्वणी मौसी को हँसते-हँसते बताई हैं।"

मातंग बोला, "कल...राजाबाबू के घर...वहाँ तो कल शाम को कोई नहीं था। ठेकेदार के गुंडे ताश खेल रहे थे। मैं जानता हूँ, राजाबाबू काफी देर बाद लौटे थे।"

"उसका क्या हुआ, बलाई बाबू?"

"मैं नहीं जानता।"

मातंग बोला, "एक पैर आग में, दूसरा पानी में रखकर बहुत दिन चलते रहे हो। इस बार कीमत चुकाओगे। चल, सोमराई! एक बार और तेरे घर में देख लेते हैं। फिर इसकी व्यवस्था करेंगे। इस बार तुम समझोगे, बलाई मुर्मू!"

बलाई पाषाणवत खड़ा रहा।

बात कहकर थूकते हुए मातंग इत्यादि बाहर निकल आए। राजापुर की ओर चले। रजनी नहीं लौटी राजापुर भी। वे शहर लौटे। इस बार उनके साथ अशोक भी था। थाने में उसने रजनी के गायब होने की रिपोर्ट लिखाई।

सारी घटना ने राजापुर गाँव, शहर और दूसरी जगहों पर एक तरह की उत्तेजना फैला दी। राजापुर में जो लोग पहले राजाबाबू से डरते थे वे भी रजनी को ढूँढ़ने चले।

प्रेतोत्सव का परिणाम राजाबाबू के मन-माफिक नहीं हुआ। सोमराई को शत्रु बनाने से क्या लाभ हुआ? प्रतिदिन पार्वणी और मणि छाती पीट-पीटकर रोती हैं। गाँव के सभी लोग उनके घर में हैं। यह क्या हो गया? थाने में जाना होगा एक बार।

पाँच दिन के बाद थाने में एक बड़ा दल आया। एक ही माँग को लेकर आए एक साथ। प्रभंजन, अशोक, मातंग और राजापुर के अन्य दसेक लोगों को देखकर थाने के बड़े बाबू का दिमाग घूम गया। बड़े बाबू जानते हैं कि विभिन्न दलों और दिमागों के आदमियों के बीच प्रबल भिन्नता ही पुलिस को शक्ति देती है। पर रजनी के गुम हो जाने पर यह भयानक एकता क्यों? इसका मतलब क्या है? बलाई को ये प्रायः हमेशा ही पकड़ लाते हैं, यह भी समझ में नहीं आता। बड़े बाबू के मन में सन्देह जगा। राजाबाबू का सूर्य अब अस्त हो रहा है क्या?

"क्या बात है?"

प्रभंजन लगभग काटने के स्वर में बोला, "रजनी वाली बात! इस बलाई ने जो कुछ कहा, उसी के कारण रजनी चली गई।"

"मैंने कुछ नहीं कहा। ये झूठे आरोप लगा रहे हैं। रजनी किसी लड़के के साथ भाग गई होगी। या अपने पति के घर चली गई होगी।"

"ठीक है! पर साधू तो कुछ और ही कह रहा है। क्यों? चौंके क्यों?"

"साधू को नहीं पहचानते? राजा बाबू का नौकर? वह उस दिन वहीं था। जब राजाबाबू ने तुमसे यह बातें की थीं।"

"साधू! तूने यह काम किया?"

"समाज कहता है कि रजनी का पता नहीं चला तो गिरह चलेगी। तुम्हारा, राजाबाबू और तारानाथ बाबू का इन्तजाम किया जाएगा। मैं क्या समाज से बाहर हूँ?"

बड़े बाबू बोले, "यह सब क्या है?"

मातंग बोला, "इस सबमें तुम्हारा क्या है? तुम हमारी अर्जी लो, काम करो। लेकिन हमारी बात सुन लो! रजनी को खोजने में अगर थाने ने हमारी मदद नहीं की तो फिर फल भुगतना होगा तुमको भी!"

"देख रहा हूँ।"

"और इसका बयान भी लिख लो।"

"यह कौन है?"

"इसका नाम रघुनाथ है। राजाबाबू के घर के पिछवाड़े में रहता है। बोल रे रघुनाथ!"

"लिखिए, लिखिए," रघुनाथ ने भवें सिकोड़ते हुए कहा, "जिस दिन रजनी गायब हुई है, उसी दिन पाँच तारीख को दस बजे हम एक लड़की की चीख सुनकर बाहर निकले। बचाओ! बचाओ! चीखते हुए एक लड़की भाग रही थी। उसके पीछे दो आदमी थे।"

"कहाँ? तुम्हारा घर कहाँ है? किस तरफ भागी? सब ठीक तरीके से बताओ।"

रघुनाथ बताता रहा।

अब बात को दबाए रखना असम्भव हो गया। दल-के-दल लोग रजनी को ढूँढ़ते रहे।

राजाबाबू के राजापुर वाले घर की खिड़कियाँ बन्द रहीं। इतने दिनों से प्रेतोत्सव का उद्यापन समारोह चल रहा है—लगता था। धीरे-धीरे उत्तेजना बढ़ती गई।

"रजनी किसी लड़के के साथ नहीं भागी।"

"वह नामाल नहीं गई।"

"कपड़े-लत्ते नहीं ले गई।"

"बच्चा लेकर नहीं गई।"

"कोई उसे ले गया है?"

"बलाई किसका चमचा है?"

इस तरह की बातें करते हुए गाँववासी राजाबाबू के घर के बगलवाले कुएँ से पानी ले रहे हैं।

फिर रजनी लौट आई।

रजनी की कहानी रजनी ने ही बता दी।

कॉलेज के विशाल मैदान के एक कोने में उपेक्षित एक कुएँ के पास गिद्ध को बैठे देख लोगों का सन्देह बढ़ा।

कुएँ में एक शव है। गला हुआ।

पुलिस ने शव को बाहर निकाला। फिर कैनवास वाली फोल्डिंग खाट पर उसे रख दिया गया।

कई दिन पहले की मृत इस देह पर सड़ी हुई पीली साड़ी, लाल ब्लाउज, कमर में चाँदी की करधनी, हाथ में जस्ते की चूड़ियाँ थीं।

भीड़ जुटने लगी।

मणि ने कहा, "गले में चौकोर ताबीज होगी। जस्ते की चैन, ताँबे का ताबीज।"

"है।"

"रजनी है।"

"गले में नाइलोन की डोरी की फाँसी।"

अब चित्र स्पष्ट हुआ। रजनी बातें करती रही। तमाम जनता में भयानक चुप्पी थी। सब एक-दूसरे की तरफ देखते रहे। सोमराई झुका रहा उस दुर्गन्धित शव के ऊपर।

काफी देर तक।

पुलिस बोली, "लाश थाने में ले जानी होगी।"

सोमराई ने सिर हिलाया। "कन्धों पर होती हुई रजनी शहर में घूमेगी! राजाबाबू को अपना चेहरा दिखाएगी। उससे पहले थाने में नहीं जाएगी।"

पुलिस सोचती रही कि एक गुम सन्थाल युवती की लाश को शहर में घुमाना कानून तोड़ना है कि नहीं?

सोमराई ने चेहरा उठाया। साफ पर कठोर आँखों से देखा मातंग को, अशोक को, प्रभंजन को। ऐसा लगा जैसे आँखें तीर की तरह कलेजे चीर जाएँगी। उसकी दृष्टि ही अब तीर का फलक है। वह दृष्टि जैसे कह रही थी—

"तुम्हारे करने को क्या कुछ बचा है? तुम कुछ करोगे? तुम कुछ करोगे?"

मातंग, अशोक और प्रभंजन ने सिर झुका लिया। सोमराई इस तरह क्यों देख रहा है?

सोमराई ने इस बार सभी को देखा। उसकी आँखें विस्मित हैं, वह पता नहीं क्या तलाश रहा है!

फिर उसने सिर हिलाया। बोला, "आज मेरे साथ कितने लोग हैं! तुम सब कितने अच्छे हो! इतने अच्छे लोगों के होते हुए मेरी बहन को मरना पड़ा। क्यों?"

सब चुप।

फिर भरत आगे आया। सोमराई से बोला, "उठ सोमराई! अगर कोई रास्ता नहीं है तो शाल के पेड़ तो हैं, उसकी छाल तो है। हम गिरह भेजेंगे।"

सबने आँखें उठाईं। हाँ, हैं! शाल-वृक्ष तो हैं। वे आगे बढ़े। रजनी को उठा लिया।

प्रेतोत्सव के बाद एक और उत्सव होता है प्रेत-निधनोत्सव। इसी तरह। यही नियम है।

हुलमाहा* की माँ

* क्रान्ति, विद्रोह।

नाम था महनि। बात 1855 की है। तब वह दूर वन में जाती थी, लकड़ी चुनने। रहती थी भगनाडिहि गाँव में। कोई उसके साथ नहीं था, कोई संगी नहीं था। कौन जानता था कि सन्थाल-जगत पर विपत्ति के बादल मँडरा रहे हैं? तभी तो घर-घर में औरतें सहेलियाँ बना रही हैं। महनि ने भी बनाईं। पता नहीं, कौन सी विपत्ति है! हाट जाओ, बाजार जाओ, विपदा की बात सुनो। पर भलाई इसी में है कि सब मित्र बन जाएँ।

क्यों रे क्यों? क्यों सहेली बनाएँ? सहेली बनाने पर बाप का घर, पति का घर, हमारा घर, हमारे बाप का घर, पति का घर—सभी जगह सब मित्र बन जाते हैं। हम कष्ट में हैं, हम सन्थाल हैं। पता नहीं, कौन सी आँधी आ रही है! अभी सबका मिल-जुलकर रहना जरूरी है।

अरे देखो रे! एक अजीब 'मित्र बनाओ' अभियान चल रहा है। राखालिया सन्थाल लड़के एक साथ गाएँ चराते हैं। कंचे और काति-खेला खेलते हैं। वे बने मीता। औरतें करम-पर्व में एक-दूसरे के बालों में करम के पत्ते सजाती हैं। वे एक-दूसरे की काराम-डार हो जाती हैं।

एक दूसरी तरह से भी सखियाँ बन रही हैं। "ठीक है, मैं तुम्हारी सखी हूँ, तुम मेरी। पर यदि हम सखी बन गए हैं। तो 'दिकुओं यानी विदेशियों' की तरह मुझे तुम क्यों कहती हो, तू कह। देख बहन, तू ही बता जरा। मैं तो बच्चे होते हुए भी निपूती हूँ, तू बच्चों की माँ है। मेरा तो अपना कहनेवाला कोई नहीं है, तू हमें देखेगी दुख-सुख में।"

महनि का बदन पका और गठा हुआ है। शरीर अभी भी सख्त है। उसने

सखी की तरफ देखा, फिर हँसी। दोनों ने एक-दूसरे की तरफ देखा, फिर पेड़ की तरफ देखा। फिर दोनों ने एक-दूसरे को शाल के पत्तों का मुकुट पहना दिया। अब तो जंगल में पाँच पड़ोसी तक नहीं। पाताल तक ढूँढ़ना होता है। सब एक-दूसरे की खबर लेते हैं। "तू मेरा शाल-पत्ता, मैं तेरा शाल-पत्ता मेरे घर खाना एक दिन, मैं तुम्हारे घर खाऊँगी। दूसरे दिन।" सखी चली गई, सिर पर लकड़ियों का बोझा लेकर। महनि मुसकराती हुई लकड़ियाँ बटोरती रही।

महनि सन्थाल लड़कियों में नाम नहीं होता। पहाड़ों में कोई लड़की लकड़ी, कन्द-मूल वगैरह नहीं बटोरती। क्यों नहीं? बोल तो! जिसका कोई नहीं होता, उसका समाज होता है। यह बात नहीं है कि दिकुओं के समाज में महनि अकेली पड़ गई है तो सभी उसे छोड़ दें। 'दिकू' समाज बड़ा गन्दा है, महनि यह जानती है। वह यह भी जानती है कि इस समाज के कारण ही उन्हें इतने कष्ट हैं। उनके पैरों में बारंबार बेड़ियाँ डाल दी जाती हैं। भगनाडिही में तो वह अभी आई है। पहले वह रहती थी बहुत दूर, नलपुर में।

वहीं उसका जन्म हुआ था। दिकुओं के घर में। कैसे? यह बड़ी लवड़-झबड़ कहानी है रे! बड़ी लहर-बहर करती नदी के तरंगों-सी कहानी है।

महनि तब माँ के पेट में थी। महनि का बाप, दिकू के पास बेगारी करता था, बँधुआ था। वह आदमी कहता था, "एक अँजुरी-भर रुपया दे और निजात पा ले।"

बाप सुनकर हँसता था। 'निजात पा ले' कहकर दिकू भी हँसता था। वह जानता था कि उसने मजाक किया है। बाप भी जानता था कि वह आदमी मजाक कर रहा है।

महनि का बाप जानता था कि न वह एक अँजुरी रुपये देगा, न उसे निजात मिलेगी। तब ही तो वह रात को थोड़ी हँड़िया पीकर सो रहता था। पर फिर सिर झटककर सहसा जग जाता और कहता था, "एक अँजुरी रुपये भी नहीं दूँगा। खलास भी नहीं होऊँगा। सो तू जो कहे, वैसा करता रहूँगा।"

पत्नी कहती, "किससे कह रहे हो?"

"तेरे पेट में जो है, उसे ही कह रहा हूँ।"

"वह सुनता है?"

"न सुने तो कैसे चलेगा? वह तो केवल यही कहता है कि बाप तू एक अँजुरी रुपये दे और निजात पा ले। नहीं तो मैं जनम नहीं लूँगा। माँ के पेट में ही रहूँगा।"

"समझी। तू सो जा।"

"सोऊँ? ठीक है।"

"लड़का हो या लड़की। जनम पर खर्च तो होगा ही। तुझे पता नहीं है क्या? कैसे-कैसे क्या होगा?"

"इतना क्यों सोचती है तू? मैं तो नहीं सोचता। क्यों सोचूँ? एक अँजुरी रुपये देता, मुझे छुट्टी मिलती तो सोचता। अब क्यों सोचूँ? सो जा, सो जा। सबेरे बहुत काम है। हाँ, लड़का या लड़की जो भी हो, मुझसे कहता है कि—रुपया देकर निजात पा लो। वरना पैदा नहीं होऊँगा। दिकू आदमियों के बँधुआ के घर जनम लेने पर मैं भी बँधुआ हो जाऊँगा।"

उस गाँव में वह आदमी अकेला दिकू है। उसे छोड़ सब सन्थाल हैं। आदमी ने बाप को तो बँधुआ बनाया है पर पत्नी को कहता है कि "उन्हें पेट-भर खाने को दे। गाँव में तुम्हारे भाई-बन्धु नहीं हैं। सभी कुछ वे ही हैं। तेल-बेल दो, पेट के लिए भात दो। दो आदमी हम पोसेंगे तो दस आदमी का काम होगा।"

ऐसे आदमी की बैलगाड़ी धान के खेत से होकर बोझा लादे चली आ रही थी। धान का बोझा खींचते-खींचते बैल बेदम हो गया। मुँह के बल जमीन पर आ रहा। बैल के गम में उस आदमी ने सिर पकड़ लिया। एक मुट्ठी रुपये देकर खरीदा था बैल। कैसे टेढ़े सींग थे, कैसा जबर शरीर! "अरे! मुँह बाकर क्या देख रहे हो तुम सब! बैलगाड़ी कन्धे पर लादकर खड़ी कर दो-एक अँजुरी रुपये दूँगा। उठा, उठा! गाड़ी खींच दे। एक अँजुरी रुपये दूँगा। यह रुपया मेरी कमर में बँधा है। इन्हीं रुपयों से मैं अँजुरी भर दूँगा।"

"एक अँजुरी रुपये देगा?"

"तू कौन? बँधुआ?"

"हाँ बाबू! रुपये देगा?"

"दूँगा रे, दूँगा।"

महनि के बाप ने दोनों आँखें पोंछीं और हाथों में धूल लगाई। बोला, "वह कहता है रुपये देगा। मुझे छुट्टी मिल जाएगी।"

"जरूर!"

पाँच लोग बोले, "अरे छटराय, उस गाड़ी को उठाएगा तो कलेजा फट जाएगा, तू मर जाएगा। तेरी बीवी के पेट में बच्चा है। यह क्या करता है?"

महनि का बाप बोला, "बच्चे के लिए ही तो यह सब कर रहा हूँ। उसने मुझसे कहा है, बँधुआगिरी से छुट्टी पा ले बाप, नहीं तो मैं पैदा न होऊँगा। बँधुए की सन्तान भी बँधुआ ही होती है।"

लोग बोले, "आज तू बँधुआ है, कल हम भी हो सकते हैं। दिकू जब इधर आते हैं तो विभिन्न प्रकार के फन्दे फेंककर हमें बँधुआ बनाते हैं। हाँ, छटराय! बेकार की जिन्दगी में कष्ट बहुत है, पर तू अगर मर गया तो हमारा एक आदमी कम हो जाएगा।"

"मरना है तो जरूर मरूँगा। लाँगड़, झिका, वाहा, करम—कभी नाचूँगा नहीं, हँड़िया भी नहीं पीऊँगा। लेकिन मरूँगा कैसे? मैं मरूँगा? धत साले! सेन्द्रा रेयान में, शिकार-पर्व पर। शाल पेड़ की डाल लेकर मैं ही जाऊँगा। तुम सब देखना। लो, सब आँखें फाड़कर देख लो।"

महनि ने बोझ लदी बैलगाड़ी को कन्धा दिया और ठेलकर उठा लिया। पके धान उसके काले अंगों पर सोने की तरह झरने लगे। देखो, उसने कन्धा लगाया और गाड़ी को अधर उठा लिया! मारांग बुरू की जय! जाहेर बूढ़ी की जय! देखो, छटराय ने एक चमत्कार किया है।

उसने फूस की डोरी बनाई और दिकू-पत्नी से बोला, "इतना हंगामा क्यों मचा है आज? आज इतना आनन्द क्यों है?"

"वह क्या जाने?" महनि की माँ खिलखिला उठी। बोली, "किसी ने सूअर का शिकार किया है। शिकार ला रहे हैं। तभी यह हंगामा है।"

महनि की माँ को कुछ समझ नहीं आया। यह भी समझ में नहीं आया कि जिसके कारण उसके हाथों में चूड़ियाँ, माँग में सिन्दूर चढ़ा है, वही आज अभी अपने पुरखों के पास जानेवाला है। वह फूस की रस्सी को उमेठ-उमेठ कर कुंडली की तरह रख रहा था।

महनि के बाप ने धान की गाड़ी को भयानक शक्ति से उठाया था। उठाते समय हाँक लगाता हुआ आदमी सहसा रुक गया। जुआ कन्धे पर लिये महनि का बाप काँपा थर-थर। पाँच लोग दौड़े। उन्होंने कन्धा लगाया। कुछ लोग बैल को खींचने लगे। फिर महनि के बाप ने कुछ कहना चाहा, नहीं कह पाया। जैसे मिट्टी फटने पर पानी निकलता है उसी तरह उसके मुँह से बल-बल खून निकलने लगा। धान-लिपटे काले अंग खून से लथपथ हो गए। खून देखकर महनि के बाप की आँखें उलट गईं। फिर वह गिर गया। उसी तरह जैसे मस्त शाल का पेड़ एकबारगी कट जाए, या भयानक बाघ पट से गिर जाए, या किसी भयानक झटके से तेज हवा एकबारगी रुक जाए। फिर वह मिट्टी में मिल गया। पाँच लोग अब सौ हो गए थे। तेज तीखी चीख ने आसमान फाड़ दिया। दिकू! तुमने बैल बनाकर छटराय को मार दिया।

धान की गाड़ी ने महनि के बाप को दबा दिया! उसकी जिन्दगी को दफना दिया। सन्थालों के सौ घर हैं। दिकू, तुम अकेले हो।

"मैंने यह नहीं सोचा था कि वह मर जाएगा।"

"माँझी विचार करेगा।"

"जो जैसा भी कहो।"

"क्या? ऐसी घटना पहले कभी नहीं हुई। माँझी पारानिक को लेकर सँभाल लेगा, ऐसी बात नहीं है यह। साधारण नहीं कि इसे जगमाँझी सँभाले।"

"जैसा तुम कहो।"

"तुम्हारे कारण ही यह हुआ है।"

"जो कहो।"

"हमारा खयाल है कि, तुम यहाँ से चले जाओ। यहाँ कोई सन्थाल तुम्हारे लिए काम नहीं करेगा। आने भी नहीं देगा तुम्हें। आराम से चले जाओ, नहीं तो सिर छोड़ जाओ। जमीन तुमने हमसे ली है। किसी राजा-जमींदार की जमीन नहीं है। तुम जब आए थे तो बड़ी मीठी-मीठी बातें करते थे। तुम फसल, अपना सामान हाट में बेचते थे। हमसे एक पैसे में खरीदते थे, हाट में चार पैसे में बेचते थे। इस तरह हमें भी ठगते थे। तुम चले जाओ। तुम बेगारी करवाते हो। छटराय मर गया!"

वह डरा हुआ था। थर-थर काँप रहा था। "अब देश में साहेब लोग आ गए हैं। कानून है। खरीदी हुई जमीन छोड़कर कोई जाता है भला? तुम तो धर्म से चलते हो, तुम ही विचार करो।"

माँझी बोला, "तुम्हारा सिर कन्धे पर सही-सलामत है, इसीलिए बड़ी-बड़ी बातें कर रहे हो...हाँ! एक बार टाँगी उठ गई तो बगैर सिर काटे नहीं उतरेगी! और तेरी बीवी रोते-रोते मर जाएगी। यही चाहते हो क्या?"

काले-काले आदमी उसे पत्थर-सी आँखों से देख रहे थे। इस आदमी के साथ इतनी बातें क्यों? यह पहले यहाँ नहीं था। आज सन्थाल-बस्ती में है। एकदम काँटा गाड़ दिया है। अरे! थोड़ी खेती कर ले। लोभ-लालच मत कर। पेट-भर खा, कुछ बेच दे। लेकिन वह माना नहीं। उसने जमीन ज्यादा ले ली और इस बन्दोबस्त में हमारे आदमियों को खटाने लगा। भादों का दुख चिर-काल रहता है। छटराय की गरदन पर बैठकर कर्जा क्यों दिया इसने? उसके अँगूठे पर स्याही लगाकर ठप्पा लिया सादे कागज पर और उसे बँधुआ बना लिया। नहीं-नहीं, हम ठीक नहीं समझते इसे। हमारा कलेजा पत्थर जैसा भारी हो गया है। पत्थर जैसे गरम हो जाता है। उतना ही गरम छटराय का खून हमारे बदन पर छींटों की शक्ल में गिरा है। वह खून अब भी फफोलों की तरह हमारे बदन पर है। फिर इतनी बातें क्यों? बातें मुँह से निकलती हैं। मुँह रहता है सिर में और सिर कहाँ? कन्धे पर! बस, सिर उतार दो, झंझट खत्म।

यही बातें दिकू सन्थालों की आँखों में से पढ़ रहा था। उसकी छाती धड़-धड़ कर रही थी, जैसे बलि के बकरे की छाती धड़कती है। उसने सिर झुकाया। बोला, "तुम जो कहोगे, वही होगा। बैल मर गया है, पाप होगा। प्रायश्चित तो करना ही पड़ेगा।"

"बैल मरने पर प्रायश्चित है?"

"हाँ, होता है!"

"और छटराय जो मर गया है...?"

"उसकी पत्नी को एक अँजुरी रुपया दूँगा।"

माँझी ने निश्चल कठोर दृष्टि से दिकू को देखा। बोला, "जा, गाड़ी जोड़ ले। अपने बैल ले, धान ले, सब कुछ ले और यहाँ से चला जा। तेरा घर हम जला देंगे।"

इसी तरह सन्थालों के हुक्म पर वह दिकू जमींदार चला गया, गाँव छोड़कर। बाकी रह गई पके धान की सुगन्ध। महनि की माँ बहुत दिनों तक पत्थर की मूर्ति की तरह बैठी रही। फिर धीरे-धीरे काम-काज करने लगी। बकरी-गाय सँभालो, साग-सब्जी उगाओ। जो चला गया, उसे लेकर रोते रहने से भी क्या फायदा है?

बूढ़ों ने कहा है, "रास्ते में रोना नहीं, दूसरों को कष्ट होगा।" तभी माँ रोती नहीं। वह सिर्फ 'हैया हो हैया हो' की आवाज सुनती थी—क्योंकि सर्वनाश उसी का हुआ था। दिकू की पत्नी के बारे में भी वह सोचती थी। उसके पेट में भी सन्तान थी। पता नहीं, किस देश में जाकर वह बच्चा पैदा करेगी!

ऐसी ही बातें सोचते-सोचते एक दिन वह चैत की खड़ी धूप में नदी के किनारे नहाने गई। वहीं उसे दर्द शुरू हुआ। फिर प्रसव हुआ। औरतों ने गाँव में खबर भिजवा दी। सभी उसे उठाकर घर ले आए। खूबसूरत लड़की, काले बालों से सिर ढका हुआ था। उसका नाम दादी के नाम पर रखा गया शुकुमनि। पर माँ उसे बुलाती म-ह-नि। वही नाम रह गया। सभी उससे कहते, "महनि, तेरी किस्मत से बँधुआगिरी खत्म करने के लिए ही तेरे बाप ने जान दी।"

महनि कुछ भी नहीं समझती। उसके बाप और माँ का घर अब विजुबन है। बाप जहाँ मरा था, वहाँ जंगल-झाड़ खड़े हैं। महनि और दूसरी लड़कियाँ वहाँ से आम-जामुन बटोरती हैं। बाप के मरने के बाद से ही माँ एक अलग जमीन में साग-सब्जी उगाती है। माँझी ने यही व्यवस्था की है। महनि माँ के साथ हाट में जाती है। वहीं भुमर से उसकी मुलाकात हुई। भुमर के सिर पर लकड़ियों का बोझा था, महनि के सिर पर सरसों का डोल! हाट में कई बार मिलने के बाद एक दिन भुमर बोला, "एक बात है।"

"क्या?"

"कह दें तभी जाना।"

"क्या बात है?"

"त्रिअर बोल: क रेयान ना ई पूतूँग रेयान?"

"इसका मतलब?"

"तू खुद आएगी मेरे घर या जबरदस्ती सिन्दूर डाल दूँ? यही बात है।"

महनि हँसती रही। "खुद आऊँगी तेरे घर? ईपूतूत् रेयान करेगा नहीं तो? अरे जबरदस्ती सिन्दूर डालेगा तो गाँव के सारे लोग तुझे पीटेंगे।"

"पीटें! तू अगर ऐसे न मिले तो मार खाकर मर भी जाऊँ तो भी अच्छा।" हाय रे, सोलह साल की उम्र! हाय रे, भुमर की झलमलाती हँसी!

महनि बोली, "तेरे यहाँ कौन-कौन हैं, मैं नहीं जानती।"

"मेरी माँ है।"

"बाप नहीं?"

"नहीं।"

"मेरी भी माँ ही है।"

"राय बारिच (बिचौलिया) पकड़ ले।"

बिचौलिया आया महनि की माँ के पास। "हमारा लड़का है। बोलो, तुम्हारे घर आने का रास्ता खुला है? हम जानते हैं कि खुला है।"

"हाँ, है।"

फिर गाँव के जगमाभी के घर वे लड़की देखने आए। आने के समय रास्ते पर बाघ के पंजों के निशान थे, लड़कियाँ पानी ला रही थीं, सभी शुभ शकुन थे।

जगमाँझी बोला, "औरतो! बाहर आओ। अनेक गाँवों से कुटुम्बी आए हैं, जरा पानी-वानी पिलाओ।"

पानी लाने का एक नियम है। सब जानते हैं कि जिस लड़की को देखने आए हैं, उसे बीच में रखकर तीन लड़कियाँ पानी लेकर आएँगी। देखो। अच्छी तरह देख लो। ऐसे ही सगुन हुआ और शुभाशुभ विचार हुआ। महनि की माँ का कोई नहीं था, इसीलिए सारा गाँव उसका था। सारा गाँव खड़ा हो गया और उसकी मदद की। माँझी, पारानिक, जगमाँझी, जग पारानिक सभी में जितनी सामर्थ्य थी, उससे ज्यादा किया। क्यों न करते? छटराय की मृत्यु उनके सीने में गड़-सी गई है। ऐसा आदमी था छटराय, जिसके कारण देश से दिकू निष्कासित हो गए। देखो! ध्यान से धान बोओ। यदि विष-कीड़े का एक बीज भी खेत में पक्षियों द्वारा पड़ गया तो तमाम खेत विष-कीड़े से भर जाएगा। जितना उखाड़ोगे, उसी के बीज बिखरकर फैलते चले जाएँगे। विष-कीड़ा देखते ही उखाड़कर फेंक दो।

एक दिकू को अगर रहने का ठौर दे दो तो बाद में वहाँ सिर्फ दिकू ही रहेंगे। सन्थाल गायब हो जाएँगे। भागलपुर के वीर सन्थाल बाबा तिलका माँझी का नाम नहीं जानते तुम? उन्होंने एक हाथ से अंग्रेज, दूसरे हाथ से दिकुओं को उखाड़कर फेंक दिया था। उनका गीत नहीं याद तुम्हें?

महनि और भुमर की शादी हुई। पर हाय! महनि इत्यादि को यह नहीं पता था कि अंग्रेज सरकार कैसे भी करके सन्थाल परगना में बंगाली, भुटिया, बिहारी, मारवाड़ी इत्यादि विभिन्न जातियों के विष-कीड़े बिछा रही है। उन्हें कुछ नहीं पता था। महनि ने भुमर की माँ से तेल-हल्दी और सिन्दूर लिया। बड़े आनन्द से उसने माँझी के सामने स्वीकार किया कि यह आदमी धर्म से मेरा पति है। यह मेहनत करके जब घर आएगा तो उसे पानी दूँगी, खाना दूँगी। ससुर के घर सभी को पानी दूँगी, सेवा करूँगी। यह सब कहते-कहते महनि जैसे फूल कर पलाश की डाली हो गई थी। सुख का भार सहा नहीं जा रहा था। प्रेम-सागर में वह गोते लगा रही थी, उछल रही थी।

बड़ा सुख, बड़ा ही प्रेम। भुमर एक फल तोड़ता तो उसे आधा जरूर देता। पहली सन्तान लड़की हुई। दादी का नाम था सोमनि। महनि ने कहा, "इसे सब सोमनि कहकर बुलाएँगे। मुझे किसी ने 'महनि' छोड़ दूसरे नाम से नहीं बुलाया, इसी से शुकुमनि नाम लोग भूल गए।"

सोमनि के पैदा होने के बाद एक कांड हुआ! छह बरस महनि का घर खाली रहा। पता नहीं, सन्थालों के गाँवों में क्या-कुछ घटता रहता है! बारहेट में रात को रुकना नहीं। वहाँ दिकू रहते हैं। वे छल से तुम्हें बुला लेंगे, दारू पिलाएँगे और तुम्हारी जमीन ले लेंगे। तुम नशे में धुत अँगूठा टीप दोगे—ऐसा बुर्जुग कह गए हैं। बूढ़ों की हड्डियों में अपार ज्ञान होता है। यह बात सन्थाल भूलते जा रहे थे। गाँव की हाटों में क्या इतनी भीड़ होती है? बारहेट अब सन्थाल परगना का मुकुट है। कितनी ही दुकानें हैं यहाँ। हाट के दिन भालू-बन्दर के नाच होते हैं, साँपों का खेल दिखाया जाता है। विदेशी जादूगर तुम्हें भौंचक्का करके छोड़ देता है। इस आम की गुठली से पेड़ बना, डाल-डाल पर पत्ते-आम झूल रहे हैं।

सन्थालों को बहकाने के लिए काँच की चूड़ियाँ, रंगीन कंघे, आईना और

कौड़ियों या पीतल के मनकों की मालाएँ, चमकती छुरियाँ, गले में पहनने के लिए रंगीन धागे में गुँथी पीतल या जस्ते की नकली मोहरें।

इन सभी चीजों के भुलावे में आकर दूसरों के साथ भुमर भी हरेक हाट से फसल बेचने के बाद, अनेकों नकली चीजें खरीदकर घर लौटता था। लेकिन क्या खाली हाथ घर लौटे? जिससे उसने चूड़ी-बालियाँ खरीदी थीं उसने कहा था, "हम सब जमींदार के आदमी हैं। तू और कहाँ-कहाँ भटकेगा? तिरपुरी साहा बाबू की आढ़त है यह। वह हमारे जमींदार हैं। वे अभी उधार दे देंगे। पर बेटा, अगर भला चाहते हो तो भाग जाओ! उधार लेकर क्या साँप का जूठा खाओगे? ऐसा कोई गुणी नहीं है जो यह जहर उतार सके! सो बेटा! कभी उधार मत लेना। फिर तुम हो जंगलिया, सीधे-साधे आदमी। मेरा काम है, मैं तुम्हें लुभाऊँ और तुम हो बेवकूफ। चुपचाप आँखें बन्द करके भाग क्यों नहीं जाते यहाँ से?"

यह सुनकर एक नाटा आदमी आगे आया। बोला, "तुम ऐसा भी कर सकते हो। मालिक की चीजों से दुकान चलाते हो! वे सन्थालों को ही पैसा देने के लिए बैठे हैं। इन्हें जाने क्यों नहीं देता? उसकी बात मत सुनना, सन्थालो! रुपये लेना है तो ले लो। मालिक दया के सागर हैं।"

तिरपुरी बाबू की गद्दी पर आकर भुमर इत्यादि सभी चाँदी की चवन्नियों की सूरत में दो-दो रुपये उधार लेते और सादे कागज पर अँगूठा टीप देते। उन रुपयों को देखकर महनि फूल जाती। भुमर को भात देती, हँड़िया देती। कहती, "मुर्गी खरीद, बकरी खरीद। मैं भी जरा संसार बसा लूँ।"

छह वर्ष के बाद लड़का पैदा हुआ। बूढ़ी दाई को कपड़े-धान और बाला दिये गए। दूसरी सन्तान अगर लड़का हो तो उसके नामकरण पर उसका नाम नाना के नाम पर रखा जाता है। इस लड़के का नाम छटराय रखा गया। समाज का यही नियम था। लेकिन महनि की छाती में धुकधुकी तेज हो गई।

सास बोली, "मुँह क्यों सूखा है रे?"

"माँ! लड़के का नाम सुनकर छाती काँप जाती है।"

"क्यों रे?"

"मेरे बाप का नाम है।"

"तो क्या हुआ?"

"बँधुआ था वह!"

"बँधुआ वे ही होते हैं जो दिकुओं की बात सुन उनके भुलावे में आकर सादे कागज पर अँगूठा टीप देते हैं।"

"माँ, कोई ऐसा देश नहीं जहाँ दिकू न हों?"

"महनि! सन्थाल न हों ऐसे देश तो हैं, पर दिकू न हों ऐसा देश तो शायद नहीं ही है।"

"होता तो हम वहीं चले जाते।"

"ऐसा देश है ही नहीं। अब यह ही देख लो। हम जानते हैं कि हम अपनी मर्जी से जिन्दा हैं, पर खजाने के बन्दोबस्त में हम नलपुर के जमींदार की प्रजा हैं।"

"बड़ी चिन्ता होती है।"

महनि की सास सीधी औरत है। माँझी ने उसे बुलाया और उससे कहा, "भुमर की माँ! तेरे नाती हुआ, खूब भात-हँड़िया खिलाया गाँव-भर को। पर भुमर हाट में जाकर तिरपुरी साहा बाबू के पास सादे कागज पर ठप्पा लगाकर रुपये ले आया है। ऐसा कुकर्म चार और लोगों ने किया है। तू नहीं जानती है क्या?"

महनि इस बात को सुनकर सूखे पत्ते की तरह काँपकर रोने लगी।

"क्या हुआ, महनि?"

"बारहेट के तिरपुरी साहा का नाम मैंने माँ के मुँह से कई बार सुना है। उसी ने तो मेरे बाप से दस्तखत करवाए थे और उसे बँधुआ बना लिया था। तभी तो वह गाँव छोड़कर बारहेट आ गया था।"

माँझी बोला, "बच्चे की माँ हो, रोओ मत। मैं जाऊँगा। देखूँ, क्या हो सकता हैं?"

माँझी ने भुमर और दूसरे लोगों को बड़ा डाँटा-फटकारा। "तू क्या पैरों में बेड़ियाँ पहनेगा? धान होने पर चलूँगा बारहेट! हिसाब देखकर उधार साफ कर दूँगा। बेटा! तुम्हें कितना कहा है कि घर की बहू के हाथ में लोहे-लकड़ी के कंगन ही अच्छे। कान में फूल, गले में फूलों की माला लगा दो। पेड़ों पर फूलों का अकाल है क्या? तब क्यों दिकुओं के भुलावे में आकर चूड़ी-बाला-माला के फन्दे में पड़ते हो? इस बार बच गए तो फिर कभी यह चीजें खरीदने

नहीं दूँगा। हाट जाओ। माल बेचो। चले आओ। टुडू लोहे की चीजें बनाता है। नमक लाओ। दिकू लोग तो तैयार माल बेचते हैं। समझ में नहीं आता, ऐसा क्यों करते हैं? तुम खुद गमछा-कपड़े नहीं बुन सकते क्या? वे हमें आलसी बना देना चाहते हैं। रुपये क्यों लाते हो? पहले लोग समाज को बाँधने के लिए लेन-देन नहीं करते थे। वह तरीका क्यों छोड़ते हो?"

भुमर माँझी के पैरों पर गिर गया। कहने लगा, "बाबा! इतनी बातें हमने नहीं सोची थीं। चक-चक चाँद जैसे चाँदी के रुपये देखकर हम अपना आपा भूल गए थे। सादे कागज पर अँगूठा टीप दिया और अब पैरों में बेड़ी पड़ गई है। हमें इससे निकाल लो।"

लेकिन वे जाल में से निकल नहीं पाए। तिरपुरी साहा भुमर से बोला, "हाँ, हाँ! तेरा ससुर मेरे यहाँ काम करता था। अपनी औकात नहीं समझी और गाड़ी उठाने लगा था, मर गया! अपने उस बैल की मृत्यु का शोक मैं अभी भी नहीं भुला पाया हूँ। उनकी जंगली जाति का जंगली निर्णय! हमें भगा दिया। मेरी पत्नी को गर्भ था। यही वह लड़का है, मदन साहा। तो बेटा लोगो, तुम पर रुपये तो बहुत हो गए हैं—असल और सूद मिलाकर। अभी कर्ज कुल सोलह रुपये हैं। जो करना चाहो, कर दो।"

"धान लाए हैं, बहुत सारे रुपयों का धान!"

"बहुत रुपये...कितने?"

"हाट में वजन किया था। तीन गाड़ी धान है। एक गाड़ी पर कम-से-कम साठ मन होंगे।"

"हाट का वजन मैं नहीं मानता। मेरा आदमी तौलेगा।"

तिरपुरी के आदमी ने वजन किया। तीनों गाड़ी मिलाकर सात मन हुए। माँझी ने तिरपुरी की तरफ देखा। बोला, "धान उठा लो, लड़को!"

"क्यों? धान लौटा ले जाओगे क्या?"

"तब क्या छोड़ जाएँ? तुम्हारे यहाँ बीस गाड़ी धान लाने पर भी तुम्हारा आदमी बोलेगा दस मन। कर्जा ज्यों-का-त्यों रहेगा। भूखे मरेंगे क्या? तू जो कर सकता है कर ले!"

तिरपुरी बोला, "कर्ज बढ़ जाएगा तो जमीन चली जाएगी।"

"जाएगी क्यों कहता है? मैं समझता हूँ कि गई।"

भुमर लौटते समय बोला, "नलपुर जाऊँगा। हम तो उनकी प्रजा हैं। यह साहा दिकू जमीन ले सकेगा?"

माँझी भयानक क्रोध से गरज उठा, "सब कर सकता है। नलपुर के गुमाश्ता और साहा में कितना मेल-जोल है, जानता है?"

किसी की समझ में नहीं आया, किस तरह तिरपुरी साहा ने नलपुर कचहरी के गुमाश्ते की सहायता से भुमर इत्यादि की जमीन हड़पी। उन्हें सिर्फ यह पता चला कि उनका नया मालिक है तिरपुरी बाबू। वह खजाना भरता है। बाबू ने भुमर की जमीन छीन ली। भुमर के सामने बँधुआगिरी की बेड़ियाँ नाचने लगीं। बँधुआगिरी से सन्थाल बड़े भयभीत थे। इसके भय से वे घर-बार-विहीन हो जाते हैं। डर के मारे भुमर दूसरा ही व्यक्ति हो गया। वह सिर्फ यही रट लगाए था, "यह देस छोड़ो, दूसरे भी देस हैं।"

डरे हुए सन्थाल को देखकर दिकू समझ जाते हैं कि यह अब बाघ का शिकार है, "दूर देस क्यों जाते हो? बारहेट से गाड़ी लौटी है। वहाँ काम करना। अच्छे घर में रहना, खूब खाना, रुपये लेना। रुपये मिलने पर जमीन छुड़ा लेना। एक बार खुद वहाँ जाकर देख लो, कितना सुख है!"

भयानक रूप से डरा हुआ भुमर किस तरह वहाँ पहुँच गया, किसी को पता नहीं चला। महनि से भी कुछ नहीं कहकर गया। कुदाल, खुरपी और खेती का दूसरा सामान देख उसकी आँखें लाल हो जाती थीं। जमीन गई तो इन्हें भी क्यों ले नहीं जाता वह? माँ, महनि समझाती, "कहीं और जाकर जमीन ले लेंगे।" पर भुमर नहीं समझता। एक दिन वह माँ, और महनि के लिए कपड़े, तमाखू और बच्चों के लिए सत्तू के लड्डू लाया। ठेकेदार ने पैसे दिये थे। दूसरे दिन वह हाट गया। उसका जाना आखिरी जाना हुआ। वह फिर नहीं लौटा। माँझी ने बहुत तलाश की। लेकिन अगर किसी सन्थाल के पैरों के निशान दिखाई दें और वे घिसटते हुए हों तो यही पता चलता है कि वह आदमी जाना नहीं चाहता था, पर बड़े दुख से गया है। ठेकेदारों के बुलाने पर जब सन्थाल चला जाता है तो उसके अन्तर में गूँजता रहता है। औरत-मर्दों के दुखवाला रंग-नाच का गीत—

हाय रे! काँस-फूल फूटे थे,
लड़की हुई थी,
हाय रे! पलाश-फूल फूटे थे
लड़का हुआ था।

उस सन्थाल के दुख से वन में पंछी रोते हैं, बाघ सिर झुकाकर रास्ता छोड़ देता है, साँप फन झुका लेता है। सबेरे दीख पड़ते हैं, पैरों के निशान अगल-बगल—दूध जैसे शिउली फूल दुख से मिट्टी में मिल गए।

महनि और भुमर की माँ गूँगी हो गईं। 'हाय भुमर! हाय भुमर!' रटकर बूढ़ी दुख से गली जा रही थी। इसी तरह मर गई एक दिन वह। महनि से माँझी ने कहा, "चल बेटी, भगनाडिही ले जाता हूँ। गाँव-माँझी चुनार मुर्मू बड़ा भला आदमी है। उसके चार बेटे हैं—सिदू, कानू, चाँद और भैरव। भुमर को गए छह वर्ष हो गए। लड़की बड़ी हो गई है। लड़की की शादी हो जाए तो एक आसरा हो जाएगा।"

"वह अगर लौट आया तो?"

"उसे भी वहीं भेज देंगे। हाय रे बेटी! भुमर की याद में चकवे की तरह सूख-सूखकर तुम्हारी क्या दशा हो गई है! और बेटी, तिरपुरी का बेटा मोहन इस घर को भी दखल करेगा। इसलिए भगनाडिही ही ठीक रहेगा।"

चुनार मुर्मू ने सारी बातें सुनीं। सिदू और कानू से बोला, "महनि मेरी बहन हुई। सोमनि तुम्हारी बहन। छुटराय हुआ भाई। घर बना दो। लड़की की शादी करो। महनि! शरीर में शक्ति है, घर में टाँगी है, वन में जंगल हैं। लकड़ी ले आ, हाट में बेच। कन्द-मूल यहाँ अपार हैं। धान यहाँ बहुत हैं, उसे कूटो-छाँटो। छटराय जरा बड़ा हो ले, तब जमीन ले देंगे। महनि! सन्थाल-समाज में कोई अनाथ नहीं होता।"

सिदू-कानू ने फटाफट उसका घर बना दिया। उनकी माँ ने घर लीप दिया। नई हँड़िया और कलसा ले आई। कुछ ही समय में महनि भगनाडिही गाँव की एक सदस्य हो गई। सबेरे धूप में अमड़ा पेड़ के पत्ते, सर्दियों की शाम को लकड़ी की आँच, हेमन्त में नये चावल की गन्ध—सब उसे भुमर

की याद दिलाते थे। महनि कैसे लोगों को भुमर के बारे में बताती? कहाँ, किस देस को गया? शायद नया संसार बसा लिया हो या बहुत दूर चला गया हो। रास्ता भूल गया हो और लौट नहीं पाया हो। महनि क्या जाने? "दीदी! धान फटक दूँ, चरखे पर कपास कात दूँ, रूई धुन दूँ, धागे लपेटकर रख दूँ? हाँ दीदी, सब काम जानती हूँ। अगर मैं नहीं जानूँ तो सोमनि कैसे सीखेगी? मेरी सास कह गई है—महनि! बेटी! हाथ न रुके कभी। तुम्हारे लड़के कपड़े बुनते हैं न?"

माँझी के चार बेटे हैं। पर सिदू-कानू जैसे नहीं। आदेश है कि भगनाडिही से कोई कुँवारी लड़की बारहेट के हाट में न जाए। दिकू लोग आँखें फाड़कर देखते हैं। भादों खींचतान का महीना है। भादों में दिकू महाजन हाट में आ जाता है। बोलता है, "धान ले आओ, रुपये ले जाओ, सोचते क्या हो? मैं नहीं हूँ क्या? तुम क्या अकेले हो! लाओ रे, लाओ रे।"

बस जीवन में दिकू घुस गया तो फिर जीवन जल जाएगा।

"हाँ, तुम पूछोगे कि तब क्या करें? बगैर खाए मर जाएँ क्या? हम यह नहीं कहते। चुनार मुर्मू के बेटे हैं हम। बाबा गाँव का माँझी है, इसलिए नियम के अनुसार आधी जमीन उसकी होती है। पर हमने तो बाकी जमीन दूसरों की तरह ही हासिल की है। भादों से कार्तिक के बीच धान की कोठारी हम भरेंगे। पारानिक, जगमाँझी और जग-पारानिक को भी देंगे। कोई भी धान-दलिया देकर जो दाम दे सके, चुका दे। जो न चुका सके तो वह भी चलेगा। जो न दे सके, मत दे! अगर चाहे तो कुछ दिन हमारे साथ काम में हाथ बँटा दे, हमारी सहायता करे। दिकुओं के हाथ बँधुआ मत बनना कभी। दिकू एक मन धान देकर दस मन वसूल लेगा। कहेगा—बेटा राम! सूद के नियम से ले रहा हूँ। तुम जंगली हो, क्या समझोगे?"

चुनार माँझी के चारों लड़के सभी को इसी तरह भरोसा दिलाते रहते हैं, जैसे बाँध से पानी रोक रहे हो। बारहेट से ज्यादा दूर नहीं है भगनागिरी। वहाँ क्या दिकुओं के हाथ रुक सकते थे? पानी भीतर घुस आया और धड़ाधड़ उन्होंने सन्थालों की जमीन, धान, चावल, सरसों—सब हड़पना शुरू कर दिया। भादों की भूख और कार्तिक का कष्ट दूर होते-होते कई लोग उनके बँधुआ

हो गए। ऐसा बहाव कि पानी महनि के घर में भी घुस गया। ऐसी दुख-भरी कहानी कहते वक्त पत्थरों के सीने फट जाते हैं, नदी का पानी सूख जाता है, पेड़ के पत्ते झर जाते हैं और पके धान में कीड़े लग जाते हैं। जग-माँझी और सिदू-कानू वगैरह चार भाइयों की चेष्टा से सोमनि की शादी हुई। लड़का अच्छा है। जमीन-जायदाद, हल-बैल भी हैं। सास बड़ी सीधी है। तब क्या अनाथ लड़की के भाग्य में सारे सुख होते हैं? महनि ने तो माँ से भली सास पाई थी। उसे कौन सा सुख मिला? "रो मत, बेटी! कोयल-सा काला, भैंसे-सा जवान वर मिला है। किस्मत में रहा तो चिटा-पोआती धान होगा। तू मेरी समझदार बेटी है। माँ को छोड़ते हुए रो-रोकर मरती क्यों है? हँस-हँसकर जा। तुम्हारा घर-कुटुम्ब बस गया, मुझे भी शक्ति मिली।"

तीन रुपये आए महनि के पास कन्यादान के। वर-पक्ष को कुछ भी नहीं दिया गया। गाँव में बकरी खरीदी गई। छटराय बड़ा दुष्ट था। लेकिन दीदी की शादी होते ही शान्त हो गया। समझदार हो गया। माँ बकरी पालती है और वह उसके बच्चों को बड़ा करके बेचता है।

वह गाँव के लड़कों के साथ गाय चराता है। तीर-धनुष, गुलेल-गोली उसके साथी हैं। नाच-गान में वह सबसे आगे रहता है। सोलह बरस का होते-होते वह एकदम शाल-पेड़ जैसा हो गया है। हाट में भी जाता है। छटराय के ऊपर साहा की नजर पड़ी मदन साहा की। और! जिन दिनों सिदू-कानू गाँव में नहीं थे, जब भादों की भयानक बारिशों में फसल बरबाद हो गई, जब भूख का हाहाकार मचा था—तभी भूख की तड़प से बैचेन होकर महनि के बेटे ने और सन्थालों के साथ मिलकर मदन से उधार पर धान लिया।

छटराय सिर्फ एक बात कहता है, "कन्द-मूल ढूँढ़-ढूँढ़कर क्यों मरें? कौन कहता है, धान नहीं है? जाकर देखो, मदन साहा के गोले में कितना धान है! धान नहीं है, कौन कहता है?"

"वह महाजन का धान है।"

"धान तो है!"

"वह धान घर में लाए तो वह बँधुआ बना लेगा।"

"अरे! बँधुआ बनाना इतना आसान है?"

"तू मदन को नहीं जानता, छटराय? जब वह माँ के पेट में था तो मैं भी माँ के पेट में था। उसके बाप ने मेरे बाप को बँधुआ बनाकर रखा था। बँधुआगिरी से छूटने के लिए मेरे बाप ने असम्भव करने की ठानी और अपनी जान गँवा बैठा। फिर मदन के बाप को गाँव से भगा दिया गया।"

"तो क्या। वह तो पैदा हो गया न!"

"हो गया? यह खेल क्या कभी खत्म होता है? मदन का बाप और मदन—दोनों इस बात को नहीं भूले हैं। उसी ने तुम्हारे बाप से देस छुड़वाया था। उसने गाँव छोड़ा और इसी कारण वह छटराय का वंश उखाड़ने पर तुला है। सौ लड़के धान ले लें और बँधुआ-बेगारी करें—वह यही चाहता है।"

"माँ, उसके घर में इतना धान है। इतने धान रहते हम भूखे मरें!"

"माँझी ने धान दिया तो है।"

"जितना था, उतना दे दिया।"

"न रहता तो कैसे देता?"

"मैं भात खाऊँगा। इतनी बातें मैं नहीं जानता।"

"सिदू-कानू आ जाए जरा। वे कोई रास्ता निकालेंगे।"

भूख की ज्वाला बड़ी भयानक होती है। अच्छा-भला आदमी पागल हो जाता है। शान्त लड़का हेठी हो जाता है। छटराय तभी मदन साहा के पास पहुँचा।

कहने लगा, "धान दे बाबू! फसल होने पर चुका दूँगा।"

मदन के हाथों में चाँद आ गया। बारहेट में, 1850 में गद्दी जमाकर बैठने का फल उसे मिल गया। छटराय के बाप को उसने देस से बाहर किया और अब उसको भी बँधुआ बना लिया। छटराय के कारण उसके बाप को गाँव से निकाला गया था। इस अपमान को मन में लिये हुए तिरपुरी स्वर्ग सिधार गया था। इसे अगर वह बँधुआ बना ले तो वह छटराय के पैर में बेड़ियाँ डाल देगा।

"धान नहीं देगा, बाबू?"

"सूद क्या देगा? चुकाएगा कैसे?"

"तुम बोलो।"

"किस पर धान दूँ?"

"तुम कहो।"

"जमीन है? तू महनि का बेटा है न! जमीन कहाँ से आई तेरे पास? अरे! यह तो तेरे चेहरे पर लिखा है!"

"बाबू! सिदू मुर्मू इस बार हमें जमीन देगा। अभी तक मैं जवान नहीं हुआ था, लेकिन वह अब देगा।"

"वह जमीन हवा में है।"

"तो नहीं देगा?"

"खटकर चुकाएगा?"

"हाँ।"

मदन चुपचाप शान्त भाव से उसकी तरफ देखता रहा। सन्थालों का एक गाँव था। सभी के पास जमीन थी। जमीन पर धान होता था। छटराय मर गया, तिरपुरी को भगा दिया गया। सारी जमीन, सारा धान, सब कामिया-कमेरे, बँधुआ-बेगार छोड़कर आना पड़ा। यह क्या कम अफसोस की बात है? इसे बँधुआ बनाकर कुछ तो शान्ति मिलेगी। उस गाँव का मदन को पता नहीं। उस समय वह माँ के पेट में था। लेकिन वह आग, वह ग्लानि तिरपुरी उसके खून में बो गया है।

"सिदू मुर्मू जमीन देगा!" भगनाडिही के माँझी के बेटे सिदू और कानू विषखोपड़े हैं। सन्थालों के ऊपर दिकुओं ने क्या-क्या अत्याचार किया, यह देखने भागे आते हैं वे। इसी बारहेट की हाट में उन्होंने सन्थालों को बचाने की चेष्टा भी की है। बातों-बातों में वे कहते हैं, "देख दिकू! धान जब देता है तो एक डोल देकर कहता है कि एक मन हुआ, पर वापसी के समय दस डोल देने पर भी तेरा एक मन ही नहीं होता। यह कैसा हिसाब है?"

"वह सन्थाल ऐसा कहता है! उसकी बातें मत करो, सिदू!"

उसे कितनी ही गालियाँ देता है वह। कहता है, "वन में तीर से बाघ मार सकते हो। दिकू को नहीं मार सकते? तुम्हें बचाने की सामर्थ्य किसी में नहीं है।" बड़ा विषखोपड़ा है वह। मदन से कहता है, "तू बेईमान, साहेब बेईमान। तेरे जमींदार, पुलिस—सब बेईमान हैं।"

मदन कहता है, "धान लेगा?"

"लूँगा।"

"तो अँगूठा टीप। जितने दिन तू नहीं लौटाएगा, तू मेरी जमीन पर खटेगा।"

छटराय ने अँगूठा टीप दिया। "दो डोल धान दे, बाबू! दाम चार रुपये हुए। मैं चार महीने में चुका दूँगा।"

हाटवालों की गाड़ी पर बैठकर वह वापस लौटा। उस बारिश-भरी शाम को महनि का कलेजा चीर देनेवाला आर्तनाद सुनाई दिया। भागे आए सिदू और कानू। आज ही लौटे हैं वे। वे बहुत दूर गए थे। कितने ही गाँव घूमकर आए हैं। दिकुओं के जुल्म से टूटे कितने ही सन्थालों का रोना उनके सीने में जमा है। उन्हीं की बातें वे माँ-बाप को बता रहे थे। आत्मीय स्वजनों की बातें। रोना सुनते ही भागे आए। "क्यों क्या हुआ? कोई मर गया क्या? घर में तो बस महनि और छटराय हैं। किसे क्या हुआ?"

बारिश से भीगी जगह में लोगों की भीड़ जमा हो गई। कितने आदमी जमा हो गए हैं रे! "देख महनि! इतने दुख में भी तुम्हारे साथ तुम्हारा समाज है। सन्थाल-समाज किसी को भी बाहर नहीं फेंकता। सब सन्थाल एक-दूसरे की देखभाल करते हैं। साथ-साथ रहते हैं उसी हिहिड़िपिड़ि के द्वीप देश की तरह। बुजुर्ग कह गए हैं कि जब तक सन्थाल एक-दूसरे का खयाल रखते रहेंगे, तब तक ठीक रहेगा। जिस दिन सन्थाल दिकू जैसे हो जाएँगे, अर्थात धनी धनी को देखेंगे और गरीब गरीब को, जिस दिन एक घर में तीन चूल्हे जलेंगे और जिस दिन एक थाली भात में लोग हिस्सा करके खाएँगे तो समझ लेना कि सन्थालों के दुर्दिन आ गए हैं।" 1850 में महनि रो रही है, इस बारिश-भरी शाम में। तभी सन्थाल आए थे। सिदू-कानू बोले, "अँधेरे में साँप ने काट लिया है क्या? चलो देखें।"

नहीं रे! साँप ने नहीं काटा, लेकिन किसी ने काटा जरूर है। जहर से अंग नहीं जल रहे, पर सब कुछ जल रहा है। ऐसे जहर को उतारना किसके वश का है। भगनाडिहि के लोगों ने देखा कि महनि के दरवाजे पर दो डोल धान रखा है। आँगन में धूल में महनि लोट रही है। सबको आते देखकर वह और जोर से रोने लगी।

"हाय रे! सिदू-कानू! तुम सब कुछ घंटे पहले क्यों नहीं आ गए? छटराय ने मेरी बात नहीं मानी। पेट की ज्वाला नहीं सह सका। बारहेट जाकर मदन साहा

के यहाँ सफेद कागज पर अँगूठा टीप कर धान ले आया है! बँधुआ बनना स्वीकार किया है इसने।"

सब हतप्रभ रह गए। सबकी आँखें अँधेरे को चीरकर छटराय को ढूँढ़ने लगीं। वह वहीं एक सहिजन के पेड़ से लगा खड़ा था, जैसे पेड़ में घुस जाना चाहता हो। इस अँधेरे में भी उसका बदन और चेहरा स्पष्ट चमक रहे थे।

"छटराय, यहाँ आ!"

महनि ने रोना बन्द कर दिया। भगनाडिहि के चुनार मुर्मू का लड़का सिदू मुर्मू जब इतने तीखे क्रुद्ध स्वर में बोलता है तो मामला बहुत संगीन समझा जाना चाहिए। छटराय आगे आया। दोनों हाथों को लटकाए चुपचाप खड़ा रहा। अगर मारना चाहते हो तो मारो। उसकी मुद्रा कुछ ऐसी ही थी।

सिदू ने पूछा, "तूने ऐसा काम क्यों किया? कातिक से भादों तक इस तरह का कष्ट तो चलता रहता है। बारिश में दुख तो होता है। फसल चढ़ने के बाद बारिश होने पर कष्ट ज्यादा होता है। हम तो सन्थाल हैं! गाँव-गाँव देखकर आए हैं। सब जगह फसलें जल गई हैं। लोग बारिश में मर रहे हैं। जंगल में कन्द-मूल और पत्तों के लिए भी हाहाकार मचा है। लेकिन तू बँधुआ बनने के लिए कागज पर टीप देने क्यों गया था?"

"भूख की ज्वाला नहीं सह सका।"

"भूख क्या तेरी अकेली है? माँझी, पारानिक, जग-माँझी जिसके पास जो था, उसने वह लुटा दिया। वे भी अब जंगलों में घूम रहे हैं।"

"भूख नहीं सह सका।"

सिदू सिर हिलाता रहा। "हाय रे लौंडे, तुझे क्या समझाऊँ! तुम्हारे लिए मदन साहा का हिसाब अलग होता है। अकसर वह गाय, बकरी और जमीन लेकर छोड़ देता है, पर तुझे वह सीकड़ से बाँधेगा। तेरा नाम छटराय है, तेरे नाना का नाम भी यही था। तेरे नाना के कारण मदन के बाप को घर छोड़ना पड़ा था। इसका गुस्सा तिरपुरी को था, मदन को भी है। छटराय का तो कुछ कर नहीं पाया, तुझसे करेगा सारे हिसाब! हाय रे लड़के, यह तूने क्या किया?"

कानू ने महनि को सान्त्वना देते हुए कहा, "दीदी! जो हुआ सो हुआ। धान उठाओ। लड़के को खाने के लिए दो। मैं भाग्य को नहीं मानता था, लेकिन

तुम्हें देखकर मानना पड़ता है। गाँव में कुछ दिनों के लिए नहीं रहा, तभी यह विपत्ति आ गई। उठ दीदी!"

महनि उठी। उसने अपने बाल बाँधे। गहरी साँस ली और फिर सख्त हो गई। खुद को समझाया और बोली, "उठती हूँ।"

दूसरे दिन से कोई शिकार का मांस, कोई कन्द-मूल—जो जिसके पास होता—दे जाता था। छटराय को कितने दिन बँधुआ रखेगा मदन साहा? वह आएगा और ले जाएगा पकड़कर किसी दिन। इस बार भादों में हमारी अवस्था बड़ी खराब है! मदन के पास तो खेत और जमीनें हैं। वह तो धान बोएगा, कुर्थी बोएगा। कुआर में सरसों बोएगा। साँप की तरह वह चूहों के बिलों को दखल कर लेगा। खुद तो बिल खोद नहीं सकता वह! इसी कुशलता से मक्ष सन्थालों की जमीन दखल कर लेता है। खुद जमीन तैयार नहीं करता। "महनि! मछली ले लो! बच्चों ने पकड़ी है। माँ-बेटा खा लेना।"

छटराय डर के मारे काँपता रहता है। माँ की छाया बनकर घूमता रहता है। महनि ने एक बार कहा, "बाप भाग गया था, तू भी चला जा।" फिर बोली, "नहीं नहीं! कभी मत जाना! सिदू-कानू हैं। कोई जुगत लगाकर तुझे वापस ले आएँगे। हाय! यदि छटराय नाम न रखती तो ठीक रहता! लेकिन हमारे समाज का यही नियम है। मैं क्या करूँ? मदन साहा अब छोड़ेगा नहीं।"

छटराय काँपता फिरता है। मदन का गाँव लालडिहि है और यह है भगनाडिही। बीच में बहती है गोमानी नदी। भादों में गोयानी गरजती हुई बहती है। मदन साहा आएगा जरूर। गोयानी पार न कर सका तो नहीं आएगा। पानी में भीगती हुई वह आई।

"ओ माँझी! मदन साहा को पहचाना है? वह अगर नदी पार करके आने की कोशिश करे तो मत आने देना। वह मेरे छटराय को बँधुआ बनाकर लालडिही ले जाएगा।" फिर भीगती हुई वापस चली गई। कितने पत्ते हैं महनि की छाती पर, सिर पर! भादों का जल टपटप गिरता जाता है।

धीरे-धीरे भादों का जल पत्तों पर से सूखने लगा। आश्विन में दिकुओं के घर बाजा बजने लगा। मूर्ति बैठी, पूजा हुई। मदनराय छटराय को ले गया। गोयानी के किनारे उसने छटराय को तीर की तरह पकड़ा और अपने साथ

खींचते हुए ले गया। महनि पर जैसे आकाश टूट पड़ा। "छटराय!" इस आर्तनाद से पहाड़ों के कलेजे दहल गए।

सिदू बोला, "आदमियों से बेगार कराए, बँधुआ बनाए, ऐसा कोई कानून नहीं है।"

कानू बोला, "केवल कहने ही से क्या होगा?"

चाँद बोला, "अकेला छटराय ही है क्या? तमाम सन्थाल-समाज को दिकुओं ने बन्धक बना रखा है। यह नहीं दीखता?"

भैरव ने कहा, "कानून क्या है—वकील और मुहर्रिर जानते हैं, पर हमें नहीं बताते।"

सिदू बोला, "नहीं जानने देना चाहते, इसीलिए तो हमें पढ़ने भी नहीं देते।"

कानू ने कहा, "दादा, इतने लोग बँधुआ हैं। दिकू इनकी जमीन छीन लेते हैं। यह जमींदार लोग बूढ़े वर की जवान बहू की तरह छटपटाते हैं। ऐसा कब तक चल सकता है?"

इस बात के जवाब में सिदू उठा और हिंस्र भाव से खेत से एक विष-खोपड़ा उखाड़ लाया। "धान के पेड़ मारेगा, मिट्टी में जहर डालेगा साला बिष उकड़ा। तुम्हें उखाड़ दूँगा! निर्मूल कर दूँगा, तभी मेरा नाम सिदू मुर्मू!"

कानू ने भाइयों से कहा, "बस भाग चलो। दादा बिगड़ रहा है।" सिदू कूदता रहा और बोलता रहा, "आज सिदू-कानू तुम्हें उखाड़ रहे हैं, कल जमींदार साहेबों को उखाड़ेंगे, सबको उखाड़ेंगे।"

सिदू बोला, "हाँ! वचन दिया है! याद रहे! याद रहे!! एक अकेला छटराय नहीं है, हजार छटराय हैं। अकेली महनि नहीं रोती, हजार महनियाँ रोती हैं। वही देखने गया था, देख आया। याद रहे।"

इसके जवाब में कानू गरजकर कूदा और उसने धारवाला नेजा चलाया। एक साँप के दो टुकड़े हो गए। कहने लगा, "चाँद, आँखें घर भूल आया है क्या? इस बार साँपों का उपद्रव बढ़ रहा है।"

सिदू-कानू मन में क्रोध का पहाड़ जुटाते रहे। महनि चुप रही। वह लकड़ी बटोरती है, लकड़ी बेच आती है। गोयानि के पार है लालडिह। "लकड़ी लो!

पैसा नहीं चाहिए। सिक्के पर लकड़ी नहीं बेचूँगी। नमक दे दो।" "अरे, मदन साहा के खेत कहाँ हैं?" "यह सब क्या, इतना बड़ा खेत!"

ढूँढ़ते-ढूँढ़ते वह पहुँची लड़के के पास। चैत का महीना है। इनके यहाँ कोई पर्व-त्योहार नहीं होते। यह सन्थाल कमेरे हैं। नितान्त दुखी। छटराय इस जवानी में कैसा पागल-सा दीखने लगा है। लम्बे-लम्बे बाल हैं। वह चैत में कुदाल के बेटे बनाता है, गाड़ी का धुरा बनाता है। पैरों में बेड़ियाँ हैं। बेड़ी एक खूँटे से बँधी है। लड़का माँ के पास भाग गया था, इसीलिए साँकल डालनी पड़ी। महनि बेटे के पास बैठ गई। उसे उसने गुड़-पीठा खिलाया। पानी दिया। माँ चुप, बेटा चुप! महनि ने बेटे के पीठ पर हाथ फेरा। छटराय काम करते-करते बोला, "तू जा, माँ!" महनि ने ठंडी साँस भरी। छटराय बोला, "दीदी अच्छी है?"

"हाँ।"

"उसका पति?"

"अच्छा है।"

"तू चली जा, माँ! हाथ में छुरी रखना।"

"रखी है।"

"अगली बार थोड़ा तेल लाना। पूरा बदन सूख गया है।"

"ला दूँगी।"

वह उठ आई। घर की तरफ चलती रही। छत्तीस बरस की उम्र होने पर भी उसका बदन तगड़ा है। शरीर ताजा है। एक दिन मदन उसके सामने खड़ा हो गया था और अधखुली आँखों से उसकी तरफ देखता था। मदन को किसी बात से मतलब नहीं। छटराय बेगार है। महनि उसकी माँ है। इससे भी कोई मतलब नहीं उसे। बँधुआ आदमी नहीं होता। महनि बस एक औरत है और पति विदेस में है और उसका शरीर मजबूत है। छटराय की आँखें धीरे-धीरे तीखी होने लगीं। महनि उसे देखती रही। फिर उसने छप-छप कटारी चलाई और शिमूल के तने के छितेर-बिखेर दिये। फिर वह चुपचाप वहाँ से चली गई।

मदन सिहर उठा। वह जल्दी-जल्दी वहाँ से चला गया।

गाँव में सिदू-कानू धीरे-धीरे व्यस्त होते जा रहे थे। 1850 से उनकी व्यस्तता शुरू हुई थी। इसी बीच बारहेट में हाट के दिन महनि किसी का रोना सुनकर चौंकी। अरे! भरत किसकू! उसके पुराने गाँव का आदमी रो रहा है।

"क्यों रोते हो, भरत?"

"कौन...महनि? अरे रोऊँ नहीं तो हँसूँ? मदन ने मेरी एक गाड़ी धान और सरसों ले लिया है और कहता है कि एक मन भी नहीं हुआ। मैं क्या करूँ, कहाँ जाऊँ, क्या पकाऊँ?"

महनि पलटी। हन-हनाती भागी। चाँद मुर्मू हाट में है। उसे ढूँढ़ निकाला।

"चाँद! मदन साहा भरत किसकू को बँधुआ बनानेवाला है। तुरन्त चलो।" मदन को नहीं जानते क्या। सन्थाल तुलवाए बीस सेर तो वह कहेगा, दस-पन्द्रह सेर। चाँद, इससे कह कि बाबू एक बार बीस भी बोल दे। सन्थालों का यह रोना, तुमने सुना नहीं कभी?"

महनि की आवाज पर चाँद भागता आया। उसके साथ थे, सौ लड़के। एक युवक को चाँद ने आगे किया। "मदन साहा बाबू! इसे जरा समझा तो दे। क्या...यह कौन है? यह आदमी भरत किसकू का अपना आदमी है। इसे जरा हिसाब समझा दे। यह हिसाब-किताब करना जानता है। इसे समझाओ। बाबू, भरत ने कितने मन लिये थे? बी—स सेर। चार बीसा, दो मन। यहाँ कितना है? तुम्हारे हिसाब से पन्द्रह सेर। ठीक है! तो भरत का हिसाब ही ठीक है। मुझे पन्द्रह सेर तू धान कर्ज दे दे। मुझे तू पहचानता है? भगनाडिहि गाँव के माँझी चुनार मुर्मू का बेटा हूँ। अब सुन। महाजन अगर है तू, सद्जन भी बन। तो पन्द्रह सेर कर्जा लेगा और पन्द्रह सेर ही भरत को देगा। ठीक है, तराजू नहीं है तो वैसे ही माप लें। धान उठा लूँ क्या?"

मदन घबरा गया। चाँद को मजा आ रहा था। वह गाड़ी पर चढ़कर खड़ा हो गया। बोला, "सन्थाल लोगो, सुनो! हमारे पेट भूख से ऐंठते हैं तो बाबू का मन दया से भर जाता है। बाबू की धान की गाड़ी भरने पर किसकू के दो मन हुए थे। यह धान भरत के दो आदमी मिलकर उठाकर ले गए थे। आज जब भरत ने एक गाड़ी धान लौटाया तो वह पन्द्रह सेर हो गया है। ठीक है! हमें पन्द्रह

सेर धान चाहिए और एक गाड़ी ही लेंगे। यह लड़का दिकू-हिसाब, दिकू-वजन समझता है। यह देख लेगा। क्या हाल है, मदन बाबू! सौ सन्थाल तुम्हारे पास से पन्द्रह सेर धान कर्ज लेंगे। गोला खोल दो। गाड़ी में भरकर माप लेंगे।"

मदन कभी चाँद की तरफ देखता, कभी महनि की तरफ। महनि उसे घूर रही थी। मदन बोला, "चाँद, मुझे तुमसे कोई दुश्मनी नहीं है।"

"भरत के साथ है?"

"मजाक भी नहीं समझता भरत।"

"मैं भी नहीं समझता।"

"दो मन धान, दो मन सूद।"

"वजन करो, यह देखेगा।"

पढ़ा-लिखा लड़का आगे आया। धान को तोलने लगा। भरत की गाड़ी में धान चढ़ाया गया। भरत चारों तरफ देखने लगा। फिर भागा। उसने महनि के पैर पकड़ लिये।

"महनि। तू भगवान है, तू देवता है। तूने मेरे घर में धान लौटाया। बारहेट से आज तक किसी का धान नहीं लौट पाया।"

चाँद बोला, "नहीं! लौटाया नहीं। सब दिकू ले गए। तभी हम सौ रुपये में पन्द्रह सेर चावल खरीदते हैं।"

चाँद सन्थालों को लेकर हाट से बाहर आया। चलते-चलते बोला, "जब धान हो तो यहाँ मत लाना। धान देने पर भी यह बँधुआ बना लेगा। इसकी बातें मत सुनना। सन्थाल जरा साहस कर लें तो दिकू होश में आ जाएँगे।"

इसी तरह आया 1855 का साल।

सन्थाल लड़कियाँ और औरतें सखियाँ बना रही थीं। गाँव-गाँव में मैत्री हो रही थी। तूफान आया है, हवा बह रही है। सन्थाल तो दोस्त होते ही हैं। महनि बार-बार छटराय के पास जाती। छटराय ने छेनी-हथौड़ी माँगी थी। वह छेनी-हथौड़ी पहुँचा जरूर देती, पर बीच में ही भयानक नगाड़ों की आवाज पर भगनाडिहि में कोलाहल मच गया था। शाल पेड़ की शाल-गिरह की पुकार पर एक विशाल बरगद के पेड़ के सामने एक पत्थर पर सिदू-कानू खड़े हैं और उन्हें घेरकर खड़े हैं हजार-हजार सन्थाल। अरे! यह 1855 ई. के 30 जून को

भगनाडिहि गाँव में क्या हो रहा है? महनि सिर पर से बोझा फेंककर भागी हुई आई, दोनों हाथ ऊपर उठाए।

"क्या कहती हो, महनि?"

"सिदू सुन, कानू सुन! जो बँधुआ-बेगार हैं, उन्हें क्या दिकू लोग छोड़ देंगे? उनका क्या हिसाब होगा?"

इस बात के जवाब में हजार-हजार टाँगियाँ हवा में उठ गईं। हजारों-हजार स्वर गूँज उठे—

राजा जमींदार महाजन नहीं
बंगाली पच्छिमी कारबारी नहीं।
हाकिम व साहेब नहीं।
पुलिस नहीं।
वकील नहीं।
सबको नहीं कह देंगे।
रहेंगे सन्थाल।
होगा सन्थाल-राज।

सिदू-कानू ने कुछ कहा और तमाम सन्थाल एक साथ चिल्लाए, "हुलमाहा!" भगनाडिहि के मैदान से कलकत्ता की तरफ जाते हुए कमेरे, कुम्हार, तेली, मोमिन, चमार—सब आओ। तुम से हमारा कोई झगड़ा नहीं। "सन्थाल लोगो, आगे बढ़ो!"

इसी तरह बारहेट पहुँचते-पहुँचते कई दिन लग गए। सागर की उत्ताल तरंगों की तरह सन्थाल आगे बढ़ रहे थे। महनि भागी लालडिहि। सैकड़ों सन्थाल चले लालडिहि की तरफ। लालडिहि में मदन साहा का घर है। टाँगी उठाकर महनि दौड़ी। "छटराय की बेड़ियाँ मैं काटूँगी!" "तू काटेगी? इसी के लिए वह बैठा है।" मदन का गुमाश्ता चिल्लाया, "मुझे मत मारना री लड़की!" "छटराय ने पत्थर से बेड़ियाँ तोड़ डालीं और कुदाल से मदन साहा को काट डाला। गुमाश्ते का सिर एक तरफ लुढ़क गया। लालडिहि से बारहेट। "जो भी कमेरा है, बँधुआ है, बाहर निकल आएँ! बारहेट के बाजार में दिकू

महाजन नहीं हैं। बाजार लूट लो! आग लगा दो! महाजन कहाँ है? थाना कहाँ है, पुलिस कहाँ है?"

महनि भगनाडिहि लौटी। छटराय कहाँ है? घर नहीं लौटा। महनि घर पर ही रहे या हुल-विद्रोह में जाए? घोड़े की पीठ पर सवार चाँद आया "महनि, महनि! गोमानि नदी के किनारे हुलमाहा है। मैं किस रास्ते जाऊँ? जिस पथ पर भी बढ़ती हूँ, वहीं हुलमाहा है। मैं कहाँ जाऊँ? हुलमाहा के रास्ते पर, महनि! छटराय कहाँ गया? हुलमाहा के रास्ते!" महनि आगे बढ़ी, पर आकाश परगनायेत ने उसे रोका, "महनि, तुम जाओ पश्चिम। लोहारों को लालडिहि ले आओ!"

"आकाश परगनायेत! मैं बेटे को ढूँढ़ने जा रही हूँ। तुम मुझे कहाँ फँसा रहे हो?"

"महनि दीदी! हुलमाहा के काम में।"

"मैं...मैं करूँगी?"

"हाँ दीदी! लुहारों को साथ रखना जरूरी है। लड़ाई तो होगी ही। हो भी रही है यहाँ-वहाँ। लुहार हथियार बनाएँगे। जो बँधुए थे, उन्हें अभी तक हथियार नहीं मिल पाए हैं।"

महनि के भीतर पता नहीं, कौन सी आग शान्त हुई! कहने लगी, "जाऊँगी, लाऊँगी लोहारों को। शाल-गिरह बाँध दे हाथ पर। अच्छी तरह बाँधना, आकाश!"

महनि के हाथों पर गिरह बँधी है। वह लुहारों को ले आई। महनि दूसरी औरतों के साथ सत्तू पीसती है, चिवड़े कूटती है। लड़के क्या भूखे-प्यासे हुलमाहा—विद्रोह करेंगे? जहाँ लुहार काम करते हैं, वहीं लड़ाकू सन्थाल आते हैं।

"तुमने छटराय को नहीं देखा?"

"देखा है। नहीं देखा है।" अनेकों जवाब मिलते हैं।

धीरे-धीरे आकाश में वर्षा के बादल मँडराने लगे। किसी ने खबर दी कि छटराय चाँद के दल के साथ पीर पैंती पहाड़ के ऊपर लड़ रहा है। लड़ाई में गया है। पीर पैंती? महनि सन्ध्या के अँधेरे में मिल गई। "छटराय, मैं तुझे ढूँढ़

रही हूँ और तू मुझे ढूँढ़ रहा है। फिर भी क्यों नहीं मिलता लुहारों से।" कह गई, "बेटे को ढूँढ़ने जा रही हूँ। लौट आऊँगी।"

पीर पैंती में सिदू-कानू साहेबों से लड़ रहे थे, वहाँ छटराय नहीं है। वे बोले, "वह आकाश परगनायेत के साथ है, यहाँ से आगे। वहाँ तू नहीं जा सकती, महनि! यह युद्ध है।"

सन्थालों के मोर्चे पर ड्रिम-ड्रिम नगाड़े बजते रहे। सामने पहाड़ की ढाल पर आकाश परगनायेत और चाँद मुर्मू के मोर्चे के ऊपर अचानक गोलियों की बाढ़ छूटी। सन्थाल तीर छोड़ते रहे। बन्दूक और तीर। सन्थाल 'हुल-हुल' कहते हुए पहाड़ से उतरते रहे। भीषण युद्ध नीचे चट्टानों पर। महनि आँखें बन्द किए बैठी रही। आहतों की चीख वह नहीं सुनेगी। साहब सेनापति पता नहीं, क्या चिल्लाया! सहसा छटराय का चीखता हुआ स्वर सुनाई दिया, "आकाश परगनायेत की लाश नहीं दूँगा!"

महनि पलटी। चिल्लाई, "छटराय!"

छटराय फिर गरजा, "आकाश परगनायेत की लाश नहीं दूँगा। वह हमारा है।" गोलियों की ध्वनि। पहाड़ से सिदू-कानू का दल एक अजस्र स्रोत की तरह उतरता रहा। साहब भागते रहे, भागते रहे। भयानक बारिश शुरू हुई। पहाड़ी नाला फूल उठा। महनि उतर आई नीचे। वह खोज लेगी। जरूर खोज लेगी। महनि ने पुकारा। फिर पुकारा। आसमान पागल हो गया था। सीना चीर कर सन्थालों पर पानी छींट रहा था।

बरसात रुकने पर सब शान्त। मशाल हाथों में लेकर सन्थाल आए। चाँद बोला, "आकाश कहाँ है...आकाश परगनायेत?"

"यहाँ।"

"कोन, महनि?"

"हाँ।"

"आकाश?"

"यहीं है।"

"यह कौन है आकाश को पकड़े हुए?"

"छटराय।"

छटराय...छटराय? हाँ वही है।

महनि मुसकराई। बोली, "आकाश को नहीं छोड़ा। चाँद, दोनों का सिर मेरी गोद में रख दो।"

चाँद झुका।

सबेरा होने लगा। आकाश फीका पड़ने लगा। महनि बोली, "छटराय के कमर से पोटली खोल लो।"

"क्या है इसमें?...झनझन कर रहा है।"

"इसमें उसके पैरों की बेड़ी है।"

साँकल लेकर महनि ने लालडिहि की तरफ देखा। टूटी साँकल लेकर छटराय बाहर आया था। क्यों? यह अब पता नहीं चलेगा। लालडिहि जाएगी महनि। यह टूटी साँकल लुहार को देगी। वे बँधुआ-बेगारों के लिए हथियार बनाते हैं। फिर? महनि का सिर हिला। हुलमाहा जो बोलेगी, वह यही करेगी—हुलमाहा का काम। किसी दूसरे काम में उसने छटराय को नहीं पाया और न पाएगी। महनि जंगल में घुस गई। इस रास्ते से वह जल्दी लालडिहि पहुँच जाएगी।

छटराय रे! किस साँकल से महनि को तू बाँध गया, हुलमाहु के काम से।